LA VILLE MONSTRE

DU MÊME AUTEUR

Romans

Le Testament de Sherlock Holmes, Éditions du Rocher, 2005 (prix
  Intramuros).
L'Ipotrak noir, E/dite, 2004.

Jeunesse

Papa ?, E/dite, 2004.

Essais

Hergé & le 7ᵉ Art, Éditions MacGuffin, 2007.
Hergé, la bibliothèque imaginaire, Éditions MacGuffin, 2006.
Tintin au pays du polar, Éditions MacGuffin, 2005.
Tintin à Baker Street, Éditions MacGuffin, 2005.
Jules Verne et Hergé, d'un mythe à l'autre, Éditions MacGuffin,
  2005.

BOB GARCIA

LA VILLE MONSTRE

Roman

éditions du
ROCHER

© Éditions du Rocher, 2007.

ISBN 978 2 268 06209 9

À Flore, Éléonore et Philémon.

Chapitre 1

LONDINOS

Galwin traversa le village en hurlant, comme si c'était une question de vie ou de mort :

– C'est aujourd'hui ! Margam va désigner un nouvel élu !

Une femme apparut sur le pas de la porte de sa hutte et haussa les épaules. Un groupe de jeunes gens, beaucoup plus enthousiastes, courait déjà vers la case du druide. Margam était le plus vieux druide de toute la contrée. Il appartenait à la caste des devins, mais il était aussi un peu médecin et connaissait la science des plantes. On racontait qu'il était déjà vivant avant la création de la ville. Pour les uns, il avait plus de cent ans. D'autres prétendaient que c'était plutôt deux cents. Certains affirmaient même qu'il était immortel.

Le petit frère de Galwin se planta devant son aîné et brandit une épée de bois d'un geste menaçant :

– Est-ce que je peux venir aussi ?

Galwin le toisa avec mépris.

– Il faudrait que tu sois en âge de prendre femme.

– Quand est-ce que je pourrai prendre femme ?

– Quand tu seras capable de percer l'hymen avec ta petite lance.

Le gamin fit tournoyer son épée de bois au-dessus de sa tête.

– C'est pas une lance, c'est une épée. Il me fait pas peur, l'hymen. Je vais le tuer tout de suite.

Galwin perçut alors un rire étouffé dans son dos. Il fit volte-face et surprit trois jeunes filles. La plus jeune, Gwen, rougit en croisant son regard. Une bourrasque de vent plaqua sa tunique contre elle si bien que Galwin put distinguer les courbes de son corps presque aussi nettement que si elle avait été nue. À quatorze ans, Gwen était une jeune femme envoûtante et désirable. Galwin l'avait souvent observée à la dérobée. Ses moindres mouvements faisaient battre son cœur. Quand elle passait près de lui, il pouvait sentir son parfum poivré et, sous sa légère tunique, il voyait pointer ses seins, jeunes et déjà fermes, qui frémissaient à chacun de ses mouvements. Galwin fut un instant troublé et tenta de reprendre contenance en écartant le gamin de son chemin.

– C'est ça. Va combattre l'hymen plus loin. Mais ne me retarde pas. Je ne veux pas rater le début de la cérémonie.

Galwin venait de boucler le tour du village, qui ne comptait guère plus d'une trentaine de huttes. Le bouche-à-oreille ferait le reste. C'était une journée riche en événements. Le matin même, un inconnu en haillons, le corps lacéré d'abominables griffures, était arrivé au village, à l'agonie. On l'avait conduit dans la hutte du vieux druide pour tenter de le soigner. Mais l'étranger avait succombé à ses blessures.

Galwin pressa encore le pas et gagna la hutte de Margam.

Le vieillard était à demi allongé sur un long siège recouvert de peaux de bêtes. Il buvait à petites lampées une décoction de sa préparation. Personne ne savait exactement ce qu'elle contenait. Le bruit courait qu'il s'agissait d'un mélange de plantes et de racines hallucinogènes macérées dans de l'hydromel pour en adoucir le goût. Quand il absorbait cette préparation, le vieux druide était parcouru de spasmes, son corps tremblait et ses yeux se couvraient d'un voile. Son regard se perdait peu à peu dans le lointain. Il pouvait alors converser avec les dieux et les morts, et voir l'avenir aussi. Mais le vieux Margam n'absorbait son breuvage qu'en cas d'extrême nécessité car chacun de ses voyages vers l'au-delà l'épuisait et le laissait comme mort. Un imprudent avait un jour absorbé un fond de gobelet oublié par le vieux druide. Peu habitué à cette expérience, le malheureux avait déliré pendant plusieurs heures avant de succomber de la fièvre.

Une assemblée constituée de tous les jeunes gens en âge de prendre femme s'était formée. L'atmosphère de la hutte était oppressante. Des relents entêtants d'herbes brûlées se mélangeaient à l'odeur familière de l'hydromel.

Le druide leva la main. Le silence se fit aussitôt. Il commença à parler :

« Fuir. Fuir la fureur et le sang. Fuir le feu et l'horreur. Londinos avait eu la présence d'esprit de se diriger vers la forêt dès qu'il avait compris que tout était perdu. Il espérait que nul n'oserait le poursuivre de nuit dans cet endroit qui inspirait la terreur aux guerriers les plus endurcis. Il avait couru jusqu'à perdre haleine, oubliant la morsure du froid, les griffures des ronces et les cris des animaux tapis dans les ténèbres. À présent, il s'enfonçait dans l'abîme, prenant peu à peu conscience qu'il abandonnait un enfer pour un autre. Ses pieds étaient meurtris. Le sang séchait sur ses lèvres gercées, formant une croûte douloureuse. L'air glacé brûlait sa gorge. Il s'arrêta un court instant pour reprendre son souffle. Un flot de pensées l'assaillit soudain. Jamais il ne reverrait son village. En quelques instants, il avait vu périr les êtres qui lui étaient les plus chers au monde : sa mère, le crâne fracassé à coups de pied ; son père, molesté et éventré ; sa petite sœur, violée et égorgée sous ses yeux. Son ventre se noua. De grosses larmes coulèrent sur ses joues. Il s'essuya le visage du revers de la main. Un bruit étrange le ramena à la réalité. Il lui sembla qu'une autre respiration, plus rauque, soufflait à l'unisson avec la sienne tout près de lui, quelque part dans les ténèbres. Il tressaillit. Il savait que la forêt était peuplée d'esprits et de monstres terrifiants, de serpents et de dragons, de farfadets et de sorcières. La nuit venue, les sylphes régnaient sur les airs et les gnomes sur la terre. Les arbres eux-mêmes se métamorphosaient en créatures hideuses et malfaisantes. Il s'assit par terre et se recroquevilla. Épuisé, tétanisé de froid et de terreur, il ne savait plus que faire. »

Le vieux druide marqua une pause et trempa les lèvres dans son mystérieux breuvage.

Galwin profita de cette interruption pour se pencher vers son voisin :

– De quoi parle-t-il ? Je n'ai jamais entendu cette histoire.

L'autre répondit à voix basse, pour ne pas troubler la concentration du devin :

– Moi non plus. D'habitude, il se contente de désigner l'élu. Sans doute veut-il nous délivrer un message.

– Ou nous raconter une de ses fameuses visions.

– Apparemment, il relate des faits qui ont eu lieu autrefois puisqu'il s'exprime au passé. Écoutons la suite.

Margam écarta la coupe de ses lèvres et poursuivit :

« Le vent s'engouffrait dans les moindres plis de sa tunique. Une voix intérieure lui dictait de se relever et de fuir, mais ses membres tétanisés refusaient d'obéir.

Il leva les yeux vers le ciel, comme pour chercher une réponse, et aperçut les cimes des arbres, agitées dans un balancement frénétique, comme possédées par les esprits malins. Un rire démoniaque déchira soudain la nuit. En d'autres circonstances, il l'aurait attribué à quelque rapace, mais à présent, il savait que ce rire trahissait une présence bien plus terrifiante. Un nouveau frisson parcourut son corps. Il essaya de se relever, mais ses jambes refusèrent d'obéir. Le sang martelait ses tempes. Sa tête semblait prisonnière d'un étau. Allait-il succomber à quelque malédiction ? Valait-il mieux périr par le glaive, comme toute sa famille ? Il voulut rebrousser chemin, mais la forêt s'était refermée sur lui.

Il perçut très nettement des pas précipités écrasant des branches, et qui se dirigeaient vers lui. Cette fois, il ne s'agissait plus d'une hallucination mais bien d'une réalité. Il sauta sur ses jambes et se remit à courir. Les branches des arbres tentaient de le retenir. Il courut longtemps, mais ne parvint pas à semer ce souffle rauque, toujours plus proche. Etait-ce l'Homme des bois, qui terrifiait tant les druides ? Avait-il seulement été suivi depuis le début par un barbare ? S'agissait-il d'un loup, ou d'un ours affamé qui attendait le moment propice pour fondre sur sa proie ? N'était-ce pas plutôt sa propre respiration, amplifiée par la peur ? La lune, là-haut, semblait se moquer de son malheur.

La voix lui dicta de lutter encore. Il se dit qu'en courant toujours dans la même direction, droit devant lui, il finirait bien par sortir de la forêt. À présent, il ne sentait plus le froid. Son corps lui parut même brûlant.

Le vertige s'empara de lui, l'obligeant à ciller des yeux pour tenter de garder une vision nette. Sa gorge sèche le brûlait. Il avait soif. »

Le druide s'arrêta de nouveau et se remit à boire son breuvage, comme si le fait de parler de soif avait réveillé sa propre pépie. À présent, son regard était blanc. Il ressemblait lui-même à un spectre. Un frisson parcourut l'échine de Galwin. Cette histoire le fascinait et l'effrayait en même temps.

Une fois qu'il eut étanché sa soif, le druide reprit d'une voix plus sûre :

« C'est alors qu'il sentit une main se poser sur son épaule. Il fit volte-face et les vit. Nul être humain n'est préparé à une telle rencontre. La langue de Londinos se figea contre son palais. Le temps lui-même se figea tandis qu'il les fixait. Il eut l'impression que ses yeux allaient lui jaillir de la tête. Il essaya de reculer, mais resta cloué sur place. Là, devant lui, se tenaient son père, sa mère et sa petite sœur. »

Un murmure de stupéfaction parcourut la pièce. À présent, Galwin suait à grosses gouttes. Il sentait monter en lui une vague nausée et il aurait voulu sortir prendre l'air. Mais, comme dans l'histoire, il resta cloué sur place, ses yeux rivés sur les pupilles opaques du druide. Il sentit son voisin se rapprocher ostensiblement de lui. Sans doute cherchait-il lui aussi à se rassurer.

Le druide poursuivit. Sa voix n'était plus la même. À présent, il prenait le ton de chaque personnage de son histoire, comme si les protagonistes pouvaient s'exprimer, au-delà du temps et de l'espace, à travers son propre larynx :

« La mère de Londinos le regarda avec un sourire mélancolique :

– Tu nous as fait courir. Toutes ces ronces. À mon âge...

Le père, qui semblait tenir quelque chose dans ses bras, lui adressa un regard moins conciliant :

– Tu nous as abandonnés à notre sort. Ce n'est pas ainsi que nous t'avons élevé.

Londinos remua les lèvres, mais aucun son n'en sortit. Sa petite sœur poursuivit d'une voix fluette :

– J'avais besoin d'un câlin avant de m'endormir. Tu ne m'aimes plus ?

Londinos hocha la tête et parvint à articuler :

– Si, bien sûr. Je n'ai pas cessé de penser à vous.

La petite s'approcha :

– Alors, embrasse-moi !

Londinos tendit ses lèvres craquelées vers la petite joue. C'est à cet instant, sous la lueur blafarde de la lune, qu'il s'aperçut que la fillette avait la peau blanche comme la mort, presque translucide. Il se raidit, tétanisé par la peur. La fillette s'approcha encore. Londinos vit alors que sa tunique légère était déchirée en plusieurs endroits, mais la petite ne semblait pas souffrir du froid. Elle tendit sa joue vers son frère. Il vit une profonde entaille dans son cou, ourlée d'une croûte brune de sang coagulé, mais cela ne semblait pas la gêner pour respirer ni pour parler.

Londinos parvint enfin à reculer, mais son dos heurta l'écorce rude d'un arbre. À cet instant, il aurait voulu fuir une fois de plus. Mais les branches de l'arbre l'enlacèrent soudain, l'empêchant de faire le moindre geste. La fillette se mit sur la pointe des pieds et lui déposa un baiser sur les lèvres. Ce contact était contre nature. Le souffle glacé de la mort s'échappait des lèvres de la petite. Londinos crut perdre l'esprit. Il fit un geste brusque. La fillette perdit l'équilibre et tomba sur le sol gelé. Sa mère s'approcha à son tour.

– Regarde ce que tu as fait !

Elle s'accroupit pour prendre sa fille dans ses bras. Tandis qu'elle se penchait, Londinos s'aperçut qu'une partie de son crâne avait été arrachée. Du sang et d'autres matières dont il ne connaissait pas le nom restaient collés à ses cheveux. Son père s'approcha à son tour. Il écarta les bras, lâchant quelque chose d'horrible et de nauséabond qui pendait de son ventre béant.

Il parla à quelques centimètres seulement du nez de son fils, lui soufflant son haleine fétide sur la face :

– Nous n'avons rien à espérer de toi, n'est-ce pas ? Dans ce cas, tu porteras ta malédiction jusqu'à la fin des temps. Tu construiras un village, mais il sera détruit comme le nôtre. Tu pleureras les défunts et tu seras condamné à le reconstruire jusqu'à la fin des temps.

Londinos eut l'impression que son cerveau était trop à l'étroit dans sa tête et que son crâne allait exploser. Un long hurlement déchira la nuit. Il paniqua. Le vent sifflait à ses oreilles. Il ne contrôlait plus son corps. Ses jambes semblaient habitées par une vie propre. »

À ce stade du récit, le druide n'était plus lui-même. Ses bras remuaient en tous sens et ses mains s'agitaient comme s'il tentait d'écarter de lui des spectres invisibles. Il mimait si bien la scène que l'on aurait pu penser qu'il l'avait vécue. L'auditoire, quant à lui, s'était resserré et n'occupait plus que la partie centrale de la hutte. Galwin s'aperçut qu'il tremblait, bien que la température ambiante fût très élevée. Les veines de ses tempes palpitaient au rythme de cette histoire étrange et terrifiante. Le silence devint opaque. Le druide se figea soudain et poursuivit :

« Il s'arrêta hors d'haleine et c'est seulement à cet instant qu'il réalisa que le hurlement qu'il avait entendu était sorti de sa propre gorge. Il avait donc réussi à échapper à l'étreinte de l'arbre, mais les marteaux de l'Enfer s'acharnaient toujours sur son crâne. Il posa sa main sur son front pour apaiser la douleur, mais il sentit quelque chose de visqueux. Il regarda sa main et s'aperçut qu'elle était couverte de sang. Il réalisa alors que le sang ne venait pas de sa main mais de son front. Quelqu'un l'avait donc frappé. Il vacilla et se retint à l'arbre le plus proche. Mais l'arbre se déroba et Londinos s'effondra sur un tapis de feuilles gelées. Le piège de la forêt se refermait sur lui. Il resta ainsi un long moment, à bout de forces. Autour de lui, le tourbillon infernal avait repris. À la danse frénétique des arbres et des nuages s'ajoutait celle de toutes sortes d'animaux qu'il devinait plus qu'il ne les voyait. Un dragon volant aux yeux jaunes fondit sur lui et le frôla. Londinos parvint à le chasser en lui lançant un bâton. L'animal mythique recula dans les ténèbres dans un hurlement de douleur. Londinos se cacha le visage dans les mains, craignant que l'animal blessé ne lui crache un jet de flamme. Mais il ne se passa rien. Au bout de plusieurs longues minutes qui lui semblèrent durer une éternité, il écarta ses mains. Mais le spectacle qui s'offrait à son regard était plus terrifiant encore. Elle se tenait devant lui, comme surgie du néant. La Mort, habillée d'un linceul blanc, voulut le relever, mais ses jambes meurtries refusaient désormais de supporter son poids. Il sentit qu'elle le traînait par le col de sa tunique. Plusieurs fois, il tomba à terre, la face dans l'humus glacé. À la fin, la Mort le mit sur son épaule. La terre crissait sous ses pas. Le monde n'avait plus d'endroit ni d'envers. Il eut l'impression irréelle de voler au ralenti. Tout perdait de son sens. Le paysage changea soudain, du moins pour ce qu'il put en juger. Une grande étendue blanche, brillant sous le disque argenté de la lune, succéda à la noirceur de la forêt. Des petites particules froides s'écrasaient mollement sur son visage. Il réalisa alors qu'il neigeait. Des milliers de flocons de neige tombaient avec une infinie lenteur. Certains semblaient suspendus dans l'air glacé. D'un geste dérisoire, il tenta d'écarter le rideau de flocons qui lui masquait la vue. Le paysage semblait figé dans une immobilité presque totale, effaçant lignes et courbes pour les fondre dans une prison blanche fermée par le ciel. »

Le vieux druide était si éloquent que Galwin fut parcouru de réels frissons de froid. Il regarda autour de lui et s'aperçut qu'il n'était pas le seul dans ce cas. Son voisin soufflait dans ses mains, tandis que d'autres grelottaient sous les peaux de bêtes dont ils étaient vêtus. C'est alors que se produisit un phénomène extraordinaire. La buée jaillissait d'entre ses lèvres, créant autour d'elles un halo d'irréalité. Ce n'était plus seulement l'illusion du froid, mais le froid lui-même qui paralysait l'intérieur de la hutte. Galwin sentit ses membres s'engourdir. Il voulut bouger, mais en fut incapable. Le plus incroyable, c'est que le feu continuait de crépiter dans l'âtre central. Le druide poursuivit, les lèvres bleuies par le froid. Lui-même tremblait de la tête aux pieds et sa voix semblait à présent plus hésitante :

« Le jeune Londinos perçut une nouvelle sensation. À présent, il n'était plus ballotté mais bercé. Il se demanda s'il rêvait ou s'il était déjà mort. Il redressa la tête et comprit qu'il voguait dans une barque. Il vit des eaux noires, dont la surface était agitée de vaguelettes. Ce devait être un fleuve plutôt qu'une mer car il sentit l'influence d'un courant régulier. La brume recouvrait l'eau comme un linceul. La Mort guidait la barque vers son sinistre destin. Il avait déjà entendu cette légende colportée par des marchands venus de Grèce. Il comprit qu'il voguait sur le Styx, et que bientôt il accosterait au royaume des morts. Ensuite ce fut le noir, le néant absolu, un vide qui lui sembla durer une éternité. Peut-être était-ce le temps nécessaire à la barque funèbre pour rejoindre le monde des ténèbres. Puis, il fut peu à peu envahi par la chaleur. D'abord, ce fut presque un sentiment de bien-être. Mais peu à peu, cette impression se mua en malaise. Son corps se consumait au feu de l'Enfer. »

Le druide avait à peine prononcé ces paroles que Galwin eut la sensation d'être dévoré par un feu intérieur. L'atmosphère dans la hutte devint presque incandescente et irrespirable. Ceux-là même qui grelottaient de froid l'instant d'avant s'essuyaient le front ruisselant de sueur et ouvraient leurs tuniques sur leurs torses brûlants. Le druide but sa potion à grand traits. Plusieurs bonbonnes d'hydromel circulèrent d'une main à l'autre et furent vidées en quelques minutes.

Le vieux druide poursuivit :

« Le jeune garçon fit un effort surhumain pour ouvrir les yeux. Ce qu'il aperçut à travers le voile brumeux de l'inconscient le fit à nouveau tressaillir. Un loup géant soufflait sur un foyer infernal. Londinos laissa échapper un cri de terreur. Le loup se redressa et montra un deuxième visage, plus horrible encore que le premier. Il s'agissait d'un homme borgne, couvert de profondes cicatrices. Le borgne baissa la tête et se transforma instantanément en loup.

Le jeune garçon sombra à nouveau dans un sommeil profond qui ressemblait à la mort. Ce furent les bruits réguliers de martèlements métalliques qui le réveillèrent.

Il ouvrit à nouveau les yeux.

Un visage monstrueux se détacha soudain de l'ombre, à quelques centimètres du sien. Il s'agissait à l'évidence d'une sorcière. Il se redressa d'un bond et hurla :

– Où suis-je ? En Enfer ?

La solide poigne de la sorcière l'immobilisa.

– Du calme, mon garçon. Tu es seulement chez maître Madox. Il te faut du repos.

Il se redressa sur un coude et aperçut par l'unique fenêtre de la hutte le rose grisâtre dont l'aube teintait l'immensité blanchâtre.

– Alors, je ne suis pas mort ?

– Non, mais ça tient du miracle.

La vieille femme lui colla d'autorité un gobelet entre les lèvres.

18

– Avale ça. Tu gambaderas comme un chevreau dès demain.

Il but l'infecte mixture et grimaça de dégoût. Soudain, la vieille s'écarta et deux nouveaux visages se penchèrent vers lui. Le premier était borgne et avait la face couverte de cicatrices et de brûlures. Il portait une tête de loup en guise de coiffe. Il marmonna :

– Tu crois qu'il va s'en sortir ?

– Il s'en est déjà sorti, répondit le deuxième, un grand vieillard vêtu d'une longue tunique blanche.

Le garçon resta bouche bée un instant et finit par demander :

– Où suis-je ?

– Je te l'ai déjà dit, grinça la voix de la vieille femme, au fond de la pièce. Dans la forge de maître Madox.

Le forgeron lui adressa un sourire cauchemardesque. Le vieillard vêtu de blanc reprit :

– C'est moi qui t'ai ramassé en bordure de la forêt et qui t'ai amené ici.

– Vous ?... Mais comment m'avez-vous trouvé ?

– J'ai entendu un long hurlement qui venait de l'autre côté du fleuve. Je connais assez les cris des animaux pour savoir que cet appel était humain. Je me suis précipité dans ma barque, j'ai traversé et je t'ai trouvé. Tu prononçais des paroles incohérentes, comme si tu venais de voir le Diable en personne. Ton front était brûlant de fièvre. J'ai réussi à te porter jusqu'à ma barque et je t'ai amené chez Madox. Il fait toujours chaud près de la forge.

– J'ai cru...

– Comment t'appelles-tu ?

– Londinos.

– Si tu nous racontais ce qui t'est arrivé, Londinos ?

Le jeune garçon n'en revenait toujours pas. Ceux qu'il avait pris pour la Mort, un monstre à tête de loup et une sorcière n'étaient qu'un vieillard, un forgeron et une vieille femme pleine de sollicitude. Il essaya de sourire, mais ses lèvres gercées se fendirent et le sang coula dans sa bouche. Il s'essuya du revers de la main et commença :

— Mon village a été massacré par des barbares venus du Nord.

— Où se trouve ton village ?

D'instinct, il tendit le doigt vers la fenêtre :

— Au-delà de la forêt.

— Laquelle ? Nous sommes entourés de forêts.

Le jeune Londinos s'aperçut qu'il était incapable de localiser précisément son village. Il n'en était jamais sorti et ne connaissait le reste du monde qu'à travers les récits des anciens, des druides et de rares marchands. Le vieil homme poursuivit :

— Comment t'en es-tu sorti ?

— Je ne sais pas trop. Tout s'est passé si vite. Les barbares sont entrés dans notre hutte et nous ont surpris dans notre sommeil. Ils étaient cinq ou six, armés de haches et de masses. En quelques secondes, ils ont exterminé ma famille. J'étais terrifié. Je n'avais aucune arme pour me défendre. J'ai tout de même trouvé la force de bondir sur le dos d'une des brutes qui s'acharnait sur le corps à l'agonie de ma petite sœur. L'homme m'a porté un coup violent à la tête et m'a assommé. Après, je ne me souviens de rien. Sans doute m'ont-ils laissé pour mort. C'est le brasier qui m'a réveillé. Notre hutte brûlait. Comme tout le village d'ailleurs. J'ai réussi à sauter par la fenêtre et j'ai couru jusqu'à la forêt.

Le vieil homme plongea son regard pénétrant dans celui du jeune garçon.

— Tu n'as pas eu peur dans la forêt ?

— Oh, si ! J'ai longtemps été suivi par des loups, et peut-être même par un ours. J'ai échappé de justesses aux griffes d'un dragon aux yeux jaunes. La pire espèce à ce qu'on dit. J'ai réussi à m'en débarrasser en lui lançant un pieu dans le cœur.

Le vieil homme leva un sourcil sceptique. Londinos poursuivit :

— J'ai aussi vu des fantômes.

— Des fantômes ?

— Mon père, ma mère et ma petite sœur qui avaient été massacrés lors de l'attaque de notre village. Un arbre m'a emprisonné dans ses branches. Mais j'ai réussi encore une fois à m'enfuir.

Il montra la plaie sur son front.

— J'ai aussi été attaqué. Un coup de matraque en plein front. Je n'ai pas eu le temps de voir l'agresseur.

Le vieil homme fronça les sourcils et prit son menton entre son pouce et son index.

— Si je résume, tu as eu beaucoup de chance et tu as fait preuve de beaucoup de courage. Mais les monstres et les fantômes proviennent de ton esprit enfiévré. Le dragon aux yeux jaunes n'était sans doute qu'une effraie, un de ces oiseaux de nuit si bien nommé. Et tes fantômes, à n'en pas douter, sont ceux du remords.

— Ils semblaient pourtant bien réels.

— Je n'ai pas dit le contraire.

— Et le sang sur mon front ?

— Ne m'as-tu pas dit que les barbares t'avaient porté un violent coup à la tête ?

— C'est vrai, j'avais oublié.

Londinos avait beaucoup parlé. Il plissa les yeux, en proie à une vive douleur. Son front et ses lèvres se remirent à saigner. Le vieil homme posa sa main sur la tête du garçon :

— Dans quelques jours, cette vilaine plaie aura cicatrisé. Je t'attendais depuis longtemps. C'est le destin qui t'envoie. Si tu as pu vaincre ta peur et survivre dans la forêt, tu pourras nous aider. Je voudrais te confier une mission.

Pour l'heure, Londinos se sentait trop faible pour assumer quelque mission que ce fût. Mais il devait bien cela à son sauveur.

— Quelle mission ?

— Je dois d'abord t'expliquer notre situation. Nos huttes aussi ont été détruites par les pillards. Les hommes valides ont été capturés comme esclaves. Des dizaines de femmes et d'enfants ont été violés et massacrés sans discernement par les barbares. Nous manquons de bras, d'énergie et de jeunesse. Ceux qui restent sont malades, à bout de forces et trop désorganisés pour faire face à une nouvelle agression.

Le jeune garçon désigna le forgeron.

– Et lui ? Il est fort comme une montagne. Ne peut-il pas vous aider ?

Le vieil homme lança dans son dos :

– Madox, viens ici et regarde ce jeune garçon dans les yeux !

L'autre accourut et se posta devant Londinos. Le jeune garçon eut tout le loisir de dévisager ce pauvre visage, tout couvert de cicatrices, mais totalement exempt de malice et même d'intelligence. Il comprit que Madox ne serait jamais autre chose qu'un forgeron et que sa force ne lui permettrait jamais de défendre les siens.

Londinos dormit deux jours et deux nuits. Puis il lui fallut encore une semaine pour se remettre sur pied. Et une autre semaine pour connaître la plupart des gens qui vivaient là et observer leurs conditions de vie.

Quand il se sentit assez fort, il rassembla les paysans et leur raconta son expérience :

– Si mon village avait été disposé sur une colline, nous aurions vu venir l'ennemi. S'il avait été entouré d'une solide palissade, les barbares ne s'y seraient pas introduits aussi facilement. Si les huttes avaient été plus proches les unes des autres, nous aurions pu nous porter assistance et nous prévenir vite. Enfin, si nous avions disposé d'armes et de pièges efficaces, nous aurions pu repousser ou au moins combattre les intrus. Le mieux, bien sûr, étant d'utiliser les pièges naturels.

– Nous ne sommes pas des guerriers, mais des paysans, objecta un vieillard d'au moins quarante ans, au corps déformé par les rhumatismes et les blessures.

Londinos croisa les bras sur sa poitrine dans une attitude de réprobation.

– À ton avis, qu'est-ce qui est préférable : un paysan mort ou un guerrier vivant ?

Un nuage passa sur le front du paysan.

– Mais qui cultivera les champs si nous devenons tous guerriers ?

– Il faut organiser le travail différemment. Rien n'empêche un paysan de s'instruire de l'art de la guerre la moitié de son temps et de cultiver la terre l'autre moitié.

Le visage de l'homme s'éclaircit soudain. Il n'avait jamais envisagé une telle possibilité.

Un autre homme s'avança. Un sourire penché traversait sa face cabossée.

– On pourrait demander à Madox de nous fabriquer des armes en plus des outils !

Le reste du groupe opina du chef à l'unisson, sidéré par la fulgurance de cette pensée. Un autre paysan au menton proéminent et aux oreilles minuscules prit la parole à son tour :

– Faudrait construire les huttes en haut de la colline. On pourrait utiliser le fleuve et son brouillard pour se cacher. Ainsi nous pourrions voir arriver les étrangers, mais eux ne pourraient pas déceler notre présence.

L'enthousiasme gagna peu à peu le petit groupe.

Le forgeron s'avança et tendit un couteau à Londinos.

– Tiens, je te le donne. C'est le couteau que je fabriquais la nuit où on t'a amené chez moi. Puisse-t-il t'aider à accomplir ta mission. Je n'envisageais pas vraiment d'en faire une arme, mais au fond, pourquoi pas ?

Dans les années qui suivirent, la ville imaginée par Londinos naquit, dans l'anonymat du brouillard et sous la protection du fleuve. Londinos choisit la femme la plus jeune et la plus robuste parmi les paysannes du village. Il lui donna de nombreux enfants dont la plupart survécurent. Il exhorta les autres couples à procréer. Lui-même ne fut jamais avare de sa semence, engrossant les veuves et les jeunes filles qui ne trouvaient pas de mari. L'avenir de la cité dépendait de sa population. Qui d'autre que les jeunes peuvent défendre les vieux ?

Les villageois prirent l'habitude d'appeler la ville par le nom de son fondateur. La ville de Londinos. Ils la considéraient comme la ville la plus sûre du monde.

Mais Londinos, lui, savait qu'une terrible malédiction planait sur la cité. Tôt ou tard, elle était condamnée à la destruction, tout comme l'avait été son village. Une seule personne survivrait et devrait à son tour faire renaître la ville de ses cendres. Seuls les druides partageaient avec lui ce terrible secret. Ils n'en parlèrent jamais aux villageois pour éviter de les terroriser, mais ils anticipèrent cette date en faisant construire une hutte, au milieu de la forêt, tout en haut du plus grand arbre. À chaque annonce d'invasion ou de guerre, à chaque signe de trouble perçu par les devins, on désignait un couple qui prenait place dans cette hutte. Le rôle du couple était de reconstruire la cité en cas de destruction. Les druides désignèrent ainsi des dizaines de couples tout au long de l'existence de la ville. Mais il ne se passa jamais rien et la ville coula des jours heureux pendant plusieurs générations. Le séjour dans la hutte, en haut de l'arbre, fut peu à peu considéré comme un passage vers l'âge adulte et la sagesse. Aller dans la forêt et s'enfermer plusieurs jours dans la hutte avec l'élue de son cœur prit un sens nouveau : c'était l'initiation à l'amour et à la procréation, c'était aussi l'apprentissage du courage et de la volonté, une façon de vaincre les démons et la peur. »

Aujourd'hui, le vieux druide s'apprêtait à désigner le prochain locataire de la hutte. L'assistance était suspendue à ses lèvres.

Margam tendit la pointe d'un couteau vers un visage et déclara :

– Au nom de Londinos, je te désigne. Tu es le nouvel élu.

Galwin tourna la tête vers la droite, puis vers la gauche. Il regarda en arrière. Mais tous les regards, emplis de convoitise et d'admiration, convergeaient vers lui. Il pointa son doigt sur sa poitrine.

– Moi ?

– Oui. Toi, Galwin. Choisis à ton tour l'élue de ton cœur et va dans la forêt. Ta responsabilité est immense. Approche !

Galwin se leva et rejoignit le vieux druide dont le regard était redevenu presque normal. Le vieil homme lui tendit le couteau.

– Je te transmets le couteau que m'a donné Madox. Qu'il t'aide à mener à bien ta mission.

Galwin prit le couteau et le glissa dans sa ceinture. Son esprit était fort troublé. Ce vieillard qui se tenait debout devant lui était-il Londinos lui-même ? Cela expliquerait alors pourquoi il semblait revivre avec tant de passion les événements qu'il relatait. Mais c'était impossible. Londinos devait être mort depuis des années. Et pourquoi lui remettre ce couteau ? Il ne l'avait jamais fait auparavant. Cela ne faisait pas partie de la coutume.

Il chassa ces pensées car, pour l'heure, une mission bien plus importante l'attendait. Il devait faire sa propre initiation.

Le druide s'allongea doucement sur sa couche et congédia l'assemblée d'un geste de la main. Galwin se retourna une dernière fois vers lui. Il crut un instant qu'il était mort, tant son corps était mince et desséché. Pouvait-il vraiment avoir deux cents ans ?

Galwin sortit de la hutte et fut ébloui par le soleil. Il avait oublié qu'il faisait grand jour. C'était comme s'il revenait d'un long voyage. Il se frotta les yeux avec ses poings et s'étira. Il réalisa soudain : il était le nouvel élu !

Il se précipita chez lui pour annoncer la nouvelle à sa famille. Son père et sa mère le félicitèrent d'avoir été choisi parmi tous les jeunes gens du village. Son petit frère mit ses poings sur ses hanches.

– Tu vas combattre l'hymen dans la forêt ?

– Oui.

– Je viens avec toi pour t'aider.

Galwin lui ébouriffa affectueusement les cheveux.

– Je devrais pouvoir y arriver tout seul.

Puis il se précipita chez Gwen et lui annonça sans détour qu'il la choisissait. Il vit dans les yeux de la jeune fille que ce ne serait pas une contrainte pour elle. Il n'aurait donc pas à la soumettre ni à la convaincre. Quant aux parents, ils ne pouvaient rêver meilleur destin pour leur fille que de devenir l'épouse de l'élu.

Le soir même, Galwin chargea un sac empli de victuailles et de quelques bonbonnes d'hydromel sur son dos. Puis il prit la main de Gwen et s'enfonça dans la forêt à la recherche du grand arbre. Galwin avançait, le couteau à la main. Il se sentait suffisamment fort et courageux pour repousser les loups, les ours et même les dragons aux yeux jaunes. Mais plus ils avançaient, plus il faisait sombre. La forêt devint noire comme un gouffre. Galwin savait que la forêt était vivante et hostile. Elle pouvait devenir une alliée comme une redoutable ennemie. La main de Gwen tremblait dans la sienne. Et la sienne tremblait aussi. Il mit cela sur le compte du froid.

Ils se perdirent un peu dans la forêt, mais pas trop. Grâce aux instructions du vieux druide, ils trouvèrent le grand arbre. Il était si haut que, du sol, on n'en distinguait pas la cime.

Galwin découvrit la petite échelle de corde dont lui avait parlé Margam. Il tira dessus de tout son poids afin de s'assurer que l'attache était assez solide. Il se débarrassa du lourd sac qu'il portait sur son dos et le déposa aux pieds de Gwen.

– Garde tout ça pendant que je monte. Une fois là-haut, j'utiliserai le treuil pour t'aider à monter avec le sac.

Gwen ne cachait pas son inquiétude.

– Tu es déjà monté dans un arbre aussi haut ?

Galwin mentit, mais sa voix trembla :

– Bien sûr.

Sans se retourner vers Gwen, il prit une profonde inspiration et commença l'ascension. Les barreaux de bois étaient étroits et glissants. À mesure qu'il montait, l'altitude et le vent lui brouillaient la vue. Galwin regarda en bas pour signaler à Gwen que tout allait bien. Mais il faisait si sombre qu'il ne la vit pas. Au lieu de cela, son corps se couvrit de sueur, ses mains devinrent moites et il découvrit qu'il avait le vertige. Il hurla à plein poumons, comme pour se rassurer lui-même :

– Tout va bien, Gwen !

Une voix étouffée et minuscule lui répondit en contrebas :

– Fais attention à toi, Galwin. Je t'aime !

Ces quelques mots lui donnèrent la force de reprendre son ascension. Plus il montait, plus son ventre se nouait. Le bois était humide et ses pieds glissaient. Certains barreaux manquaient, l'obligeant à des contorsions dangereuses. À chaque bourrasque, l'échelle vibrait de toute sa hauteur et amplifiait le moindre choc. Le vent s'armait maintenant de mille pointes acérées. Pourtant Galwin ne sentait pas le froid, tant son effort était intense. Il lui sembla qu'il grimpait depuis des heures lorsque sa tête cogna une large plate-forme de bois au-dessus de lui. Il agrippa le rebord et se hissa dans un ultime effort. Il s'allongea et reprit sa respiration. Une nouvelle angoisse le fit tressaillir. Il songea : « Pourvu qu'il n'arrive rien à Gwen ! »

Il découvrit le treuil et fut rassuré de constater qu'il fonctionnait bien. Il fit descendre la nacelle et déroula toute la corde, sans trop savoir si elle avait atteint le sol. Il attendit un court instant et tourna la manivelle. L'énergie qu'il déploya pour la remonter lui indiqua que son précieux chargement était bien à bord.

Soulagé, il aperçut enfin Gwen, semblant sortir du néant comme une nymphe, plus belle encore que dans son imagination. Il lui tendit la main et la fit monter sur la plate-forme. Elle tremblait de la tête aux pieds mais affirma à travers une tentative de sourire :

– Ce n'était pas bien méchant.

Épuisés mais heureux, Galwin et Gwen s'assirent sur le pas de la porte de leur nid aérien. Galwin passa son bras autour des épaules de la jeune fille et la serra contre lui. Le soleil flottait au-dessus de l'horizon comme une boule de cuivre. Le ciel s'embrasa peu à peu de roses et d'orange aux nuances aussi éclatantes que les fleurs du printemps. Les cimes des arbres prirent une couleur rougeoyante. La clarté du soir donnait une dimension étrange, fantasmagorique au paysage. Au loin, ils aperçurent Londinos, blotti dans la quiétude d'un halo de brouillard pourpre, à l'abri du grand fleuve. D'ici, ils dominaient toute la vallée. Le monde était à leurs pieds. Puis la nuit tomba. Une nuit habitée de courants frais et de cris d'oiseaux. Galwin et Gwen partagèrent une bouteille d'hydromel et quelques gâteaux aux noix. Ils éprouvaient au creux de leur être une sorte d'appel, un souffle étrange et oppressant. Au-dessus d'eux s'ouvrait un ciel clair, criblé d'étoiles. La nuit n'était pas hostile et la forêt semblait les avoir adoptés.

Les doigts de Galwin se perdirent dans les cheveux de sa bien-aimée. Il attira son visage tremblant contre le sien. Elle ferma les yeux et entrouvrit les lèvres. Il fit glisser sa tunique jusqu'à ses pieds. Ses seins apparurent, lourds, gonflés, tendus vers ses mains et ses lèvres. Cela ne fit qu'exacerber son désir. Il les couvrit de baisers passionnés. Il sentait la poitrine de Gwen se soulever de plus en plus vite sous ses caresses. Ses bouts de seins se dressèrent de manière délicieuse. Elle gémit de plaisir. Il passa son bras sous sa taille et ses doigts frôlèrent sa croupe nue. Elle tressaillit encore et l'étreignit à son tour. Il l'étendit doucement sur la couche recouverte de peaux de bêtes et se plaça entre ses cuisses. D'instinct, les mains de Gwen s'emparèrent de ses hanches, afin de le guider, précisément, au creux de l'ombre. Puis, avec une infinie délicatesse, il pénétra entre ses jambes. Il tenta de réprimer les tremblements qui agitaient son corps, mélange de désir et d'angoisse, car c'était la première fois qu'il faisait réellement l'amour. Bien sûr, il y avait bien eu les initiations de quelques druidesses, mais cela ne comptait pas.

Gwen, quant à elle, avait appris de sa mère et de ses grandes sœurs que la femme doit obéir aux désirs de l'homme. Mais dans le cas présent, son désir était si fort qu'elle laissa libre cours à son ardeur. Elle sentait l'odeur enivrante de l'hydromel dans l'haleine de Galwin, et sur lui l'odeur lourde et masculine de ses habits et de sa peau. Ce mélange lui donnait une impression de vertige, d'intoxication presque, et un ardent désir charnel s'empara d'elle. Elle emporta Galwin, au fil de mouvements inconnus, profonds et lancinants. Ses mains trouvèrent les points les plus sensibles de sa chair. Son corps cambré se souleva dans une rage animale. À force de contorsions et de mouvements subtils, elle atteignit son plaisir. Galwin s'abandonna à son tour dans une explosion de jouissance qui confina aussitôt à l'extase.

Ivres de bonheur et de fatigue, ils se laissèrent retomber sur la couche et fermèrent les yeux. Ils avaient tous les deux la respiration haletante; la poitrine nue de la jeune fille s'aplatissait contre sa poitrine à lui. Leur bonheur était à son comble. Ils restèrent dévêtus, longtemps, émerveillés du spectacle de leurs deux corps juvéniles.

Mais, au milieu de la nuit, Galwin se réveilla d'un rêve affreux dont il ne put se rappeler le contenu. Il était trempé de sueur. Il saisit le bras de Gwen.

– Tu as entendu?

– Mmm?

– Un cri abominable.

– Dors, mon amour, ce doit être un oiseau de nuit.

Galwin était rongé par le doute. Il lui semblait percevoir, au loin, des clameurs étouffées dans les premières lueurs de l'aube. Il leva les yeux et vit le ciel noir, piqué d'étoiles. Ce n'était pas l'aube mais la nuit profonde. Il se rendit soudain compte de l'horreur de la situation. Le village était attaqué par une horde de barbares. La palissade et les huttes étaient en feu. Une large colonne de fumée s'élevait maintenant au-dessus de la brume. Il tâta l'obscurité et trouva le manche de son couteau.

– Je dois les rejoindre et me battre à leurs côtés.

La main de Gwen se referma sur son poignet.

– Si tu fais ça, tu seras massacré comme les autres. Et qui reconstruira Londinos?

Galwin hésita. Gwen poursuivit:

– As-tu oublié ta mission ?

Galwin fut assailli par un flot de pensées. Tout s'imbriquait et prenait un sens. La malédiction de Londinos se réalisait. Le vieux druide l'avait averti de ce qui allait arriver. Il avait sans doute eu le présage du malheur. Galwin se souvint aussi de cet étranger qui était arrivé à l'agonie en début de journée. Peut-être avait-il tout simplement prévenu le druide de l'attaque imminente. L'issue était inévitable. Le vieux druide savait que la ville serait détruite. Il avait alors choisi celui dans lequel il fondait le plus d'espoirs pour reconstruire la ville. Galwin pensa à sa famille, à son petit frère qui ne connaîtrait jamais le combat de l'hymen. Il en fut mortifié. Les larmes coulèrent de ses yeux et un long hurlement de douleur jaillit de sa poitrine tant il était rongé par le remords.

Gwen le calma de ses caresses et sécha ses larmes dans ses cheveux. La jeune fille aussi pleurait. Plus un bruit ne s'élevait de la forêt, comme si les animaux et les plantes étaient suspendus à leur décision.

Gwen s'allongea sur le corps de Galwin. Puis elle le couvrit de baisers. Ivres de douleur et de plaisir, ils firent l'amour jusqu'au bout de leurs forces.

Au loin, les barbares quittaient Londinos, laissant derrière eux un champ de ruines et de désolation. Ils avaient tout pris, sauf l'âme de la ville.

Chapitre 2

ARMINIA

– Comment comptes-tu payer ta dette ?

L'homme avait mis un genou à terre, en signe de soumission. Il était d'usage que les vaincus payent leur tribut. Il n'osait affronter le terrible regard de Caïus. Il parla en gardant la tête baissée :

– Je te donnerai tout ce qui me reste.

Caïus piqua une pomme du bout de son couteau et la porta à sa bouche. Il en croqua un petit morceau sans faim et jeta le reste à son chien qui n'en fit qu'une bouchée. Ventripotent, la face couperosée par des années d'orgies et d'excès, Caïus Gracchus n'en était pas moins l'un des meilleurs bâtisseurs de l'Empire. Il avait été envoyé à Londinium pour construire des ouvrages d'art en 150 après Jésus-Christ. Il s'était en particulier illustré en imaginant et en faisant construire un vaste réseau souterrain d'évacuation des eaux usées. Mais son ambition était ailleurs.

Le gros Romain éructa :

– Tu n'as plus rien.

– Je peux devenir ton esclave.

Caïus haussa les épaules.

– Pourquoi m'embarrasser d'une bouche de plus à nourrir ? Tu me coûterais plus que tu ne me rapporterais.

Caïus parut soudain songeur. Le silence s'éternisa. Il dit enfin :

— Il y aurait bien une autre solution.

L'homme releva lentement les yeux, mais pas sa tête.

Caïus poursuivit :

— As-tu des enfants ?

Un frisson parcourut l'échine de l'homme. Les frasques de Caïus n'étaient que trop connues.

— J'ai une fille, mais elle est si jeune...

Caïus se redressa et pointa son couteau vers l'homme.

— Quel âge ?

— Quatre ans.

Une lueur malsaine s'alluma dans le regard du Romain.

— Comment s'appelle-t-elle ?

— Arminia.

— Confie-la-moi. Je m'occuperai de son éducation. En échange, j'efface le capital de ta dette.

— Pitié, seigneur. Pas elle...

Caïus coupa :

— Donne-la moi ou je vous fais jeter tous les deux dans la fosse aux lions.

Caïus dictait sa loi. L'homme n'avait que quelques secondes pour se décider : faire d'Arminia une petite esclave de quatre ans dans les mains d'un gros porc lubrique ; ou livrer Arminia aux lions, dans l'hystérie sanguinaire des jeux du cirque. Cette vision le terrorisa. Il redressa la tête.

— J'accepte, seigneur.

Caïus lui sourit.

— Voilà qui est raisonnable. Je veux la fille ici, dans moins d'une heure.

— Vous l'aurez, seigneur. Je vous implore seulement de ne pas lui faire de mal, elle est si jeune et...

Caïus fit un geste de sa grosse patte, comme pour chasser un moustique inopportun.

— Tu te répètes. Va-t'en, tu m'importunes !

L'homme sortit à reculons.

Une fois dehors, il se demanda si son choix était le bon. Peut-être était-il encore temps de fuir. Mais pour aller où ? Il ne possédait plus rien. Ils mourraient de faim, lui et sa fille. Les gardes finiraient par les retrouver. La vengeance de Caïus serait terrible. Tandis qu'à présent, au moins, il était certain qu'Arminia vivrait et mangerait à sa faim.

Moins d'une heure plus tard, la petite Arminia, tremblant de la tête aux pieds, s'agrippait à la tunique de son père. Cet endroit lui faisait peur. Les immenses statues, le long des murs, semblaient l'observer. Elle n'osait regarder le gros Caïus qui la terrifiait. Elle leva les yeux vers son père.

– Tu ne vas pas me laisser toute seule, hein ?

– Il le faut ma chérie.

– Tu reviendras me chercher ?

– Dès que je pourrai.

L'homme mentait fort mal. Arminia le sentait.

Caïus passa sa langue sur ses lèvres et sa grosse main moite s'attarda dans le cou de la fillette. Elle recula, horrifiée par ce contact. Son père se plaça d'instinct devant sa fille.

– Ne la touche pas !

En un éclair, Caïus saisit le couteau dans la corbeille de fruits, et le planta dans le ventre de l'homme.

Le malheureux le regarda, hébété, et balbutia :

– Tu avais promis...

Caïus retira le couteau d'un geste brutal et partit d'un rire gras, comme s'il venait de faire une bonne plaisanterie.

– J'ai dit que j'effaçais le capital de ta dette. Ça, c'est pour les intérêts.

L'homme s'écroula aux pieds d'Arminia. La petite resta là, tétanisée de terreur et d'incompréhension. Elle aurait voulu crier, venir au secours de son père, mais aucun son ne sortit de sa gorge. Et ses pieds restèrent prisonniers du marbre froid.

Comme il l'avait promis, Caïus s'occupa de l'éducation de la petite Arminia. À sa façon.

Au début, elle ne comprenait pas ce qu'il attendait d'elle. Puis, à force de coups, de violences et d'humiliations, elle finit par se plier aux moindres caprices de son maître. Il en fit son pire outil de débauche.

À huit ans, elle devint l'égérie de toutes les orgies et fêtes dionysiaques, qui regorgeaient de telles obscénités qu'habituellement seuls les hommes y participaient.

Caïus lui apprit à se servir d'un gros bâton de forme phallique, en public comme en privé. Il l'initia aux pratiques les plus odieuses. Il l'offrit souvent à des commerçants ou des amis de passage, en guise de cadeau de bienvenue.

Le temps passa, mais, pour Arminia, rien n'effaçait le souvenir de son père, mourant sous ses yeux de la main de celui qui était maintenant son maître. Elle nourrissait une haine sans faille pour Caïus. Elle était sûre que l'heure de la revanche viendrait.

D'ailleurs, Arminia haïssait tous les Romains. Elle ne connaissait que trop les prétendus bienfaits de leur civilisation. Secrètement, elle rêvait de retourner vivre parmi son peuple. Elle espérait qu'un jour l'envahisseur finirait par repartir.

Mais, pour l'heure, les Romains ne semblaient pas pressés de quitter le pays.

À présent, à seize ans, elle mangeait à sa faim et était mieux vêtue que la plupart des autres esclaves. Elle savait lire et écrire. Sa beauté était son atout, mais aussi son drame. Il y avait en elle quelque chose de luxuriant, de chaud, qui faisait naître immédiatement chez les hommes de prometteuses suggestions. Ses seins se dressaient, hauts et fermes, comme une invitation permanente à la débauche et au vice. Dans le chaos de sa pauvre vie, elle connut la maternité par deux fois. Son premier enfant mourut à la naissance. Le deuxième survécut. La vie d'Arminia prit enfin un sens. Ses deux grossesses avaient arrondi ses formes. Ses seins étaient devenus lourds et épanouis. Sa beauté voluptueuse plaisait toujours autant à Caïus.

Depuis douze ans, son maître avait fait construire bien des chaussées, des égouts, des thermes, des bâtiments administratifs et des temples. Arminia détestait particulièrement ces temples au faste pompeux et aux divinités bouffonnes. Elle croyait au pouvoir des druides, des elfes, des fées, de toute la faune qui peuple la forêt depuis la nuit des temps.

Arminia avait peu d'amis, mais elle s'était liée d'amitié avec une vieille esclave, Elféa, que l'on disait un peu sorcière. Elféa lui avait révélé les secrets de son peuple. Elle lui avait raconté les origines de la cité. Elle lui parlait souvent d'un mystérieux personnage du nom de Léandis, qui vivait dans les profondeurs de la forêt et dont les pouvoirs dépassaient ceux de tous les Romains réunis. D'après Elféa, Léandis avait au moins trois cents ans ; il pouvait voler et transformer les êtres et les choses d'une simple incantation.

Arminia se demandait comment de tels prodiges pouvaient se réaliser. Elle pensait à tout cela tout en s'occupant de son bébé. C'était la première fois de sa vie que quelqu'un lui souriait, lui donnait de l'amour.

Elle s'apprêtait à lui donner le sein quand une voix tonna dans son dos :

– Le maître te demande.

Arminia sursauta et reposa le bébé sur sa couche. Comme elle ne réagissait pas assez vite au goût du soldat, il lui donna un coup de pied dans les reins et beugla :

– Tout de suite !

Arminia sortit en courant. Quand elle entra dans l'atrium, elle découvrit Caïus en conversation avec plusieurs hommes. Elle n'osa pas les interrompre et attendit qu'on l'appelle. Ils étaient penchés sur des plans architecturaux. L'un d'eux posa son doigt sur un point du plan.

– Pourquoi pas ici ? Il y a déjà des pontons de part et d'autre. Les navires ont l'habitude d'y accoster.

Caïus répliqua :

– Certes, mais le fleuve est trop large à cet endroit.

– Mais si tu le fais plus bas, comment passeront les bateaux ? objecta un deuxième.

— Ils changeront leurs habitudes et viendront s'amarrer en aval. Ça n'empêchera pas les petites embarcations de passer.

Arminia écoutait malgré elle. Que mijotaient ces quatre-là ?

— Et ici ? demanda un autre. Le fleuve est plus étroit.

— Oui, mais la berge n'est pas assez stable. L'endroit est trop marécageux.

— Tu penses à tout, Caïus.

— Ce n'est pas la première fois que je construis un pont.

L'homme se gratta la barbe et fronça les sourcils.

— Ça n'empêche qu'il faut éduquer ces barbares et leur apprendre les règles.

Ces Romains parlaient de son peuple. Cette fois, Arminia tendit l'oreille.

— Ils détestent nos dieux et bravent nos lois.

— Pourquoi ne pas prendre un des leurs ?

— Non. Je ne veux pas d'émeute. Si nous voulons les intégrer au royaume, nous devons leur montrer l'exemple.

Le plus vieux des trois se tourna vers Caïus.

— Qui nous dit qu'elle acceptera ?

Le vieil homme se tut soudain en apercevant Arminia. Les trois regards convergèrent aussitôt vers elle et un silence pesant s'installa. Voilà qui n'était pas ordinaire. Depuis quand les Romains se taisaient-ils en présence d'une esclave ?

Caïus se racla la gorge.

— Elle m'obéit comme un chien. Elle fera ce que j'ordonnerai. D'ailleurs, à propos de chien, vous allez voir.

Il fit un geste en direction d'Arminia.

— Ici !

Arminia se précipita et vint s'agenouiller devant son maître. Il releva le menton de la jeune fille et la fixa au fond des yeux en lui appuyant sur la tête. Sans un mot, Arminia glissa sa main sous la tunique du gros Romain.

Caïus la repoussa d'un coup de genou et lui désigna le chien.

— Pas moi. Lui.

Arminia leva les yeux vers son maître.

– Maintenant ?

– Oui, c'est un ordre.

Rien ne pouvait plus atteindre Arminia. Elle s'exécuta en silence. La scène laissa le petit groupe sans voix. Le chien bavait et émit de petits couinements. Caïus claqua dans ses mains.

– Ça suffit. Laisse-nous !

Les trois hommes se frottaient encore les yeux, se demandant s'ils n'étaient pas victimes de quelque hallucination. Arminia s'essuya la bouche d'un revers de main et sortit à reculons, tête baissée. Caïus répéta :

– Elle fera ce que j'ordonnerai.

Le vieux Romain se drapa dans sa toge.

– Soit. Tu en prends la responsabilité. Si tu réussis, Rome saura te récompenser. Si le pont s'écroule, tu n'auras sûrement pas de seconde chance.

En entrant dans la petite pièce qui lui servait de logis, Arminia trouva la vieille Elféa en train de dorloter son bébé. C'était un poupon blond et joufflu aux yeux rieurs. Arminia sourit à ce spectacle touchant. Puis elle demanda :

– Tu voulais me parler, Elféa ?

– Oui. Enfin, non.

La vieille femme semblait embarrassée. Ses yeux étaient mouillés, comme si elle venait de pleurer. Elle jeta un regard inquiet vers la porte. Les visites entre esclaves étaient interdites. Elle poursuivit sur un ton saccadé :

– Les Romains vont construire un pont sur la Tamesa, et...

Quand elle parlait avec Arminia, elle disait Tamesa et non Tamesis. Tout comme elle préférait appeler la ville Londinos au lieu de Londinium. Trop vieille, elle n'avait jamais accepté la latinisation des lieux où elle avait grandi.

Arminia l'interrompit :

– Je le sais. J'ai surpris leur conversation. Je n'ai que faire de leur pont. Pas plus que de leurs temples, leurs routes pavées et leurs thermes. Notre peuple peut très bien vivre sans ça.

Puis elle s'emporta :

– Ils nous font payer très cher leur prétendue civilisation. Ce sont eux les vrais barbares, pas nous. Leurs mœurs sont abominables !

La vieille femme fit un geste de la main.

– Calme-toi, Arminia, je comprends ta colère et je sais ce que tu endures. C'est pourquoi je t'ai apporté ceci.

Elle lui tendit une fiole contenant un liquide brun. Arminia observa la mixture dans un rayon de soleil oblique.

– Qu'est-ce que c'est ?

– Une potion qui te fera passer la douleur quand le moment viendra.

– Le moment ?

– Jure-moi de la boire demain à l'aube, quoi qu'il arrive.

Arminia avait une confiance absolue en Elféa, mais elle aurait aimé comprendre. Elle allait l'interroger quand la vieille femme lui rendit le bébé et sortit de la pièce en hâte.

– Je dois partir. S'ils me surprennent ici, ils vont encore me battre. Mes vieux os n'y résisteraient pas.

Arminia, qui ne connaissait que trop ces sévices, ne la retint pas.

Arminia sentit quelque chose de dur dans ses côtes.

– Réveille-toi et suis-nous !

Il faisait encore nuit. Le garde romain appuya un peu plus fort.

– Allons ! Dépêche-toi !

Arminia se leva, torse nu, et ajusta sa tunique sous les sifflets sarcastiques des gardes.

Il faisait froid. Les hommes la poussèrent dehors sans ménagement. La brume était si dense sur le sol qu'Arminia ne pouvait même pas voir où elle marchait.

Ils arrivèrent au bord du fleuve où un attroupement s'était déjà formé. Plusieurs hommes tenaient des torches. Cela ressemblait à une cérémonie. Arminia se souvint de l'ordre d'Elféa. Profitant de la confusion, elle tira la fiole de la poche de sa tunique et la vida d'un trait.

Le liquide lui brûla la gorge.

Le ciel se déchira lentement et laissa filtrer un peu de lumière sur la Tamesa dont les eaux avaient viré au rose. Des volutes de brume dansaient au-dessus des flots. Arminia vit des sylphides et des elfes. Une licorne que personne ne semblait voir sortit de la brume et vint à sa rencontre. Arminia déposa un baiser sur son petit museau rose.

Puis tout devint confus.

Un homme fendit la foule. Il tenait quelque chose au-dessus de sa tête.

Arminia chercha une explication sur les visages des gens autour d'elle, mais ils se déformaient et se liquéfiaient dès qu'elle essayait de soutenir leur regard. Un brouillard de plus en plus épais envahissait son cerveau. En l'espace de quelques secondes, le décor acheva de se disloquer. Les arbres et les pierres se mélangeaient. Elle tenta encore de faire un effort sur elle-même pour ne pas perdre sa concentration. Mais tout lui échappait.

À présent, il faisait grand jour, mais l'eau brillait d'un reflet inhabituel qui l'aveugla. Elle se frotta les yeux avec ses poings. Elle vit son bébé qui lui souriait, tout près de son visage. Elle lui rendit son sourire et voulut le prendre dans ses bras pour lui donner son sein, mais il disparut lui aussi, comme happé par la foule et la brume.

Une clameur s'éleva autour d'elle. Elle ne put dire s'il s'agissait de cris de terreur ou de liesse. Apparemment, la construction du pont avait commencé. Des maçons gâchaient du mortier. Un homme tendait maintenant ses mains vers le ciel, comme s'il essayait d'attraper les rayons du soleil. Il dut y parvenir car un éclat brillant et rouge miroita un instant dans sa main droite. Les maçons s'activaient. Le mortier gicla sur sa tunique, couleur de feu. Arminia sentit comme une brûlure.

Elle restait debout, immobile, un sourire hébété figé sur les lèvres. Le monde qui tournoyait autour d'elle ne lui était jamais, apparu aussi beau. Elle voyait tout ce que les autres ne pouvaient voir. Etait-ce le secret que voulait lui révéler Elféa ?

Quand elle se réveilla, elle était en sueur. Ses cheveux étaient collés sur son front. Un halètement pénible lui vrillait les tympans tout près d'elle. Elle mit quelques secondes avant de réaliser qu'il s'agissait de sa propre respiration. Son cauchemar était épouvantable, mais elle aurait été incapable de le raconter tant il semblait confus. Elle secoua la tête pour s'éclaircir les idées, mais cela déclencha des maux de crâne épouvantables. Elle commença à se souvenir.

Elle se leva d'un bond pour prendre son bébé dans ses bras. Soudain, elle fut prise d'une nausée terrible, sa tête se mit à tourner et elle dut se retenir à l'un des murs pour ne pas s'écrouler.

Le bébé avait disparu.

C'est alors qu'elle vit la tache de sang et de mortier séché sur sa tunique.

Elle comprit et s'évanouit.

Quand elle se réveilla de nouveau, elle sentit la fraîcheur d'une main sur son front. À travers la buée jaunâtre de ses yeux, elle aperçut le visage familier de la vieille Elféa. Elle parvint à balbutier :

– Que s'est-il passé ? Où est mon bébé ?

La vieille femme ne répondit pas. Du fond de son délire, Arminia parvint à lui saisir le poignet et le serra de toutes ses forces.

– Tu m'as trahie.

La vieille femme eut un rictus de douleur.

– Je t'ai évité la mort.

Puis elle ajouta en baissant la voix :

– Mais je n'ai rien pu faire pour le bébé.

Arminia lâcha prise, ivre de douleur. Elle croyait que plus rien ne pouvait l'atteindre. Elle se trompait. Elféa poursuivit :

– C'est une croyance romaine. La première pierre d'un pont doit être scellée avec un mortier fabriqué avec le sang d'un être pur. Une sorte d'offrande à leurs dieux qui garantit la pérennité de l'édifice.

Un flot de souvenirs submergea Arminia comme une vague de terreur. Elle se remémora la conversation de Caïus avec ses hôtes. Ils parlaient de prendre « l'un des leurs ». Caïus avait dû leur proposer le bébé d'Arminia. Voilà pourquoi ils s'étaient tus à son arrivée.

La vieille poursuivit :

— Selon la croyance romaine, le sacrifice de l'enfant doit avoir lieu en présence de la mère. Si elle pleure, tout est à refaire. La mère est condamnée à mort de toute façon. L'enfant aussi.

Arminia se revit en train de boire la drogue de la vieille femme. Ses souvenirs prirent alors une autre signification. Le sourire de son bébé était bien réel. Le baiser sur le museau rose de la licorne lui était destiné. C'est lui que le prêtre romain tenait à bout de bras. Le mortier couleur de feu. Le couteau ensanglanté, dardant ses éclairs de mort dans la main du prêtre. Et les cris de la foule, partagée entre la terreur et la dévotion fanatique.

Une pensée traversa soudain son esprit.

— Comment sais-tu tout ça, Elféa ? Qui t'a ordonné de me faire boire cette potion ?

— Caïus Gracchus.

Le coup était rude. Toute la confiance d'Arminia pour la vieille femme s'écroulait. Elféa poursuivit :

— J'ai longtemps hésité. Mais je ne voyais pas d'autre solution. Si tu avais pleuré, ou si tu étais intervenue lors de la cérémonie, ils t'auraient tuée. Et le bébé n'aurait pas survécu non plus.

— Je veux le voir.

Elféa baissa la tête sans répondre. Arminia demanda, à bout de forces :

— Où est son corps ?

— Ils l'ont scellé dans les pierres du pont.

Arminia défaillit. Elle sentit un liquide brûlant couler dans sa gorge, le même que la veille. Sa douleur s'éloigna peu à peu. Son esprit sortit de son corps et elle commença à délirer. Elle se souvint des histoires que lui racontait Elféa. Un vieil homme du nom de Léandis vivait dans la forêt. Il avait au moins trois cents ans, mais on le disait immortel. Il pratiquait la magie depuis toujours. Ses pouvoirs étaient immenses. Il était le dépositaire de toutes les connaissances de son peuple. Armania rêva qu'elle le rencontrait et qu'il lui venait en aide.

Au milieu de la nuit, Arminia sentit une présence à ses côtés. Elle se réveilla en sursaut et vit un oiseau de nuit qui la regardait fixement, figé comme une statue. Elle se leva, comme dans un rêve, et suivit l'oiseau. C'était un messager des esprits de la forêt. Il était venu la chercher pour la conduire auprès de Léandis.

Arminia s'enfonça dans la forêt et pressa le pas en réalisant que le bois se faisait plus touffu. Elle marcha longtemps, suivant l'oiseau. L'oiseau s'arrêta soudain. Puis il disparut. Arminia écarquilla les yeux dans la pénombre, essayant de mieux distinguer le décor qui l'entourait et fit de son mieux pour ne pas céder à la panique.

Ce qu'elle vit dépassait son imagination. Il y avait devant elle une bouche sombre creusée dans la pierre. C'est du moins ainsi qu'elle vit l'entrée de la caverne. La bouche était surmontée de trois cavités situées aux endroits du nez et des deux yeux. Le tout formait une tête gigantesque et effrayante. Elle resta figée devant ce regard mort. Il lui sembla qu'une fumée sortait des cavités oculaires. Cette chose était-elle vivante ?

Elle entra à tâtons dans la caverne, bravant la peur qui lui tenaillait le ventre. Elle descendit un escalier raide de marches glissantes et mal ajustées. Un reflet doré semblait venir du fond de la terre. Il lui sembla aussi percevoir des odeurs troubles et inquiétantes, ainsi que des échos de métaux ou de vaisselle, de temps en temps. Elle glissa plusieurs fois et reprit son appui comme elle put sur les murs suintants et nauséabonds. Elle se retrouva enfin dans une petite salle. Le reflet doré provenait d'une torche à moitié consumée suspendue à un crochet qui émergeait de la roche.

Arminia tremblait de tous ses membres. Quelqu'un ou quelque chose habitait donc bien ici. Elle entendit un bruit derrière elle. Elle fit volte-face pour voir si quelqu'un la suivait. Mais ses yeux ne parvinrent pas à trouer les ténèbres. Elle se retourna à nouveau pour reprendre sa marche, mais son front heurta le torse d'un homme qui venait de se matérialiser à quelques centimètres d'elle.

Elle sursauta, fit un bond en arrière et trébucha. L'homme, les bras croisés sur la poitrine, resta figé comme une statue et la darda de son regard inquisiteur.

Arminia se releva et tenta de masquer sa peur en affichant une assurance exagérée.

— Je viens voir Léandis, dit-elle.

Arminia s'attendait à trouver un vieil homme d'au moins trois cents ans. Au lieu de cela, se tenait en face d'elle un gracieux éphèbe qui n'avait pas encore atteint les vingt ans.

Le jeune homme lui adressa un regard oblique.

— C'est moi. Que veux-tu ?

— Tu n'es pas Léandis. Je cherche un homme de plus de trois cents ans.

— C'est moi, répéta le jeune homme sans ciller.

— Je ne te crois pas. Dis-moi où est Léandis. Je n'ai rien à faire de toi et de tes mensonges.

L'attitude d'Arminia contredisait ses propos. En fait, ce jeune homme l'intriguait. Il y avait quelque chose d'étrange dans son comportement. Il semblait fier et droit. Trop sage pour son jeune âge. En tout cas, ce n'était pas un Romain.

Elle voulut partir, mais une force mystérieuse la retint. Le jeune homme répéta sur un ton calme :

— Que veux-tu ?

Arminia hésita puis finit par lâcher :

— Je veux que tu m'enseignes ton savoir pour me venger de Caïus Gracchus dont je suis l'esclave.

Une lueur de méfiance passa dans le regard de Léandis.

— Rien que ça ! Pourquoi te ferais-je confiance ?

— Regarde, si tu ne me crois pas !

Une marque au fer rouge, sur son épaule, portait les initiales CG de son maître. Léandis la regarda d'un air soupçonneux.

– Précisément. Si tu es l'esclave de Caïus Gracchus, qu'est-ce qui me prouve que tu n'es pas venue m'espionner pour son compte ?

Arminia était à bout d'arguments. Un éclair de furie traversa son regard.

– Va au diable ! Il a tué mon bébé. Je me vengerai, avec ou sans ton aide.

Au moment où elle sortait, une main solide la retint par le bras.

– Attends ! Tu n'as aucune chance de t'en sortir toute seule. Ils te tueront.

Elle comprit qu'elle venait de gagner la confiance du jeune homme.

Soudain, il l'attira contre lui. Bien qu'elle fût rompue au contact des hommes, celui-ci la troubla. Le sol bougea sous leurs pieds et le mur pivota comme par enchantement.

Ils se retrouvèrent de l'autre côté du mur. Arminia écarquilla les yeux en découvrant ce nouveau prodige. Une salle, beaucoup plus grande que la première, était aménagée comme un vrai logis. Un grand lit occupait un angle. Une bibliothèque en occupait un autre. Le troisième angle était occupé par une vaste cuisine et une cheminée. Elle se souvint de la fumée qui s'échappait des deux orifices qu'elle avait pris pour des yeux. Dans le quatrième angle, il y avait une table couverte de fioles et d'ustensiles dont certains dégageaient des odeurs qu'elle avait senties en arrivant. Des dizaines de souris et d'autres petits animaux couverts d'épines s'agitaient dans des cages. Elle pointa son doigt.

– Qu'est-ce que c'est ?

– Mon atelier. Je fais des expérimentations.

Elle tressaillit.

– Es-tu sorcier ?

Il sourit et répondit à sa question par une autre question :

– Es-tu capable de garder un secret ?

– Oui.

– Je n'ai pas trois cents ans.

Elle fit une moue ironique.

– Figure-toi que je m'en doutais un peu. Tu me semblais trop bien conservé pour un vieillard de trois cents ans.

– Mais je ne t'ai menti qu'à moitié. Je suis le fils de Léandis et je porte le même nom que lui, tout comme nos ancêtres. De ce fait, le peuple nous croit immortel.

Arminia allait de surprise en surprise.

– Et vos fameux pouvoirs ?

– Nos pouvoirs ne sont pas si extraordinaires. Ils viennent de l'observation et de l'expérience cumulées de plusieurs générations. Disons que nos connaissances s'étendent de la chimie à la médecine et à l'astrologie.

– Et toi, dans tout ça ?

– À la mort de mon père, j'ai poursuivi son œuvre. Je ne fais qu'explorer les voies ouvertes par mes ancêtres et par les autres peuples. Si possible, j'en ouvre de nouvelles.

Il prit la main de la jeune fille et l'entraîna vers les cages.

– Regarde ces souris. Je leur sauve la vie en leur plantant des épines dans le corps.

Elle se pencha et fit une moue incrédule.

– À quoi ça sert, de sauver la vie des souris ?

– Un jour, la même science me servira peut-être à guérir les hommes.

Arminia le considéra avec étonnement. Il poursuivit en l'observant du coin de l'œil :

– Mais la même science peut aussi être utilisée pour se débarrasser d'un ennemi.

La jeune fille se redressa.

– Je veux me venger. Je veux tuer Caïus.

– Veux-tu te venger ou le tuer ?

Elle sentit que la nuance était importante. Elle réfléchit un instant et rectifia :

– Me venger.

À son grand étonnement, il lui dit alors :

– Moi aussi.

– Tu connais Caïus ?

– Non. Mais je connais les Romains. Ils ont ruiné ma famille et contraint mes ancêtres à l'exil. Le nom que je porte est devenu une légende. Notre peuple croit en nous. Mais que pouvons-nous faire pour lui ? Je déteste les Romains autant que toi. Ta vengeance contre Caïus sera aussi la mienne. Je vais t'aider.

Elle posa un baiser sur ses lèvres. Un peu par gratitude, beaucoup parce qu'elle en mourait d'envie. Le regard de Léandis était brûlant. La solitude lui pesait. Ce jeune corps de femme, près de lui, lui rappela qu'il était aussi un homme et qu'il est bien difficile de vivre en ermite quand on n'a pas encore vingt ans. Arminia se pressa contre Léandis, l'embrassa longuement et lui prodigua mille caresses.

– Tu ne regretteras pas de m'avoir aidée.

Il ferma les yeux et s'abandonna. L'un comme l'autre n'avaient pas connu un tel plaisir depuis fort longtemps. Pour la première fois, c'était Arminia qui choisissait son partenaire, et cela changeait tout. Pour lui, c'était comme un rêve. Une sylphide, née de la forêt, pour lui apporter affection et réconfort. Pour Léandis comme pour Arminia, une nouvelle ère commençait.

Avant que le jour ne se lève, Arminia, lovée contre Léandis, demanda :

– Tu ne m'as pas expliqué comment j'allais me venger de Caïus. Aurais-tu quelque potion à me confier pour venir à bout de lui ?

Léandis prit la main d'Arminia dans la sienne.

– Pas besoin de potion. Voici ta meilleure arme.

Elle regarda sa paume ouverte avec étonnement.

– Que veux-tu dire ?

Léandis lui montra comment transformer son pouce et son index en une redoutable pince. Il lui montra aussi le lieu de la plus grande faiblesse du corps humain. Il suffisait de pincer et de piquer aux bons endroits pour que toute la machine se dérègle. Il lui donna encore quelques recommandations simples en lui demandant de les suivre à la lettre. Puis il conclut :

– Voilà. Tu en sais à peu près autant que moi. Maintenant, retourne vite là-bas avant que ton absence soit remarquée.

Au petit jour, Arminia se réveilla dans la pièce sinistre qu'elle occupait dans la dépendance des esclaves. Elle se demanda si elle avait rêvé ou si tout cela était bien réel. Elle chercha son bébé du regard, mais il n'était pas là. Elle n'eut pas le temps de s'apitoyer. Un garde vint obstruer le cadre de la porte et aboya :

– Le maître te demande. Tout de suite !

Arminia se précipita dans l'atrium. Caïus était vautré sur un lit et s'empiffrait. Il ne leva pas même les yeux vers Arminia en lui parlant :

– Tu as été parfaite, hier. Pas une larme quand j'ai égorgé le bébé. Il a saigné comme un porcelet pendant un bon quart d'heure. Le ciment était idéal. Viens, nous allons fêter ma nouvelle réussite.

Arminia eut un haut-le-cœur. L'évocation du drame de la veille renforça sa décision. Un immense doute l'assaillit cependant. Et si les conseils de Léandis échouaient ? Et s'il lui avait menti ? Après tout, elle n'avait jamais expérimenté cela.

Surmontant son dégoût une fois encore, elle chevaucha le corps obèse de Caïus. Elle approcha sa main gracile du cou adipeux et trouva les veines que lui avait indiquées Léandis. Il prit ce geste pour une caresse et ne s'en étonna pas. Mais la pince du pouce et de l'index s'était déjà refermée. Elle jouait le tout pour le tout. Elle se pencha sur lui et le fixa au fond des yeux.

– Tu as égorgé ton propre fils.

Elle ne lui avait jamais révélé cela de peur qu'il ne lui reprenne le bébé. Le Romain lut la détermination sur le visage de la jeune esclave. Un éclair de panique passa dans ses yeux. Arminia serra encore sa prise. En quelques secondes, Caïus étouffa, ses yeux devinrent blancs et il perdit connaissance. Arminia regarda sa main avec stupéfaction. Comme l'avait expliqué Léandis, le sang n'irriguait plus le cerveau. Si cette situation se prolongeait, c'était la mort certaine. Arminia fut tentée d'abandonner le Romain à son sort, mais elle pensa à la promesse faite à Léandis et décida d'appliquer sa consigne jusqu'au bout.

Elle n'avait qu'une minute pour retourner le corps adipeux de Caïus. Elle le fit rouler de la couche et il tomba à plat ventre. Il ne lui fallut que quelques secondes pour remonter sa tunique et découvrir les fesses molles et adipeuses de son maître. Malgré la graisse, elle repéra sans difficulté l'endroit que lui avait indiqué Léandis. Tout s'était passé si vite qu'elle n'avait pas eu le temps de se munir d'une aiguille. Elle chercha un objet pointu. Son regard tomba sur le couteau, posé à côté de la corbeille de fruits. Elle le saisit et le plongea sans hésitation à la base de la colonne vertébrale. L'énorme masse de chair tressaillit comme si elle venait d'être frappée par la foudre. Arminia retira le couteau qui ne laissa qu'une petite marque à peine visible à l'œil nu. La plaie se referma instantanément, masquée par deux bourrelets de graisse. Elle essuya le couteau dans les plis de sa tunique et le reposa près de la corbeille de fruits. Puis elle baissa la tunique de Caïus.

Il ne lui restait que quelques secondes pour le réveiller. Elle parvint encore à le faire rouler sur le dos et le gifla à plusieurs reprises. Il ouvrit enfin les yeux, reprit une profonde respiration, comme un homme sauvé in extremis de la noyade, et posa un regard embrumé sur elle. Un filet de bave coulait à la commissure de ses lèvres. Un sourire hébété rôdait sur son visage, comme au sortir d'une bacchanale. Il balbutia quelques mots incompréhensibles.

Un garde se matérialisa dans le dos d'Arminia.

– Que se passe-t-il ici ?

Arminia tressaillit et se demanda depuis combien de temps l'homme observait la scène. Sa voix trahit son trouble :

– Le maître est tombé de sa couche. Aide-moi à le porter.

Le garde la considéra avec perplexité, mais s'exécuta. Elle ajouta, pour faire bonne mesure :

– Je crois qu'il est tombé sur le crâne.

Caïus souriait. Son regard voilé et inexpressif ressemblait à celui d'un poisson mort.

Le soir même et les soirs suivants, Arminia retrouva Léandis au fond de la forêt. Il lui révéla de nouveaux secrets. Elle comprit vite que certains réflexes pouvaient être obtenus de façon quasi mécanique en activant tel ou tel point du système nerveux. D'après Léandis, cette science venait d'un pays lointain où les gens ont la peau jaune et les yeux bridés. Arminia n'y croyait guère, mais se plaisait à écouter les légendes de son compagnon.

Un soir, en se rendant chez Léandis, Arminia entendit des pas derrière elle dans la forêt. À chaque fois qu'elle s'arrêtait, les bruits de pas cessaient comme par enchantement. Dès qu'elle reprenait sa marche, les pas la suivaient à nouveau. Elle se cacha derrière un gros arbre et guetta. Un homme apparut sur le chemin. À la lueur de la lune, elle reconnut le garde qui l'avait surprise quand elle achevait sa besogne. Elle sortit de sa cachette et prit une pose lascive, comme ces filles qui aguichent les marins sur les pontons de la Tamesa. Elle remonta ses cheveux dans ses mains et leva les bras bien haut pour faire ressortir sa superbe poitrine.

– Que me veux-tu, beau militaire ?

L'homme sursauta.

– Je t'ai vue l'autre soir.

– Qu'as-tu vu exactement ?

– Je ne sais pas, mais ça m'avait l'air louche.

– Tu es victime de ton imagination.

– Je ne crois pas.

– À qui as-tu parlé de ça ?

– À personne, mais je pourrais devenir loquace.

Il lui fit un clin d'œil entendu.

– À moins que tu ne sois très gentille avec moi. On dit que tu es la plus grande putain de Londinium.

D'un geste mille fois répété, elle défit les nœuds qui retenaient le haut de sa tunique et découvrit ses magnifiques seins.

– Si on le dit...

À bout de désir et d'excitation, l'homme se jeta sur le frêle corps de la jeune fille. Tandis qu'il était occupé à relever le pan de sa propre tunique, Arminia glissa son index et son pouce près de la carotide du soldat, d'un geste presque tendre. En quelques secondes, l'étreinte du soldat faiblit et il s'effondra. Arminia attendit une minute, le temps de rattacher les nœuds de sa tunique et de remettre un peu d'ordre dans sa chevelure. Elle tâta le pouls du soldat et constata que son cœur avait cessé de battre.

Désormais, elle était la seule, avec Léandis, à connaître son secret.

Comme le lui conseilla Léandis, Arminia conserva sa place auprès de Caïus et devint même son unique interprète. Désormais, Caïus ne parlait plus que par borborygmes que seule Arminia prétendait pouvoir déchiffrer. Cela n'étonna personne car tous savaient que l'esclave était sa favorite. L'habitude aidant, il était donc normal qu'elle parvînt à le comprendre malgré son nouveau handicap. Tous admiraient le dévouement et la loyauté d'Arminia envers son ancien maître.

En public, Caïus souriait continuellement. Quand on lui posait une question, il hochait la tête de façon positive ou négative. Arminia, qui se tenait toujours à ses côtés, se chargeait de déclencher les réflexes adéquats.

C'est ainsi que Caïus affranchit Arminia et en fit son unique légataire en cas de décès.

En privé, Arminia s'occupait également de Caïus. Mais il souriait moins.

Elle enfonça avec assiduité les aiguilles aux endroits les plus névralgiques, tant et si bien que Caïus finit par décéder au bout de plusieurs longs mois de torture et d'agonie.

Le corps du garde romain fut retrouvé plusieurs mois après, rongé par la vermine et à demi dévoré par les loups. Mais là non plus, personne ne s'étonna. La chose était courante, sinon banale.

À la mort de Caïus, Arminia épousa Léandis. Tous deux utilisèrent la fortune de Caïus pour tenter d'aider leur peuple. Arminia vint en aide aux esclaves, aux enfants et aux pauvres. Léandis poursuivit ses étranges expériences au fond de la forêt et devint le chef de file d'un grand soulèvement populaire contre l'envahisseur romain.

Arminia voulut rendre sa liberté à la vieille Elféa, qui refusa, assurant qu'elle avait une dette envers elle. La vieille femme vécut encore un an avant de s'éteindre. Ce fut peut-être la seule année de quiétude de toute sa longue existence.

Arminia revendit la plupart des biens de Caïus, à l'exception du couteau que Léandis voulut conserver parce que, selon lui, il avait appartenu au fondateur de Londinos. Un drôle de couteau d'ailleurs. Sa facture semblait en effet assez archaïque. Sur le manche, on pouvait lire le mot Londinos. Arminia ne croyait pas plus à cette histoire de couteau qu'à la légende des hommes à peau jaune. Mais puisqu'elle aimait Léandis, elle lui laissa ses légendes... et son couteau.

Chapitre 3

ADÉLAÏDE

Il faisait nuit depuis plusieurs heures. Une brume insidieuse montait de la Tamise et recouvrait les rues d'un voile spectral. Par endroits, le brouillard se mêlait à la puanteur pour former des miasmes répugnants qui soulevaient le cœur.

Les cloches avaient sonné la fin de la journée de labeur depuis longtemps. C'était l'heure des mauvaises rencontres. Janis n'aurait pas aimé croiser l'homme en noir. Elle s'assura que la rue était déserte et se hâta de nettoyer la chaussée devant la porte de la maison puisque la loi l'exigeait. Mais la loi était une chose et la réalité quotidienne en était une autre. Les murs de toutes les maisons étaient percés de petits orifices qui servaient d'évacuation pour les latrines, les ordures et les déchets qui tombaient tout simplement dans la rue et pourrissaient sur place. Dans ces conditions, comment maintenir propre une ville de cent mille âmes ? Maître Soane prétendait que des égouts couraient sous toute la ville. Un vaste système d'évacuation des eaux usées qui datait, paraît-il, du temps des Romains. Elle repoussa tant bien que mal les déchets et détritus dans la rigole à demi obstruée qui serpentait au centre de la rue. Puis elle referma la porte et s'aperçut que la brume s'était déjà infiltrée à l'intérieur de la maison. La vieille femme promena son balai autour d'elle pour tenter de chasser l'intruse. Cela provoqua quelques tourbillons qui voltigèrent un instant dans la pièce et se reposèrent aussitôt sur le sol, comme pour la narguer.

La vieille Janis monta se coucher en soufflant comme un veau asthmatique. Son tablier sale et usé la serrait et comprimait son énorme poitrine molle. L'embonpoint l'avait gagnée au fil des ans et il lui était de plus en plus difficile de grimper l'étroit escalier. Elle se coucha, fatiguée mais heureuse d'être enfin allongée après une journée aussi longue et éreintante.

Janis avait soufflé sa bougie depuis une bonne heure déjà, mais elle ne parvenait toujours pas à trouver le sommeil. Des dizaines de pensées tournoyaient dans sa tête en une ronde folle. Elle aurait voulu mettre fin à ce charivari qui l'empêchait de dormir, mais elle n'y parvenait pas. Janis avait toujours servi dans la maison de maître Soane. Elle en connaissait les moindres recoins, les moindres habitudes, les moindres grincements. Mais, depuis la mort de la maîtresse, quelque chose la gênait. Elle ne pouvait s'expliquer quoi. C'était une somme de détails insolites, d'habitudes nouvelles et incongrues qui apparaissaient chez son maître. À présent, ces petits détails venaient troubler son sommeil. Plus elle les chassait, plus ils s'imposaient, toujours plus nombreux et velléitaires, comme la vermine qui s'attaque aux navires et que les marins ne parviennent pas à endiguer. Il y avait ces bruits, la nuit. Des bruits qui n'existaient pas du vivant de sa maîtresse. Ou alors, elle n'y avait jamais prêté attention. Il y avait aussi la visite de plus en plus régulière de cet homme étrange, tout habillé de noir, qui se taisait dès qu'elle entrait dans une pièce. Elle le croisait parfois dans la rue quand elle sortait de la maison. Il émergeait du brouillard à quelques pieds d'elle, comme un spectre surgissant du néant. Son regard la glaçait quand il se posait sur elle.

Et puis, la jeune Adélaïde, la fille du maître, qui était maintenant une belle jeune fille. Une beauté diaphane, un peu trouble. Janis ne reconnaissait plus la petite fille qu'elle avait élevée et tant aimée. Adélaïde n'était pas plus distante qu'avant, non. Elle était seulement différente. Et elle ressemblait tant à sa défunte mère que cela en devenait troublant. Un jour où la jeune fille avait enfilé la robe de sa mère, Janis avait cru voir un fantôme. Elle en tremblait encore, rien que d'y penser.

Certains jours, l'homme en noir et maître Soane restaient longuement enfermés dans la chambre de la jeune Adélaïde. L'homme en noir portait toujours un étrange paquet sous le bras. Janis n'osa jamais interroger maître Soane ou Adélaïde sur la profession de ce monsieur et sur le sujet de ses visites. Elle sentait confusément qu'il ne fallait pas aborder cette question. Mais l'absence d'explication la taraudait.

Il arrivait aussi, de plus en plus souvent, que le maître envoie Janis faire quelque course futile à l'autre bout de la ville. Cela prenait presque toute la journée. Elle avait acquis le sentiment que son maître faisait cela pour l'éloigner de la maison.

Mais ce n'était pas tout.

Il y avait aussi les bruits étouffés, les craquements de plancher. Parfois des voix, au milieu de la nuit. La lueur d'une chandelle qui se trahissait en passant devant sa porte. L'impression qu'un complot permanent se tramait dans l'ombre de la grande demeure.

Janis connaissait si bien la maison qu'elle pouvait suivre sans se tromper les déplacements nocturnes. Le pas pesant du maître, sortant de sa chambre, longeant le couloir et ouvrant une porte. Janis reconnaissait le grincement de toutes les portes de la maison et en particulier celui qu'elle entendait en ce moment, celui de porte de la chambre d'Adélaïde qu'elle avait tant de fois ouverte et fermée. Parfois la porte grinçait et les pas repartaient dans l'autre sens. Parfois la porte se refermait, et alors...

Janis se retourna et souffla d'impatience, dérangée qu'elle était par ces idées.

Quand la maîtresse était vivante, tout était si simple. Chacun tenait sa place. Maître Soane était un architecte réputé et respecté. Adélaïde était encore une fillette heureuse et insouciante.

Janis en était là de ses pensées lorsqu'un bruit inhabituel la fit sursauter. On aurait dit que quelqu'un venait de donner un coup dans une porte. Elle s'assit sur son lit et prêta l'oreille. Dehors, les rues de Londres étaient muettes. Le bruit venait bien de l'intérieur, quelque part sous ses pieds. Un bruit mat qui se reproduisit plusieurs fois, ponctué de râles étouffés. Cette fois, on aurait dit que deux personnes luttaient et roulaient à terre. Une bagarre ? Le bruit cessa comme par enchantement.

Janis s'enfonça dans son lit et tenta de se persuader que son imagination lui jouait des tours. On fait souvent de drôles de rêves, à la frontière du sommeil et de la réalité. Mais le vacarme qui suivit n'avait rien d'un rêve. Elle sauta du lit et enfila ses chaussons. Elle alluma sa chandelle d'une main tremblante et s'aventura dans le couloir glacé qui menait à l'étage inférieur. Elle descendit quelques marches de l'escalier étroit en retenant son souffle.

À mi-chemin, elle hésita et fut tentée de remonter, partagée entre la peur et la curiosité.

Un bruit monstrueux s'échappa de la chambre de demoiselle Adélaïde. Ce n'était pas un cri humain, c'était le râle d'un animal agonisant.

La curiosité l'emporta. Janis souffla sur la flamme et descendit jusqu'à la chambre d'Adélaïde. La porte était entrebâillée. Janis resta à l'abri de l'obscurité et glissa un œil dans la pièce. Le spectacle qui s'offrit à elle la tétanisa d'horreur. Elle resta ainsi plusieurs secondes qui lui semblèrent durer une éternité. Puis, ses lèvres se mirent à trembler, ainsi que tout son corps.

Elle fut happée par la nuit et se retrouva courant comme une damnée au milieu de la rue, en chaussons. Elle se signa en balbutiant :

– *Pater Noster qui tolis pecata mundi* et qui êtes aux cieux et avec votre esprit, soyez béni entre toutes les femmes.

Même ses prières les plus usuelles lui échappaient. Partout, des yeux semblaient l'observer. Une toux rocailleuse retentit sur sa droite. Elle aperçut un mendiant, à moins que ce ne fût quelque suppôt de Satan. Elle reprit sa course de plus belle. La chaussée était glissante d'ordures et d'excréments d'animaux. Elle perdit l'équilibre plusieurs fois et se rattrapa in extremis aux murs crasseux des maisons.

Il lui semblait bien reconnaître des lieux et des maisons, mais ils ne s'enchaînaient pas dans l'ordre où elle avait l'habitude de les trouver. Tout avait changé de place. Le brouillard avait-il été envoyé par le Malin pour la distraire de sa route ? Elle se signa et tenta de se remémorer sa pauvre prière :

— Votre règne viendra et Jésus le fruit de vos entrailles siègera à droite du Saint-Siège. Le seigneur soit avec moi et *cum spiritus sanctus amen.*

Ce n'était pas exactement ça, mais cela la rassurait et lui donnait l'impression que le Diable n'oserait pas s'approcher d'elle.

Elle courut encore. Elle reconnut une bâtisse devant laquelle elle passait tous les dimanches. Elle remercia Dieu de l'avoir remise sur le chemin. Elle arriva enfin devant la grande porte, se précipita dessus et la martela de ses poings.

— Ouvrez! Ouvrez! C'est une question de vie ou de mort!

La porte de l'église resta close. Elle guetta encore la rue derrière elle.

Elle changea de tactique :

— Je dois voir l'abbé de toute urgence pour me confesser.

Une voix agressive fusa d'une maison, quelque part dans la nuit.

— Hé, la vieille! Tu ne t'es donc point confessée depuis soixante-dix ans pour beugler ainsi ?

Elle évita de justesse le contenu d'un pot de chambre qui s'écrasa à ses pieds et éclaboussa le bas de sa chemise de nuit. Elle se réfugia contre la porte gigantesque de l'église et attendit, transie de froid et de peur.

Au bout de plusieurs minutes interminables, elle entendit des bruits de pas qui résonnaient en remontant la nef.

La lourde porte s'entrebâilla en grinçant. Un visage méfiant apparut.

— Qu'est-ce tu veux, vieille femme ?

La main droite de Janis, comme hystérique, traçait le signe de croix à toute allure sur sa poitrine. Elle répéta :

— Je dois voir l'abbé. Faut que je me confesse.

L'homme la toisa d'un air suspicieux.

— Ça peut pas attendre demain ?

— Non. Je viens de voir le Diable.

La porte hésita, grinça encore et s'ouvrit un peu plus.

— Quoi ?

La vieille détacha chaque syllabe, tout en se signant frénétiquement, comme pour donner plus de poids à son affirmation :

— Le diable. Londres.

— Moins fort ! ordonna l'homme. Tu vas effrayer tout le monde.

La porte s'ouvrit et une main la happa à l'intérieur. Le lourd battant résonna dans l'église en se refermant. Il faisait encore plus froid à l'intérieur qu'à l'extérieur, mais Janis se sentit en sécurité. L'homme, voûté et aussi âgé qu'elle, ressemblait à un gnome. Il fronça les sourcils.

— Je vais voir si l'abbé peut vous recevoir.

Suivit encore une attente interminable. Janis s'assit sur un prie-Dieu, tout près de la statue de Jésus, et tenta de remettre ses prières dans le bon ordre. Les tremblements ne la quittaient plus. Dès qu'elle fermait les yeux, la vision effrayante de la chambre de demoiselle Adélaïde revenait à l'assaut de sa mémoire, comme un diable sortant de sa boîte. Soudain, elle tressaillit en entendant des râles et des toux maladives, à quelques centimètres d'elle. C'est alors qu'elle aperçut, dans la pénombre, toute une foule d'hommes, de femmes et d'enfants, allongés à même le sol et blottis les uns contre les autres, à la recherche d'un sommeil éphémère. L'église était l'asile des pauvres qui n'avaient pas trouvé refuge ailleurs.

L'abbé apparut enfin. C'était un petit homme replet, aux cheveux ébouriffés et au visage blanc de sommeil. Il demanda en bâillant dans son poing :

– J'espère que tu as une bonne raison de me réveiller ainsi à quelques heures à peine de l'aube. Viens avec moi et raconte ce qui te tourmente.

La vieille Janis parla longtemps, tout en continuant de se signer fébrilement. Plus elle racontait, plus le visage de l'abbé se décomposait. Il commença à se signer à l'unisson avec elle. Puis ce fut à son tour de lui poser mille questions. L'Église ne plaisantait pas avec le Diable. L'Inquisition était sans pitié pour les hérétiques et les sorcières. Tout ce qui pouvait mettre en péril l'Église était pourchassé et traqué sans pitié.

L'aube se levait déjà lorsque la confession prit fin. Des rais de lumière tombaient des vitraux et baignaient la nef d'une lumière glauque. L'abbé se leva. Sa décision était prise.

Très tôt dans la matinée, l'abbé et une dizaine d'hommes d'armes, conduits par Janis, firent irruption dans la maison du maître. L'abbé fit ouvrir et visiter toutes les pièces, mais il ne trouva que la belle Adélaïde, endormie dans son lit, seule. Elle sursauta quand ils firent irruption dans sa chambre :

– Que se passe-t-il ici ?

Elle vit Janis, qui se dissimulait dans le dos de l'abbé.

– Janis ?

Pour seule explication, elle reçut une salve de questions et d'invectives :

– Où est ton père ?

– Je l'ignore. Il sort souvent le matin, très tôt, pour acheter des plantes.

– Des plantes ? Il est donc herboriste ?

– Non, il est architecte.

– Tu expliqueras tout ça au tribunal. Habille-toi et suis-nous !

– Quel tribunal ? Mais de quoi m'accuse-t-on ?

Le chef des hommes d'armes lui jeta ses habits à la face.

– Il est trop tard pour faire l'innocente.

La jeune fille sortir du lit, à peine vêtue. Les hommes d'armes firent mine de détourner le regard, mais ne perdirent pas une miette du spectacle ravissant. L'abbé écarquilla les yeux.

— Inutile de tenter de me corrompre. Je ne succomberai pas aux attraits d'une pécheresse.

La fille fut alors enchaînée et traînée sans ménagement dans la rue. Le désarroi et l'incompréhension se lisaient sur ses traits.

L'abbé ordonna que deux hommes d'armes restent sur place pour arrêter le maître de maison. L'attente fut longue, mais ils compensèrent l'ennui par les liqueurs et le vin que leur servit Janis en cuisine.

Gilbert Soane finissait de faire ses courses au milieu des étals. Ce n'était certes pas le rôle d'un architecte aussi renommé de faire les courses lui-même. Mais il y avait certaines courses qu'il évitait de confier à la vieille Janis afin de ne pas éveiller ses soupçons. Depuis longtemps déjà, la ville était emplie par les cris perpétuels des portefaix et des porteurs d'eau, le vacarme des charrettes et des cloches, des forgerons et des potiers d'étain qui façonnaient leurs marchandises, des apprentis, des charpentiers et des tonneliers qui travaillaient dans les mêmes dédales de ruelles et d'impasses.

Quand Gilbert rentra chez lui, plus tard dans la matinée, il fut accueilli par une Janis tremblante et au regard fuyant. La grosse femme se tapit contre le mur de l'entrée et se signa. Il posa sur elle un regard suspicieux.

— Depuis quand te signes-tu devant moi ?

Elle balbutia :

— *Pater Noster* qui êtes aux cieux et avec Jésus qui êtes béni, et avec votre esprit et sainte Marie qui est...

Gilbert Soane la saisit par les épaules et la secoua.

— Qu'est-ce que tu racontes ? Tu es devenue folle ou quoi ?

Elle se mit à hurler. Il comprit qu'il s'était passé quelque chose. Il leva la main et fit mine de la frapper. La vieille débita en sanglotant :

– J'ai tout vu cette nuit.

– Quoi ? Où est Adélaïde ?

– Les gardes l'ont emmenée. Elle sera jugée par la sainte Inquisition. Dieu me garde.

Les hommes d'armes, à moitié ivres et ensommeillés, accoururent, alertés par les hurlements de la vieille femme.

Le couloir était très étroit, comme dans la plupart des maisons de ville. Soane poussa la vieille femme qui perdit l'équilibre et tomba, obstruant le passage de tout son volume. Les hommes d'armes, qui avaient d'autres raisons de trébucher, tombèrent à leur tour sur la vieille tout en jurant et en blasphémant comme l'Antéchrist.

Gilbert Soane profita de la confusion pour s'échapper et se fondre dans la foule compacte de la ruelle.

L'architecte n'eut aucun mal à échapper aux soldats. La moindre ruelle de Londres lui était familière. Il lui était facile de semer quiconque n'avait pas l'habitude de ce dédale. À présent, sa préoccupation était ailleurs : comment sortir Adélaïde de ce guêpier ? Il ne pouvait pas remettre les pieds chez lui au risque de se faire capturer et emprisonner par les gardes. Un seul homme pouvait l'aider : son ami Ambrosio.

Il se rendit chez lui sans tarder, profitant de la cohue de la journée.

Ambrosio, célèbre alchimiste espagnol, avait échappé aux griffes de l'inquisiteur Bernard Gui en prenant la fuite sur le bateau de Soane. Il se sentait en sécurité à Londres où il vivait en vendant ses conseils d'homme de science et de médecin. Soane avait été une providence pour Ambrosio, et réciproquement. Les deux hommes étaient donc devenus très amis. Ambrosio n'avait jamais rechigné pour venir soigner Adélaïde, quelle que soit l'heure du jour ou de la nuit.

Soane frappa à la porte de la demeure vétuste d'Ambrosio, dans Fleet Street. Il s'assura que personne ne le suivait et qu'on ne l'avait pas vu entrer.

Ambrosio lut le désarroi sur son visage.

– Que se passe-t-il, Gilbert ?

L'architecte débita sur un ton oppressé :

– Janis nous a surpris la nuit dernière. Cette vieille folle a prévenu l'abbé. Les hommes d'armes ont emmené Adélaïde. L'Inquisition doit la juger. Il faut la tirer de là.

Ambrosio tressaillit. Ce seul mot évoquait tant d'horreurs pour lui. En Espagne, Bernard Gui avait fait brûler plusieurs de ses amis. Certes, l'Inquisition était moins féroce à Londres, mais le cas d'Adélaïde était trop exceptionnel pour qu'elle puisse espérer échapper à la mort.

Ambrosio se tut un instant et dit, comme s'il pensait tout haut :

– Il faudrait introduire dans le jury quelqu'un qui pourrait plaider en sa faveur en connaissance de cause.

Gilbert Soane entrevit une lueur d'espoir.

– Pourquoi pas toi, Ambrosio ? Tu es alchimiste. Ta renommée a dépassé les frontières de l'Espagne. Et tu connais bien les rouages et les lois de l'Inquisition.

– Voilà au moins trois bonnes raisons qui m'empêchent de siéger dans un jury d'inquisition.

Il fronça les sourcils et se plongea de nouveau dans ses pensées.

– Non. Il faut un homme du cru.

Son visage s'illumina soudain.

– As-tu entendu parler de Guillaume de Baskerville ?

– Non, qui est-ce ?

– Un moine franciscain. Il est lui-même inquisiteur, mais il ne cache pas son ressentiment contre l'inquisition espagnole.

– Tu le connais personnellement ?

– Oui, il est venu me trouver il y a quelque temps pour me demander conseil. Ma réputation était parvenue jusqu'à lui. J'ai gagné sa confiance en lui montrant la liste de mes principaux clients.

– Il est souffrant ?

– Oui. Enfin non. Il voulait seulement que je lui procure une plante qui... que... heu...

Il toussa dans son poing et ajouta sur un ton gêné :

– Qui ne pousse pas dans les herborariums des monastères.
Maître Soane pressa son ami :
– Connais-tu son adresse ?
Ambrosio avait enfilé sa cape et se dirigeait déjà vers la
porte.
– Monastère franciscain d'Aldgate. Il est venu à Londres
pour en étudier les textes sacrés.

La vieille Janis tremblait de tous ses membres. La terreur de
la nuit précédente ne la quittait pas. De plus, la docte assistance, composée de l'abbé, du Grand Inquisiteur royal et d'un
moine qui prenait des notes sur un long parchemin, l'impressionnait fortement.
L'abbé adopta un ton mielleux qui se voulait rassurant :
– Calmez-vous. Vous êtes en sécurité maintenant. Racon-
tez-nous ce que vous avez vu la nuit dernière.
Elle se signa frénétiquement en répétant :
– Le Diable. Le Diable. Le Diable.
– Soyez plus précise, dame Janis.
Le fait qu'il l'appelât « dame » montrait qu'il accordait un
réel crédit à ses propos. Elle commença :
– Ils étaient deux : le maître et l'homme en noir. Ils chevau-
chaient demoiselle Adélaïde. Tous trois roulaient à terre.
Leurs corps se mélangeaient et étaient sens dessus dessous.
– Comme dans l'acte de fornication ?
La vieille Janis essaya de se remémorer ses propres
souvenirs.
– Probablement. Le maître tentait de bloquer les mouve-
ments de demoiselle Adélaïde tandis que l'homme en noir
introduisait un bâton dans sa bouche.
– Êtes-vous sûre qu'il s'agissait d'un bâton ?
– Oui. Un large bâton noir et rond.
L'inquisiteur leva un sourcil.
– Noir ? Il tentait de l'étouffer ?
– Je ne crois pas. La fille mordait le bâton à la manière
d'un harnais de cheval.

– Ils comptaient donc la chevaucher ?

– Peut-être.

Elle marqua un silence, comme s'il lui était difficile d'évoquer ces souvenirs terrifiants et se signa à nouveau.

– Le pire, c'était demoiselle Adélaïde. Elle se tordait comme un serpent. Ses yeux étaient révulsés. Elle bavait un horrible venin blanchâtre.

Les deux hommes se signèrent à leur tour et échangèrent un regard entendu.

– Les trois semblaient-ils y prendre du plaisir ?

– Comment le saurais-je, monseigneur ?

– Faisaient-ils des bruits incongrus, des gloussements qui sortent de la gorge comme des râles maladifs et des essoufflements ?

– Assurément.

– Suaient-ils ?

– Si fait.

– Remuaient-ils leur corps en tout sens comme des possédés ?

– Oui. C'est exactement ça ! s'exclama la vieille, qui ne l'aurait pas mieux exprimé elle-même.

Les deux hommes se signèrent à nouveau.

– Commerce diabolique, lança l'abbé.

– Copulation satanique, rétorqua le Grand Inquisiteur.

– Fornication infernale, renchérit l'abbé, à la recherche de la meilleure formulation. Ces trois-là sont bons pour le bûcher.

Le brouillard montait déjà dans les rues et le soleil faiblissait à l'horizon. Au terme d'un long trajet à travers les ruelles de Londres, Gilbert Soane et Ambrosio pénétrèrent enfin dans l'enceinte du monastère, prétextant une visite d'ordre médicale. Ambrosio inventa une maladie imaginaire à Guillaume de Baskerville et présenta maître Soane comme son assistant, sous une identité fantaisiste. Le garde, peu méfiant, leur indiqua un numéro de cellule. Quelques minutes plus tard, ils frappaient à la porte de frère Guillaume.

Un jeune novice leur ouvrit. Gilbert Soane recula d'un pas.

– Pardon. Je crois que nous nous sommes trompés.

– Qui souhaitez-vous voir ?

Ambrosio prit l'initiative :

– Frère Guillaume de Baskerville. Je dois lui apporter une plante qu'il m'a demandée il y a quelques jours.

Le jeune homme se raidit :

– Dans ce cas, je crains que...

Une voix grave parvint du fond de la cellule :

– Fais-les entrer, mon bon Adso.

Le bon Adso s'écarta à contrecœur en leur lançant un œil noir.

Dans la cellule, frère Guillaume était étendu sur sa paillasse, les yeux fermés. Il avait environ cinquante ans. Mais un charisme peu commun se dégageait de ses traits émaciés. Son visage était endurci, sans être ridé comme celui d'un vieillard.

Il s'assit sur son lit et parcourut ses visiteurs du regard.

– Quelle folie vous pousse à venir vous jeter dans la gueule du loup, Ambrosio ? Ne savez-vous pas que maître Soane peut être arrêté et jeté en prison à tout instant ?

Ambrosio balbutia :

– Co... Comment savez-vous qu'il s'agit de maître Soane ? Nous avons donné une fausse identité au moine qui nous a accueillis.

– Je ne le savais pas. C'est ce que l'on appelle prêcher le faux pour obtenir le vrai. Mais vous venez de confirmer mes déductions.

Ambrosio mit sa main devant sa bouche, comme s'il pouvait encore retenir les paroles prononcées.

Frère Guillaume planta son regard métallique dans les yeux de Gilbert Soane. Dans un coin de la cellule, le jeune Adso observait la scène en silence et prenait des notes, comme s'il assistait à un cours.

– Voyez-vous, commença Guillaume de Baskerville, je cultive l'art de l'observation et de la déduction. Je voue une admiration sans bornes à Roger Bacon. Comme lui, seules les preuves scientifiques m'intéressent. Car tout effet résulte bien d'une cause, n'est-ce pas ?

L'architecte s'apprêtait à donner son opinion, mais la question du Franciscain n'appelait pas de réponse. Le moine poursuivit son monologue :

– J'étudie les causes afin de mieux comprendre les effets. La plupart de nos contemporains ont la fâcheuse habitude d'observer les effets et d'inventer des causes, de préférence mystiques ou religieuses, qui sont censées les expliquer.

– Quel rapport avec... ? commença Ambrosio.

Guillaume de Baskerville fit un petit geste agacé de sa main droite, pour indiquer qu'il ne souhaitait pas être interrompu, et poursuivit :

– Tout Londres est déjà en émoi à cause de cette affaire démoniaque qui touche maître Soane, sa fille Adélaïde et le mystérieux homme en noir. Vous, n'est-ce pas, Ambrosio ?

– Mais...

– Or, je savais que Soane faisait partie de vos clients.

– Je ne vous l'ai jamais dit, objecta l'alchimiste.

– C'est tout comme. Vous m'avez montré la liste de vos meilleurs clients lors de notre première rencontre. J'ai une assez bonne mémoire visuelle, voyez-vous.

Gilbert Soane songea : « En voilà un qu'il vaut mieux compter parmi ses amis. »

– Asseyez-vous, proposa Guillaume de Baskerville, désignant l'unique tabouret disponible de la pièce. Je suis prêt à vous écouter, à condition que vous ne me cachiez rien et que votre rapport soit exempt de tout mensonge.

L'architecte jeta un regard en direction du jeune moine. Frère Guillaume lut la gêne sur le visage de son hôte :

– Vous pouvez parler sans crainte en sa présence. Je n'ai aucun secret pour mon jeune secrétaire, Adso de Melk. C'est un Franciscain, tout comme moi.

Adso leur adressa un mince sourire. Soane raconta leur histoire sans détour :

– Ma fille est atteinte d'une maladie qui se manifeste sous la forme de spasmes spectaculaires, mais de courte durée. On ne connaît pas l'origine de ce mal, mais il est apparu peu après la mort de dame Soane.

Ambrosio intervint :

– Ce mal n'est pas complètement inconnu. Il était déjà décrit dans les textes antiques et l'on savait qu'un patient en proie à ce type de crise pouvait mourir étouffé en avalant sa propre langue. C'est pourquoi on introduit de force un objet entre ses mâchoires, l'obligeant ainsi à garder la bouche ouverte.

Gilbert Soane reprit :

– J'ai veillé des nuits entières au pied de la couche de ma fille, dans l'angoisse de voir apparaître une crise. Sans aide, elle pouvait mourir étouffée. Je l'ai caché du mieux que j'ai pu à la vieille Janis, qui est trop superstitieuse pour comprendre ces phénomènes. Mais la nuit dernière, elle nous a surpris. Vous connaissez la suite.

Guillaume de Baskerville plongea son regard pénétrant dans celui de Soane.

– Comment l'avez-vous regardée ?

Soane fronça les sourcils, s'interrogeant sur le sens de cette phrase.

– Qui ? La vieille Janis ?

Frère Guillaume précisa :

– Je parle de votre fille. Quel regard avez-vous porté sur elle pendant qu'elle dormait ? Était-ce celui d'un père, soucieux du sort de son enfant ? Ou était-ce le regard d'un homme tourmenté par le désir charnel, devant une belle adolescente ?

Gilbert Soane se redressa comme s'il venait de recevoir un pic de hallebarde dans les fesses. Son regard devint menaçant et ses lèvres tremblaient de colère.

– Comment osez-vous ?... Vous êtes comme les autres, vous n'avez pas cru un mot de ce que je vous ai dit.

L'architecte saisit Ambrosio par la manche.

– Viens, mon ami. Nous n'avons rien à faire ici.

Frère Guillaume ignora ce geste et se tourna vers Ambrosio.

– Et vous ? Quel regard ?

Ambrosio baissa les yeux.

Comme la réponse tardait à venir, Guillaume de Baskerville répéta :

– Le regard d'un homme amoureux, prêt à tout pour sauver la vie de celle qu'il aime ? Ou le regard lubrique et plein de convoitise d'un pervers qui se repaît du spectacle de la chair fraîche ?

Ambrosio cracha aux pieds de frère Guillaume et se tourna vers Soane.

– Tu as raison, mon ami. Je me suis trompé sur cet homme. Allons-nous-en avant qu'il ne donne l'alerte et ne nous dénonce.

Contre toute attente, frère Guillaume arbora un large sourire et tendit ses deux mains vers ses hôtes.

– Vous m'avez convaincu l'un et l'autre. Pardonnez mes méthodes un peu inhabituelles. Je voulais tester votre honnêteté avant de vous accorder ma confiance.

Dans le coin le plus sombre de la cellule, la plume d'Adso de Melk s'emballait.

La voix calme de frère Guillaume reposa les esprits :

– Je comprends la souffrance du père que vous êtes, maître Soane. Et je comprends aussi que vous seriez prêt à tout pour sauver demoiselle Adélaïde, Ambrosio. Tout cela est humain et naturel.

Le visage d'Ambrosio s'empourpra. Il n'avait fallu que quelques secondes au Franciscain pour percer son secret.

Ambrosio risqua un œil vers son ami Gilbert et croisa son regard amical. Son cœur se réchauffa. Ils étaient tous trois unis pour la même cause, mais pour des motivations différentes : frère Guillaume détestait les méthodes des inquisiteurs et ne recherchait que la vérité au travers de preuves scientifiques ; Soane aimait sa fille comme un père ; Ambrosio nourrissait un amour secret pour la belle Adélaïde.

– Donc, nous pouvons compter sur votre aide ? demanda Gilbert Soane.

Un nuage passa sur le front de frère Guillaume.

– Je vous dois à mon tour la vérité. Je crains que mon aide ne vous soit pas très utile. J'ai été inquisiteur à Kilkenny, il y a trois ans, où une fille avait un prétendu commerce avec un démon qui lui apparaissait sous la forme d'un chat noir.

Adso, que tout le monde avait presque oublié, s'emporta soudain. Un accent douloureux de révolte et d'indignation perçait dans sa voix :

– C'était pour le manger et nourrir sa famille. La malheureuse crevait de faim.

Frère Guillaume fit un geste de la main pour le calmer.

– Je sais, mon bon Adso, je sais. Mais mes démonstrations et mes explications n'ont servi à rien. Les inquisiteurs ont arraché des aveux à l'accusée selon les méthodes préconisées par le *Pratica inquisitionis* de ce fou de Bernard Gui. Ils l'ont brûlée vive. À la suite de cela...

Il baissa la voix :

– J'ai pris la décision d'abandonner le métier d'inquisiteur. Inutile de vous dire que ma décision a été fort mal accueillie par les autorités ecclésiastiques. C'est pourquoi je doute que mon aide vous soit d'une grande utilité.

La consternation se lut sur les visages d'Ambrosio et de Gilbert Soane. Ce dernier demanda :

– Mais alors, que faites-vous à présent ?

– Je consacre ma vie à la prière dans le plus grand dénuement, comme tous mes frères franciscains. Il arrive également que l'on requière mes services pour résoudre quelques énigmes. Et entre deux enquêtes, je... médite.

Un léger bruissement de papier, suivi d'un raclement de gorge, provint du côté d'Adso. Frère Guillaume tendit une paume autoritaire vers lui.

– Silence, Adso ! Il n'est pas dans ta fonction d'exprimer ton opinion sur ma conduite.

Après cette curieuse parenthèse, frère Guillaume se retourna vers ses visiteurs comme si de rien n'était et demanda :

– Êtes-vous très riche, maître Soane ?

Les questions du Franciscain étaient aussi inattendues que déroutantes.

– Je ne suis pas pauvre, répondit Soane. Je suis un architecte assez connu et mes conseils se vendent plutôt bien. Mais je suis prêt à abandonner tous mes biens pour sauver ma fille, si c'est le sens de votre question.

Frère Guillaume grimaça.

– Je dois vous instruire sur le fonctionnement de l'Inquisition. Les inquisiteurs touchent une partie des biens confisqués aux accusés. D'où leur fâcheuse habitude à s'acharner sur de riches hérétiques.

– C'est honteux ! s'insurgea Soane.

– En effet, c'est un des effets pervers de la sainte Inquisition. Vous comprenez pourquoi je ne souhaite plus la cautionner. Votre fortune, même si elle n'est pas très élevée, risque d'accroître le zèle des inquisiteurs.

Frère Guillaume replongea dans ses pensées.

– Je peux toutefois intervenir lors du procès de votre fille Adélaïde et démontrer par l'absurde que son état ne constitue pas une preuve scientifique de possession démoniaque. Nous ne sommes pas en Irlande, et encore moins en Espagne. Les inquisiteurs londoniens ne sont pas des bourreaux, même si les idées de Bernard Gui font un dangereux travail de sape dans les esprits les plus avisés.

– Je veux être à vos côtés, insista Soane.

– Moi aussi, renchérit Ambrosio.

Guillaume de Baskerville posa sur les deux hommes un regard désapprobateur.

– Je crains que vous ne péchiez par excès d'optimisme, messieurs. Dans la situation actuelle, maître Soane serait arrêté et entendu en tant qu'accusé. Quant à vous, Ambrosio, n'oubliez pas que vous avez échappé de justesse à l'inquisition espagnole. Une extradition vous serait fatale.

Ambrosio blêmit à l'idée de se retrouver un jour face à Bernard Gui ou ses acolytes. Frère Guillaume se voulut rassurant :

– Laissez-moi agir seul. Si, par un incroyable fait du sort, ma démonstration ne parvenait pas à convaincre le jury, il nous resterait encore la possibilité de demander au roi de statuer. Ses avis sont souvent favorables car il souhaite apparaître magnanime et bon aux yeux de son peuple.

En raison de son passé d'inquisiteur et de sa réputation de logicien, Guillaume de Baskerville fut admis à se présenter devant le jury. En sa qualité de secrétaire particulier, Adso de Melk fut autorisé à prendre un siège, près de la porte d'entrée du tribunal, le plus loin possible de l'endroit où siégeait le jury. Frère Guillaume adopta une attitude humble et soumise de circonstance, mais qui, en vérité, ne correspondait guère à son caractère.

– Je remercie la docte assistance d'avoir bien voulu m'écouter. Je n'ignore pas le caractère exceptionnel de mon intervention et tiens à saluer tout particulièrement messire Allan de Lancashire en sa qualité de Grand Inquisiteur et de président de ce jury.

Tous savaient très bien ce qu'il pensait des inquisiteurs. Messire Allan hocha imperceptiblement la tête. Cela voulait être un remerciement, mais ressemblait plutôt à un geste d'impatience. Frère Guillaume s'efforça de fixer dans les yeux tour à tour chaque membre du jury afin que chacun se sentît personnellement concerné par son propos. Son regard passa de l'abbé à messire Allan de Lancashire, puis à deux prélats de la légation pontificale et enfin à un frère franciscain qui faisait office de tabellion.

– Je serai bref, annonça frère Guillaume. Voici ce que j'ai à vous exposer...

Il voulut parler, mais sa voix s'étrangla soudain. Il porta d'instinct ses mains à son larynx. La panique se lut dans son regard. Il balbutia :

– Excusez-moi, je ne sais pas ce qui...

Il ne put finir sa phrase. Son visage devint blême. Ses yeux roulaient de façon terrifiante. D'horribles borborygmes sortaient de sa gorge.

Messire Allan se leva :

– Que se passe-t-il, frère Guillaume ? Ça ne va pas ?

Frère Guillaume tomba à genoux devant l'assistance médusée. Adso de Melk bondit de son siège et hurla :

– Il a été empoisonné, il faut faire quelque chose !

À présent frère Guillaume hurlait de douleur et se tordait à terre. Une écume blanchâtre jaillit soudain de sa bouche et aspergea une partie du jury qui recula en bloc. L'abbé brandit son crucifix.

– Non. Il est possédé. Comme la fille !

La frayeur s'empara de l'assistance, hypnotisée par ce spectacle effroyable.

N'écoutant que son courage, Adso de Melk vola au secours de son maître :

– Il s'étouffe. Il va mourir. Sa gorge gonfle et sa langue se rétracte. Mon Dieu, il essaye d'avaler sa langue. Il faut l'en empêcher.

Le novice sortit son crucifix et le glissa de force en travers de la bouche écumante du malheureux Guillaume. Le Franciscain mordit le bois et retrouva peu à peu son calme.

Adso se retira dans son coin. Guillaume de Baskerville se releva et s'épousseta. Il retira le crucifix de sa bouche et déclara sur un ton calme :

– Pardonnez le côté un peu théâtral de ma démonstration. Mais je n'ai trouvé que cette idée pour convaincre l'assistance et frapper les esprits.

Pour ce qui était de frapper les esprits, frère Guillaume avait à l'évidence atteint son objectif.

Les membres du jury, partagés entre le scepticisme et la colère, tentaient de retrouver quelque dignité. Allan de Lancashire prit enfin la parole :

– À quoi rime cette pantomime, frère Guillaume ?

– Une bonne démonstration vaut mieux qu'un long discours, messire.

Il retira une chose gluante et blanchâtre de sa bouche et la montra aux jurés :

– Pendant que je parlais, depuis mon arrivée, je mâchais ce petit morceau de savon. Ensuite, j'ai simulé une crise, identique à celle qu'a connue Adélaïde Soane. Adso, qui était dans la confidence, m'a alors fait mordre le crucifix. C'est une reproduction assez fidèle de la scène à laquelle a assisté la vieille Janis.

Messire Allan se fit menaçant :

– Prétendez-vous que la sorcière se contentait de cracher du savon ?

– Je n'ai pas dit cela, messire. Je voulais seulement attirer l'attention de la docte assemblée sur le fait que les apparences sont parfois trompeuses. Un même effet peut provenir de causes fort différentes. Dans le cas d'Adélaïde, ses crises sont provoquées par une maladie qui...

– Qui s'appelle le Diable ! hurla le Grand Inquisiteur, hors de lui.

Guillaume de Baskerville tenta de reprendre le contrôle de la situation. Il baissa la voix, montrant ainsi qu'il ne souhaitait pas entrer en conflit avec le jury :

– Cette fille est simplement sujette à des accès de fièvre aussi terribles que spectaculaires.

Le Grand Inquisiteur ne décolérait pas :

– Vous l'avez dit vous-même, frère Guillaume, un même effet peut provenir de causes différentes. Alors pourquoi pas le Diable ?

– Non, pas dans ce cas précis. Cette maladie a déjà été décrite par de nombreux scientifiques.

L'inquisiteur sursauta, comme s'il venait de s'asseoir sur un oursin. Guillaume de Baskerville comprit qu'il venait de prononcer un mot malheureux. L'Inquisition vouait une haine viscérale aux scientifiques, assimilés à des sorciers et des hommes de peu de foi. Messire Allan afficha soudain un calme inquiétant.

– Niez-vous l'existence du Diable, frère Guillaume ?

– Non, bien sûr.

– Niez-vous que la sorcière de Kilkenny avait bien commerce avec le Diable. Et que le Diable lui apparaissait sous les traits d'un chat noir ?

Guillaume de Baskerville avait en vain essayé d'innocenter la jeune fille. Allan de Lancashire le savait. En évoquant cette affaire, intervenue trois ans plus tôt, il fragilisait la défense de frère Guillaume et le mettait lui-même sur le banc des accusés.

Le Franciscain cherchait la réponse appropriée quand un nouveau fait se produisit. Un homme au visage de brute traversa la salle et se pencha à l'oreille du greffier. Lequel se leva et se précipita à son tour vers messire Allan pour lui chuchoter quelque secret.

Un rictus apparut sur le visage du Grand Inquisiteur. Il fixa frère Guillaume, triomphant.

– Eh bien, je crois que notre affaire est réglée : la fille vient d'avouer. Tout le reste n'est que formalité et routine.

Frère Guillaume tressaillit. Il voulut protester, mais le Grand Inquisiteur prit les devants :

– Votre présence n'est plus indispensable. Mais, si vous le souhaitez, vous pouvez assister au procès. À condition de garder le silence.

Il ajouta sur un ton suffisant :

– Vous saurez alors ce qu'est un vrai procès de sorcellerie rondement mené.

La décision était sans appel. Guillaume de Baskerville regagna son siège, au fond de la salle, près d'Adso. Puis il se prit la tête entre les mains et posa les coudes sur ses genoux. Il avait tout prévu sauf ça.

Allan de Lancashire ordonna :

– Faites entrer la sorcière !

La fille apparut quelques minutes après, le corps enchaîné, traînée comme une poupée de chiffon par deux gardes aux faciès de brutes. Elle regardait autour d'elle comme une bête apeurée. Son esprit ne semblait plus lui appartenir. Son visage et ses membres portaient des marques de violence, visibles à travers ses haillons. Tout chez elle proclamait bien haut la manière dont on avait tiré d'elle ses aveux.

Le visage du jeune Adso de Melk s'empourpra et il s'exclama :

— Ils l'ont torturée !

Le novice voulut se lever pour hurler son indignation et sa révolte, mais une poigne de fer le retint à son siège. Frère Guillaume grinça entre ses dents :

— Reste ici ! Si tu prends sa défense maintenant, ils peuvent t'accuser de complicité et te faire subir le même sort.

Les deux gardes lâchèrent la fille qui s'affaissa sur le sol dans un bruit effrayant de chaînes. Ses jambes ne pouvaient plus la porter. Que lui avaient-ils fait subir ? Frère Guillaume frémit. Ils avaient dû la soumettre au supplice de l'élongation, ou bien lui briser les articulations sous la presse.

Allan de Lancashire pointa un doigt vers la malheureuse.

— Reconnais-tu avoir eu commerce avec le Diable ?

Un des garde lui souleva la tête. Adélaïde murmura :

— Oui.

— Reconnais-tu être toi-même fille du Diable et avoir des rapports incestueux avec lui ?

— Oui.

— As-tu quelque chose à dire pour ta défense ?

— Oui.

L'inquisiteur attendit un instant.

— Je t'écoute.

— Oui.

Allan de Lancashire perdit patience devant ce qu'il considéra comme une marque d'insolence et de mépris vis-à-vis de l'autorité ecclésiastique :

— En vertu les décrets de Latran II, des décrétales *Ad adolendam* de Lucius III et *Vergentes in senium* d'Innocent III, et des décrets de Latran III, je te condamne à être brûlée vive en l'an de grâce 1327, sur la place de Billingsgate demain matin.

— Oui.

– Emmenez-la.

– Oui.

L'abbé semblait soulagé. Pourtant, une ombre apparut sur son visage. Il se tourna vers Allan de Lancashire.

– J'approuve votre décision, messire, mais demain... n'est-ce pas un peu trop rapide ? Je crains que nous ne soyons jamais prêts.

– J'ai dit demain, persista l'inquisiteur. Je veux que ce procès soit exemplaire et que son application soit immédiate. L'Église traverse une période de crise. Les citoyens de cette ville ont besoin d'un guide spirituel qui leur montre le droit chemin.

L'abbé se tassa, mais émit une autre objection, d'une voix plus pâle :

– Mais pourquoi à Billingsgate ? Les exécutions publiques ont habituellement lieu à...

L'inquisiteur plongea ses yeux dans ceux de l'abbé et coupa :

– Qu'importe les habitudes ! J'ai choisi ce carrefour car c'est la plus grande place de la ville de Londres. Je veux que le maximum de citoyens assistent à ce châtiment exemplaire.

Le jury, unanime, opina du chef devant cette décision sage et motivée. L'abbé se rangea aussitôt à l'opinion générale.

La nouvelle de la mise à mort de la sorcière se répandit dans Londres comme une traînée de poudre. Les Londoniens assistaient souvent à des pendaisons ou des décapitations, mais rarement, pour ne pas dire jamais, au spectacle du bûcher. La nuit tombait sur Londres. La ville préparait son méfait. Les premiers chargements de bois arrivaient par charrette sur la place de Billingsgate.

Guillaume de Baskerville, mortifié au plus profond de lui-même, veilla en compagnie d'Ambrosio, du père d'Adélaïde et d'Adso de Melk. Tous les quatre, rongés de douleur, émirent mille idées pour tenter de sauver encore Adélaïde. Ambrosio révéla quelques secrets d'alchimiste. Soane révéla quelques secrets d'architecte. Frère Guillaume conclut qu'un bon chrétien, associé à un bon alchimiste et à un bon architecte, pouvaient sans doute réaliser de grandes choses. Il en conçut un curieux plan et conseilla à chacun de prier Dieu et la chimie.

Les brumes matinales s'accrochaient en lambeaux aux maisons comme des haillons de miséreux. Tandis que l'on finissait d'ériger le bûcher, le ciel matinal s'éclaircissait avec une pénible lenteur. Le soleil n'était encore qu'une lueur mystérieuse et lointaine qui semblait hésiter à éclairer ce monde terrifiant.

Adso prit place à son poste, en haut d'une fontaine qui dominait la place. Il savait que l'attente serait longue, aussi en profita-t-il pour prier et pour observer la foule qui s'amassait d'heure en heure. Les gens affluaient de toutes les ruelles environnantes, soit seuls, soit en petits groupes. Des familles entières, toutes catégories confondues, voulaient être aux premières places.

Quelques marchands, joignant l'utile à l'agréable, profitaient de cet attroupement providentiel pour faire leur commerce. Les uns vendaient de la bière et des galettes de sarazin. D'autres racontaient à n'en plus finir les dernières confessions de la sorcière. D'autres encore vendaient des amulettes, des filtres ou des potions pour se prémunir des apparitions et effets diaboliques qui pourraient se produire durant la crémation.

Un homme, dont l'habit entier était fabriqué de peaux de lapins cousues les unes aux autres, vendait des indulgences papales, des reliques de saints à l'authenticité douteuse et des fioles d'eau bénite en provenance directe de la Tamise ou de la Fleet.

De vieilles femmes proposaient toutes sortes de remèdes, depuis la tourmentille, pour fortifier les estomacs, jusqu'au sang de dragon, censé prévenir les infections et les effluves malignes. Un groupe de jeunes garçons, roulant des yeux et tirant la langue, s'amusait à imiter la sorcière aux prises avec les flammes. Plus loin, indifférents à toute cette agitation, quelques hommes s'absorbaient dans une partie de dés, sur une dalle de pierre. Quelques prostituées aux visages outrageusement maquillés déambulaient en échangeant des plaisanteries salaces, sachant d'expérience que le spectacle de la mort excitait plus d'un pervers.

Un mendiant à demi mutilé se déplaçait à cloche-pied d'un groupe à l'autre en s'appuyant sur une béquille, tendant la main dans l'espoir de recueillir un peu d'argent. Le malheureux s'approcha du groupe de gamins. Mais, au lieu de lui donner de l'argent, ils lui dérobèrent sa béquille et le firent tourner sur lui-même comme une toupie. L'estropié finit par perdre l'équilibre et s'étala de tout son long dans la fange qui recouvrait le sol. La plupart des gens rirent de cette bonne plaisanterie, mais aucun ne pensa à l'aider.

Adso fut tenté de quitter son poste pour lui venir en aide, mais il n'en fit rien. Le succès de l'opération reposait en grande partie sur ses épaules. Il ne pouvait prendre le risque de perdre sa place. Le mendiant s'éloigna en rampant dans la boue et en maudissant l'humanité.

Au même instant, à l'autre bout de la place, un homme hurla que l'on venait de lui voler sa bourse. Sous l'effet du bruit, de la bière et de l'attente, la tension et l'excitation montèrent encore d'un cran. Un vacarme assourdissant emplissait maintenant la place. Les gardes avaient de plus en plus de mal à contenir la foule énervée. Une violente bagarre éclata à la suite d'une partie de dés qui avait mal tourné.

Soudain, une grande clameur s'éleva de la foule. Une charrette, sur laquelle avait pris place la malheureuse Adélaïde, venait d'apparaître à un coin de la place. La jeune fille irradiait d'une beauté presque surnaturelle. Le solide percheron qui tirait l'attelage avait toutes les peines du monde à se frayer un passage, tant la foule était compacte. Le cocher, moins patient que l'animal, écartait les gens à coups de fouet.

L'excitation monta encore. Cris stridents, hurlements discordants et railleries poissardes fusaient de toute part. Plusieurs personnes s'évanouirent, suffocant dans la fournaise de la foule. Les femmes portaient les enfants sur leurs épaules, d'une part pour qu'ils ne perdent rien du spectacle, d'autre part pour qu'ils ne périssent pas étouffés.

Depuis son chariot, Adélaïde adressait un sourire triste à la foule, comme si à présent plus rien ne pouvait l'atteindre. Son esprit semblait avoir quitté son corps. Mais, malgré sa souffrance, sa beauté resplendissait encore sous les rayons fades du soleil. Depuis son perchoir, Adso versa une larme d'émotion et de compassion. Ses lèvres prièrent Dieu tout puissant.

Adélaïde fut portée sur le bûcher et ligotée à un pieu solidement ancré dans l'amas de bois.

Une fille à l'allure vulgaire interpella le bourreau :

– Fais attention à pas te brûler les pattes en lui tripotant les nichons !

Les gens qui avaient entendu la plaisanterie s'esclaffèrent. Les invectives salaces et blasphématoires fusèrent de partout.

Le maître de cérémonie monta enfin sur le bûcher et prononça quelques phrases que personne n'entendit tant les hurlements de la foule touchaient au paroxysme.

Le bourreau dégringola les rondins de bois et y mit le feu.

La foule se pressait toujours plus autour de bûcher.

Peu à peu, une fumée jaunâtre et épaisse s'éleva. Au bout de quelques minutes, la fumée âcre et sulfureuse irritait les poumons et les yeux.

Des toux et des pleurs virent s'ajouter aux cris hystériques de la foule. Une femme hurla :

– C'est l'œuvre du Diable. La sorcière dégage une odeur de soufre en se consumant !

– Possible, rétorqua un râleur, mais en attendant, on voit rien du tout !

Une sorte de luminosité mouillée et brumeuse flottait dans l'air et donnait un aspect irréel à la scène. Adso regardait ce spectacle navrant et abominable à travers ses propres larmes. Sa gorge se serra, mais il trouva la force de hurler à pleins poumons, comme une libération :

– Un dragon! Là-bas, un dragon!

Le novice pointait son doigt vers la brume, au-dessus des toits des maisons, à l'opposé du bûcher. Des centaines d'yeux se tournèrent vers la direction désignée. Des cris de frayeur et de curiosité s'élevèrent de la foule :

– Un dragon?

– Où ça?

Un homme se mit soudain à hurler plus fort que les autres, relayant ainsi Adso :

– Ça y est, je le vois. Là-bas!

– Mais non, c'est un nuage, poussé par le vent.

– T'as de la merde dans les yeux ou quoi? Je te dis que c'est un dragon. Justement, il vient de passer derrière le nuage en question.

C'est l'instant que choisirent Ambrosio et Soane pour jaillir de leur cachette et grimper sur le bûcher. Il fallait faire vite : quelques flammèches montaient déjà à l'assaut du bûcher. Pour l'instant, l'onguent dont s'étaient enduits les deux hommes faisait encore obstacle à la morsure du feu. Soane tira son couteau et détacha les liens d'Adélaïde.

La fumée, de plus en plus épaisse et âcre, devenait irrespirable. Mais c'était le prix à payer pour obtenir un tel écran. Soane laissa glisser le corps de sa fille vers Ambrosio qui le saisit. Les deux hommes et la fille refermèrent la trappe. Tout s'était déroulé en moins d'une minute.

Une odeur écœurante de soufre emplissait l'atmosphère.

Quelqu'un cria :

– On va tous crever! C'est le Diable qui vient nous punir!

Adso assista alors à une scène de panique indescriptible. La foule se déplaçait comme une mer tourmentée par la tempête.

Les hurlements d'hystérie et de fanatisme étaient maintenant remplacés par des cris de terreur. Il s'ensuivit une scène de chaos effroyable. Nombre de spectateurs furent piétinés à mort. D'autres émergeaient de la foule comme des vagues et marchaient sur cette mer de tête. Peu à peu, la place se vida. Mais les mêmes scènes d'horreur et de panique se reproduisirent dans les ruelles alentour qui formaient des goulets d'étranglement pires encore que la place elle-même.

La fumée se dissipa peu à peu. La place offrit alors un spectacle de désolation. Des dizaines de blessés se tordaient sur le sol en gémissant de douleur.

Une vingtaine de corps au moins étaient inertes et exempts de vie.

Une mère pleurait en serrant contre elle un bébé.

– C'est le Diable, il nous a punis, s'exclama-t-elle. Mathew a été écrasé comme une punaise.

Un petit garçon tirait le pan de la veste d'un homme d'armes.

– J'ai tout vu moi, parce que les dragons, j'y crois pas.

– T'as vu quoi ?

– Deux diables. Ils sont montés sur le bûcher. Y en a un qui avait un couteau à la main. Il a coupé les liens de la sorcière et l'a laissée glisser vers l'autre qui était en bas du bûcher. Après, ils ont disparu tous les trois dans l'Enfer sous la terre.

L'homme assena au gamin une telle gifle que le malheureux en tomba sur les fesses, deux mètres plus loin.

– Tiens ! ça t'apprendra à raconter des sornettes. Tout le monde a vu que c'est un dragon qui a enlevé la fille. Même moi, je l'ai vu. Et je suis pas un imbécile.

Le gamin se releva en se massant la joue. Il était pourtant persuadé d'avoir vu deux diables sortir d'une trappe et emporter la sorcière.

Cette sinistre affaire plongea Guillaume de Baskerville dans une profonde perplexité. Il pouvait rester des heures dans sa cellule à lire et relire Roger Bacon, ou à ne rien faire, allongé, les mains croisées derrière la nuque. Au grand désespoir d'Adso de Melk, frère Guillaume absorbait une quantité inquiétante de ces fameuses plantes que lui fournissait Ambrosio. Frère Guillaume prétendait que cela le rapprochait de Dieu. Pour Adso, il s'agissait surtout d'un moyen de fuir le vide de l'instant présent.

Adso de Melk, lui, n'eut pas le loisir de sombrer dans l'ennui. Il entreprit de consigner par écrit l'aventure qu'il venait de vivre. Pendant plusieurs semaines, il raconta comment demoiselle Adélaïde Soane avait été convaincue de sorcellerie et condamnée à périr sur le bûcher. Puis il relata comment Ambrosio avait créé une fumée opaque et sulfureuse en introduisant de curieuses petites craies jaunes sous le bûcher. Il raconta aussi comment la connaissance approfondie de l'architecture souterraine de Londres, et en particulier des égouts romains construits par un obscur architecte du nom de Caïus Gracchus, avait permis à maître Soane de sauver sa fille. Il n'oublia pas de relater comment lui-même avait réussi une assez belle diversion en prétendant voir un dragon traverser le ciel de Londres. Il raconta aussi, non sans malice, comment l'inquisiteur Allan de Lancashire fut destitué de ses fonctions pour avoir causé la mort de dizaines d'innocents venus assister à une exécution publique mal organisée. Il évoqua succinctement le sort peu enviable de la grosse Janis, qui finit sa vie au sein de la Confrérie des Hallucinées, rabâchant du matin au soir des prières insensées dans un latin improbable et que les flagellations pourtant régulières ne parvinrent pas à ramener à la raison. Il garda le reste pour lui, car il est des choses qui font partie des secrets d'un homme et d'une ville. Nul ne sut quand et où Ambrosio et Adelaïde Soane se marièrent. De même, Adso se contenta de suggérer que le couple et maître Soane avaient trouvé un refuge fort confortable dans les sous-sols londoniens aménagés dans l'Antiquité, sans toutefois révéler l'emplacement de leur cachette. Il ne parla pas non plus du couteau que portait Ambrosio – curieux couteau aux inscriptions bizarres qui, en cas d'échec, devait être utilisé pour tuer Adelaïde et lui éviter la souffrance horrible d'être brûlée vive. Par chance, la fidèle lame avait coupé les liens de la jeune fille du premier coup. Il ne parla pas non plus de son maître, car, comme le lui avait conseillé ce dernier : « Il n'est pas dans ta fonction de donner ton opinion sur ma conduite. »

Or, depuis cette affaire, Adso nourrissait quelques inquiétudes légitimes à l'endroit de son maître dont la mélancolie semblait atteindre un point critique de non-retour.

Quand un matin :

– Fais tes bagages, mon bon Adso !

– Nous partons, frère Guillaume ?

– T'aurais-je demandé de faire tes bagages si nous restions ?

Le bon Adso réalisa une fois de plus qu'il venait de rater une bonne occasion de se taire. Il se rattrapa comme il put :

– Je veux dire : où allons-nous ?

– Dans le sud de la France, entre Provence et Ligurie.

Guillaume désigna un parchemin posé sur son lit.

– J'ai reçu cette missive ce matin. Ma présence est requise dans une abbaye où doit se dérouler une rencontre décisive pour l'avenir de l'ordre des Franciscains. Je ne te cache pas que je suis heureux de fuir les brumes de cette ville, et de ne plus avoir affaire aux inquisiteurs.

En prononçant ces mots, Guillaume de Baskerville ignorait encore qu'il serait confronté à son pire ennemi : Bernard Gui.

Quant à Adso, il se réjouissait de voir son maître sur pied et prenait un goût certain à l'écriture. Mais il ne se doutait pas qu'il allait bientôt connaître la crampe de l'écrivain en voulant relater par le détail l'incroyable aventure qu'il s'apprêtait à vivre, et qui deviendrait un jour fameuse sous le titre *Le Nom de la rose*.

Chapitre 4

SAINT-PAUL

Todd se sentit propulsé hors de la taverne par un violent coup dans les reins. Il brassa le brouillard quelques secondes et parvint à se rétablir comme un équilibriste sur un fil. Puis il beugla une chanson d'ivrogne aux paroles salaces. Quelques cris de protestations s'élevèrent des alentours. Todd y répondit par un florilège d'insultes choisies. Une fois calmé, il prit une profonde inspiration. L'air glacé lui piqua les poumons et le dégrisa un peu. Il fit quelques pas et s'arrêta. Il sentait encore l'empreinte du pied sur son coccyx. Il se massa les reins de la main gauche et la panse de la droite. Puis il ouvrit sa braguette et aspergea le brouillard d'un jet fumant.

Jamais il n'avait autant fêté un jour de paye. Il s'en était mis ras le cornet. L'espace d'une nuit, il avait mené grand train et avait eu une véritable cour à ses pieds. Mais les filles et l'alcool coûtent cher. Il se demanda combien il lui restait pour aller boire un dernier verre dans une autre taverne. Il fouilla dans ses poches et n'y trouva rien d'autre qu'un vieux mouchoir raidi par la morve séchée, et sa blague à tabac.

Son euphorie retomba aussi vite qu'un soufflet raté. Il entreprit de se rouler une cigarette à la lueur d'un bec de gaz. Cela lui remettrait peut-être les idées en place. Il en était à sa troisième tentative quand il perçut un bruit étrange, non loin de lui, dissimulé derrière une muraille de brouillard jaunâtre. Il releva la tête.

– Y a quéqu'un ?

Un souffle étrange lui répondit, semblable à une baudruche qui se dégonfle. Quelque part dans la nuit, un objet métallique raclait avec opiniâtreté le pavé. Une petite voix, au fond de sa conscience, lui dicta de se méfier. Mais il était trop saoul pour prendre la réelle mesure du danger. Il se roula une cigarette informe, la porta à ses lèvres et l'alluma. Mais elle prit feu d'un seul bloc. Todd la jeta in extremis, évitant de justesse de se roussir la barbe. Un hurlement emplit aussitôt les ténèbres, suivi d'un vacarme incroyable, comme si la roue d'un moulin s'apprêtait à le broyer. Todd resta figé de terreur, incapable de fuir ou même d'appeler au secours. Une forme menaçante se mouvait lentement dans l'épaisseur cotonneuse du brouillard. D'un geste dérisoire, il protégea son visage de ses mains et rentra la tête dans les épaules. Soudain tout redevint calme. Quand il écarta les mains de son visage, Todd eut une vision terrifiante. Un monstre à tête de cheval se tenait à quelques centimètres de lui. Il recula d'un pas et constata que son monstre avait également un corps de cheval. Le tout formant le cheval le plus anodin et amical qu'il lui fut donné de contempler. Todd prit conscience de sa méprise et éclata de rire. Puis il se sermonna :

– Faut-y que tu sois bourré pour avoir peur d'un canasson !

Il flatta le col de l'animal avec la paume de sa main et lui demanda :

– Hé, toi ? Qu'est-ce tu fous là à une heure pareille ?

L'animal répondit par un nouveau souffle qui projeta une fumée chaude et blanchâtre autour de lui. Todd en fit le tour et constata que le cheval tirait une petite charrette. Il lui demanda encore :

– Où qu'il est, ton propriétaire ? Y t'a laissé tomber ?

Todd lut sur le harnais du cheval : « Farouche ». Il grimpa sur la charrette :

– Ben, puisque t'es à personne, maintenant t'es à moi.

Puis, pour se donner bonne conscience, il cita un proverbe de son cru :

– Trouver c'est trouver. Reprendre, c'est voler. Je vais faire disparaître bien vite ton nom pour qu'on vienne pas te reprendre. On va faire une sacrée paire tous les deux.

Todd conduisit Farouche – à moins que ce fût l'inverse – jusqu'à sa maison. Il n'avait jamais été aussi riche de sa vie.

Un long frisson parcourut le corps de l'homme. Il se réveilla en grelottant. En ouvrant les yeux, il s'aperçut qu'il était allongé sur le dos, mais ne parvint pas à comprendre où il était. Il essaya de se relever, mais quelque chose entravait ses mouvements. Il souleva la tête et tressaillit. Une femme à demi dénudée dormait sur lui, étalée de tout son long, en toute impudeur. Il l'écarta en douceur et roula sur le côté.

Tout son corps était meurtri. Le moindre geste lui tirait des grognements de douleur. Il parvint à se redresser sur un coude au prix d'un effort extrême. Son cerveau semblait pris dans un étau. Il plissa les yeux et regarda autour de lui. Un halo diffus de lumière jaunâtre semblait flotter quelque part dans le néant. Un épais brouillard l'entourait. Il tenta de l'écarter de la main, mais le brouillard s'accrochait à ses bras. Il perdit l'équilibre et tomba sur le pavé. Son visage se retrouva à quelques centimètres de celui de la fille. Elle dormait toujours. Il tenta de la réveiller :

– Mademoiselle ! Je... heu... où sommes-nous ?

Ces quelques mots lui tirèrent des grimaces de douleur. Il demanda encore entre ses dents serrées :

– Que faisons-nous ici ? Qui... qui êtes-vous ?

La fille ne répondit pas. Il tenta une nouvelle fois de se redresser, mais sa hanche heurta un objet dur et il serra les mâchoires pour ne pas hurler.

Il prit une profonde respiration et parvint enfin à s'asseoir sur son séant. Sous lui, le pavé était froid et détrempé. Il comprit qu'il était sur une chaussée. Le halo jaunâtre au-dessus de lui était tout simplement celui d'un bec de gaz. Il faisait un froid à ne pas mettre un Esquimau dehors. Il posa sa main sur le front de la jeune fille. Elle était frigorifiée. Il lui frotta les joues :

— Mademoiselle ! Réveillez-vous ! Il ne faut pas rester ici.

La malheureuse n'était vêtue que d'une chemise légère qui ne cachait pas grand-chose de son anatomie. Il voulut la rhabiller, mais sa main le trahit et il ne parvint qu'à la découvrir un peu plus.

C'est à ce moment seulement qu'il vit l'affreuse blessure qu'elle portait au flanc. Il retira sa main dans un réflexe de terreur et comprit pourquoi la malheureuse ne lui répondait pas : elle était morte. Cette blessure happait son regard jusqu'au vertige. Elle était ourlée d'une vilaine croûte de sang séché. Elle faisait un doigt de large et semblait très profonde. De toute évidence, la fille avait succombé à un coup de couteau.

Il rassembla ses esprits. Il ne pouvait pas rester ainsi éternellement. Il tendit ses jambes et ses bras. Ses os craquèrent douloureusement, mais ce pénible exercice lui permit de retrouver quelque souplesse. Il réussit à se mettre à genoux, puis à se redresser sur ses jambes. Sa tête tournait, comme s'il était pris de boisson, mais il gardait la conscience de ses moindres gestes, contrairement aux ivrognes. Ses crampes et ses courbatures s'effaçaient peu à peu. Il décida d'appeler du secours, quand une pensée saugrenue lui traversa l'esprit : ne risquerait-on pas de le prendre pour l'assassin ? Comment parviendrait-il à se justifier ? Il lui suffirait de décliner son identité et...

Il se figea soudain. Il eut beau se creuser la cervelle, il n'avait pas la moindre idée de son propre nom. De même, il ne gardait aucun souvenir des événements qui l'avaient conduits ici. Il paniqua et fouilla dans ses poches à la recherche d'un indice qui aurait pu l'éclairer. Sa main droite se referma sur un objet dur. Il le sortit de sa poche et l'observa à la lumière incertaine du bec de gaz. Il eut un nouveau frisson de terreur. Il tenait un couteau, encore couvert de traces sombres de sang coagulé. Il se souvint que sa hanche avait heurté un objet dur quand il avait tenté de se relever la première fois. Comment avait-il pu oublier la présence de ce couteau dans sa propre poche ? Son esprit fut bientôt noyé sous un tourbillon de questions : avait-il assassiné cette pauvre fille ? Du reste, qui était-elle ? Une parente ? Sa femme ? Sa fille ? Une malheureuse ? Une amie ou une ennemie ? Il ne se sentait pas l'âme d'un criminel à l'instant présent. Mais qu'avait-il pu commettre dans le passé ?

Il allait jeter le couteau au loin quand il se ravisa. S'il n'était pas le criminel ? N'avait-il pas au contraire essayé de se porter au secours de cette fille ? Le couteau pouvait alors constituer une précieuse pièce à conviction. Il examina l'arme sous le réverbère qui semblait fumer dans son nimbe de lumière. Le manche du couteau portait une étrange inscription : Londinos ? Londinium ? Londinum ? Il se dit que ces quelques lettres gravées dans le bois, pourraient peut-être le conduire jusqu'à son propriétaire. Il remit l'arme dans sa poche et songea : le mieux serait peut-être d'aller trouver les policiers et de tout leur expliquer. Mais au fait, leur expliquer quoi ? Qu'il s'était réveillé en pleine nuit, au milieu d'une rue, avec une jeune fille assassinée et à demi nue en travers du corps ? Et qu'il avait trouvé un couteau ensanglanté au fond de sa poche ? Il serait pendu avant d'avoir terminé son récit. Non, il devait mener son enquête lui-même. Mais par où commencer ? Et comment mener une enquête avec un cadavre sur les bras ?

Il en était là de ses pensées quand il perçut des bruits de pas étouffés quelque part dans les ténèbres. Il fallait d'abord se débarrasser de ce cadavre, quitte à venir le récupérer plus tard.

Il tira la fille par les pieds et l'allongea contre un mur qui empestait l'urine et le vomi. Les bruits de pas se rapprochaient. Il avisa soudain un soupirail. Pour quelque raison inconnue, il semblait désaffecté. On avait dû utiliser ce conduit autrefois pour y livrer le charbon. Il parvint à y glisser le corps, la tête la première. Un bruit mat lui indiqua que le cadavre de la fille venait de toucher le sol, au fond de son caveau improvisé.

Quand l'amnésique se releva, il s'aperçut que les bruits s'estompaient. Il l'avait échappé belle. Mais il n'était pas satisfait pour autant, car son problème restait entier : qui était-il ? Qu'allait-il faire maintenant ?

Les toutes premières lueurs de l'aube nimbaient la brume d'une lueur rosée. Il marcha longtemps, mais aucun nom de rue ne fit jaillir la moindre étincelle de souvenir dans sa conscience éteinte. Il fut envahi d'un sentiment étrange et ambigu. Rien ne lui était vraiment inconnu, mais rien ne lui était assez familier pour réveiller un souvenir précis en lui. Il vivait un rêve éveillé, comme s'il découvrait cette ville pour la première fois tout en ayant le sentiment de l'avoir toujours connue.

Un sentiment de panique s'empara soudain de lui. Il attrapa un gamin par le bras et planta ses yeux dans les siens.

– Dis-moi la date d'aujourd'hui !

Le gosse le regarda avec des yeux exorbités et balbutia :
– Mardi, m'sieur...
– Toute la date : le numéro du jour, le mois, l'année. Tout !

Comme il avait haussé le ton, le petit cligna des yeux, terrorisé, et répondit d'une voix faible :
– Mardi 22 janvier 1502, m'sieur.

L'homme sans mémoire relâcha son étreinte et le petit en profita pour filer sans demander son reste.

L'homme resta un instant songeur, puis il marcha droit devant lui et parvint dans un endroit sinistre où les maisons n'étaient guère plus qu'un toit soutenu par des piquets et semblaient sur le point de s'écrouler. Il s'engagea dans un dédale de rues crasseuses où des chiens affamés poursuivaient les rats parmi les ordures tandis que des enfants jouaient pieds nus dans la boue. Des odeurs âcres et acides lui agressèrent bientôt les narines. Il identifia des odeurs de fumée, de soufre, de pourriture et de nourriture en décomposition. Partout où il portait le regard, les gens avaient tous l'air très occupés. Pris par leurs tâches mystérieuses dans la pénombre d'inquiétantes cabanes, ils remuaient le contenu de mystérieux chaudrons à l'aide de longs bâtons et semblaient invoquer des esprits maléfiques. Il vit des peaux et des têtes d'animaux écartelés, et des gens foulant de grandes bassines d'où s'échappaient des effluves pestilentiels. Il se boucha le nez. Un homme le montra du doigt et s'adressa à ses compagnons :

– Regardez celui-là ! On dirait qu'y a une odeur qui le gêne.

Un autre l'interpella :

– Si vous avez le nez fragile, faut pas traîner du côté des tanneries !

Un troisième ajouta :

– C'est avec la merde des Londoniens qu'on fait les meilleurs astringents. Vous saviez pas ça ?

Le tanneur dansait d'un pied sur l'autre dans son infâme brouet. L'homme sans mémoire reçut quelques éclaboussures et s'enfuit aussitôt de cet endroit infect. Il n'appartenait certainement pas à ce monde-là.

Quelques minutes plus tard, il déboucha sur une rue qui ne valait guère mieux.

Toutes les échoppes étaient occupées par des bouchers. Le sang ruisselait des étals dans la rue et de gros rats se faufilaient entre les pieds des clients. Tout cet étalage de viande crue et sanguinolente lui donna des haut-le-cœur. À l'odeur fade du sang et des viandes faisandées s'ajoutaient les effluves de la tannerie toute proche. Il comprit que ces deux activités étaient intimement liées. Les abattoirs tuaient les animaux. Les bouchers les vendaient au détail, tandis que les tanneurs travaillaient les peaux.

Pourtant, tout cet univers lui était inconnu. Non, décidément, il ne venait pas de là.

Vers midi, le brouillard était toujours aussi dense et le disque solaire ne parvenait pas à le percer. La ville indolente somnolait dans une lumière crépusculaire. En longeant une rue, il observa les maisons du coin de l'œil. D'étroites fenêtres fermées par des volets ressemblaient à des yeux qui l'observaient avec méfiance. Il eut un frisson en passant devant la gueule béante d'un porche. Les formes et les contours se noyaient dans la brume. Les couleurs, estompées par le brouillard, semblaient sorties de la palette d'un peintre amnésique. En réalité, il le savait bien, c'était lui l'amnésique, et Londres n'était que le reflet de sa conscience atomisée.

Une soudaine crampe d'estomac le ramena à des considérations plus terre à terre. Il commençait à envier les rats qui s'empiffraient dans les tas d'ordures. Il fouilla dans ses poches. À défaut d'y trouver de l'argent, sa main se crispa sur le manche du couteau. Il se dit qu'il pourrait s'en servir pour aller chercher ce dont il avait besoin dans les poches des autres. Il chassa cette idée de son esprit et se souvint soudain d'avoir croisé la boutique d'un prêteur sur gages lors de ses pérégrinations. Il pourrait toujours essayer de grappiller quelques pièces en vendant son couteau.

Il revint sur ses pas et retrouva la boutique en question. Il lut sur la devanture du magasin : « Prêteur sur gages, tarifs avantageux ». Cela le fit sourire. Il imaginait mal un prêteur sur gages qui se vanterait de pratiquer des tarifs désavantageux. Il poussa la porte de la boutique. Les objets les plus hétéroclites s'entassaient dans une tentative de classement désespérée. Des statuettes en bois plus ou moins exotiques, des vases plus ou moins ébréchés, des chapeaux, des capes, des vêtements d'un autre temps, tout un bric-à-brac qui semblait sortir d'un conte de fées.

Le prêteur sur gages était un homme sans âge au visage parcheminé. Il évalua son visiteur d'un coup d'œil expert. L'homme sans mémoire sortit son couteau. L'autre se raidit d'instinct. L'amnésique le rassura :

– Je viens juste vous proposer ça. C'est une pièce unique.

Il sentit que son argument était un peu court. Il ajouta ce qui lui passait par la tête :

– Regardez. Il y a une inscription sur le manche qui atteste de son... de sa... Enfin, il est très ancien, donc il a de la valeur. Combien m'en proposez-vous ?

L'autre eut une moue de mépris.

– Pas grand-chose.

Puis il désigna du menton la veste du nouveau venu.

– Ça par contre, une fois bien nettoyé... Disons deux shillings.

L'amnésique sauta sur l'aubaine.

– Pour la veste ?

– Non, pour tous vos habits.

Le prêteur sur gages se pencha par-dessus le comptoir.

– Avec les chaussures, bien sûr.

– Je ne peux tout de même pas repartir tout nu.

– Vous n'aurez qu'à choisir ce qui vous convient le mieux dans ce tas de fripes. Je les déduirai des deux shillings.

L'homme sans mémoire venait de perdre toute chance d'être reconnu grâce à ses habits. Il était maintenant un quidam parmi tant d'autres. Mais pour l'heure cela n'avait pas d'importance. Il avisa une taverne de l'autre côté de la rue. Il y entra. Les gens attablés ou au comptoir restèrent un moment immobiles à le dévisager, figés comme sur un tableau. Puis soudain, tout reprit vie comme par enchantement. Il s'assit devant une table branlante, à l'écart des conversations. Avant même qu'il n'eût demandé quoi que ce fût, une serveuse revêche posa devant lui une assiette qu'elle accompagna d'un commentaire qui ne souffrait aucune répartie :

– Plat du jour : ragoût de lapin.

L'amnésique tendit le nez au-dessus de la mixture fumante. L'odeur s'apparentait plutôt à de la morue. Il ferma les yeux et y plongea la cuillère. Le goût confirma son impression, mais il avait trop faim pour faire le difficile. Plus tard, la serveuse revêche posa devant lui une choppe :

– Bière maison. Comprise dans le menu.

L'homme sans mémoire avala le liquide pisseux en même temps que son amour propre. Durant tout son repas, il eut le sentiment qu'on l'observait à la dérobée. Mais peut-être n'était-ce qu'un effet de son imagination. Il mangea trop vite, sans lever les yeux de sa triste pitance. Quand il quitta l'auberge, il dut lutter plusieurs minutes pour ne pas vomir, mais son estomac tint bon.

Il tenta d'organiser ses idées et mit son esprit à la torture. Il devait bien avoir une famille, des amis, des relations professionnelles, peut-être même une épouse. Si tel était le cas, il devait bien y avoir quelqu'un à Londres qui le recherchait. Mais comment le savoir ? Comment fait-on pour retrouver une personne disparue ? Il ne s'était jamais posé la question. Pourtant la réponse s'imposa d'elle-même : il suffit de s'adresser à la police et à ses enquêteurs. Mais cette réponse fit naître aussitôt un dilemme : valait-il mieux connaître son identité et risquer d'être jeté en prison, ou être libre sans savoir qui il était ? Son esprit était de nouveau tiraillé.

Il s'arrêta plusieurs fois devant des boutiques et des immeubles, se forçant à faire travailler sa mémoire. Mais rien ne vint. Si seulement il avait eu un indice, un point de départ. Mais Londres comptait quelques millions de personnes, sans parler des étrangers en visite, des gens des villes environnantes et des banlieues, des marins qui faisaient escale. À quelle catégorie appartenait-il ?

Il erra longtemps au hasard des rues. Un clocher d'église lui apprit soudain qu'il était 17 heures. De nouvelles volutes de brumes s'insinuaient dans les rues, au ras du sol, tels des serpents venimeux. Le soleil avait déjà disparu derrière les toits et des ombres menaçantes envahissaient les façades des maisons.

L'homme sans souvenir se sentit las. Cette journée de déambulation l'avait épuisé, autant moralement que physiquement. Il chercha une auberge pas trop miteuse afin d'y passer la nuit. Il fut tenté de prendre une chambre confortable tant il se sentait las, mais son faible pécule l'en dissuada. Au fur et à mesure que les ténèbres gagnaient sur la lumière, un sentiment de désolation envahissait la ville. Des dizaines d'yeux tapis sous l'ombre des porches guettaient ses mouvements. Plusieurs fois, il eut l'impression d'être suivi. Mais plus il tentait de semer ses poursuivants, plus il s'enfonçait dans des ruelles sinistres et effrayantes.

Il se retournait sans cesse, mais le brouillard et la nuit lui masquaient ses poursuivants. Il eut soudain l'impression que quelqu'un venait de le dépasser. Il plongea la main dans sa poche et serra le manche de son couteau. Ce qu'il vit soudain jaillir du brouillard devant lui le stupéfia. Une grosse fille au visage peinturluré lui tendait des lèvres en cul de poule. Ses charmes n'étaient plus qu'un souvenir. Elle avait ouvert son manteau. Dessous, elle était complètement nue et lui offrait ses deux seins gras et marbrés de veines bleues qu'elle tenait à pleines mains.

– Tu peux me faire tout ce que tu veux pour un penny.

Il passa son chemin, mais elle le suivit.

– Je te fais peur ?

Il fit volte-face et lui exhiba son couteau sous le nez.

– Non. Je *me* fais peur.

La fille s'enfuit en poussant des cris de porc que l'on égorge. Lui-même courut en sens inverse. Il ne voulait pas tenter le diable.

Il fuyait ainsi depuis plusieurs minutes quand il aperçut l'enseigne d'une auberge, « Au bon sommeil », au détour d'une ruelle. Il s'y engouffra, trop heureux d'abandonner ses démons à la nuit londonienne. La logeuse jaillit de derrière son comptoir, comme un diable hors de sa boîte. Son visage dévasté ressemblait à un masque de tragédie grecque. Sa bouche n'était qu'un trou noir où luisaient quelques dents jaunâtres miraculeusement accrochées à des gencives délabrées. Elle lui fit l'article de ses chambres « au confort moderne ». Il se tint à distance respectable de son haleine putride. Puis il choisit la chambre qui lui sembla la moins sordide et la plus compatible avec son budget.

Il se retrouva dans une pièce d'une saleté repoussante. Le mobilier se composait d'une commode bancale et d'un lit garni de draps à la propreté douteuse. Un rayon de lune filtrait par intermittence d'une lucarne au carreau cassé. Une lourde puanteur de latrines empestait l'atmosphère confinée de la pièce. Il ouvrit son col et s'allongea tout habillé car il redoutait le contact avec la vermine qui devait grouiller dans cette paillasse. Il observa un instant le ballet des cafards au plafond et sur les murs, à la lueur de la lune, et finit par sombrer dans un sommeil agité.

Plus tard dans la nuit, il se vit en bourreau ou en boucher – il ne savait pas très bien –, ouvrant le ventre d'une fille avec son couteau et fouillant ensuite dans ses entrailles à pleines mains. Il en retirait des masses d'organes visqueux et sanguinolents. Puis il s'essuyait dans son grand tablier maculé de sang. Il savait bien que ce n'était qu'un rêve, mais ces visions épouvantables étaient à l'évidence des réminiscences de ses activités antérieures et lui révélaient sa nature cachée. Après des heures de charcutage onirique, il se réveilla enfin, aux premières lueurs de l'aube, parcouru de frissons désagréables. Il ouvrit les yeux et s'aperçut avec horreur que de gros cafards couraient sur son visage et sur le reste de son corps.

Il se leva d'un bond et s'ébroua comme un chien qui sort de l'eau. La vermine affolée disparut sous le lit et dans les fentes des plinthes. Puis son cauchemar lui revint à la mémoire. Il tomba à genoux et se mit à prier. Il resta ainsi plusieurs longues minutes à invoquer la clémence de saint Paul.

Il se releva, tout étonné de ce qu'il venait de faire. Pourquoi avait-il prié ? Et pourquoi ce saint plutôt qu'un autre ? Etait-ce un hasard ou un message que lui adressait son subconscient ?

Une lueur d'espoir s'alluma dans son esprit. Peut-être était-il lui-même un homme d'Église. Si tel était le cas, ses pairs sauraient sûrement le reconnaître.

Il se souvint clairement d'un nom d'église : Saint-Paul !

Quelques minutes plus tard, il se retrouva dans la rue. Des lambeaux de brume s'accrochaient encore aux façades comme de la lessive de pauvre. Les travailleurs du matin, les yeux encore boursouflés de sommeil, traversaient le brouillard comme des zombies. Dieu seul savait où ils allaient. L'homme sans mémoire demanda la direction de la cathédrale Saint-Paul à un passant qui lui indiqua une ruelle d'un coup de menton, sans même interrompre sa marche. L'amnésique hésita, se perdit, revint sur ses pas et redemanda plusieurs fois son chemin. Il déboucha enfin sur une rue un peu plus large que les autres qui aboutit elle-même sur une place de marché. De là, il aperçut enfin les tours de la cathédrale, émergeant comme un vaisseau fantôme d'un océan de brume.

Il poussa la lourde porte de bois massif et eut le sentiment de pénétrer dans une grotte. L'odeur rance de temps défunts flottait dans l'air humide. Une lumière glauque tombait des immenses vitraux. Le Christ se tordait sur sa croix, figé pour l'éternité dans sa posture inconfortable. Il s'arrêta un instant pour observer une statue représentant une sorte de dragon mis à mort par un soldat au regard halluciné. Il ne parvint pas à déchiffrer l'allégorie, si toutefois c'en était une. Des effluves d'encens et de suif froid complétaient cette ambiance crépusculaire.

Il avisa un moine ventripotent qui allumait des cierges au pied d'une statue. Il s'approcha et demanda à voix basse :

– Bonjour, mon frère, mon père... Savez-vous où je pourrais trouver l'évêque ?

Le moine le dévisagea avec étonnement.

– Rien que ça ! Qu'est-ce que vous lui voulez, à l'évêque ?

– Je voudrais avoir des renseignements sur l'église, et en particulier sur saint Paul...

Le moine haussa les épaules.

– Pas besoin d'un évêque pour ça. Je peux aussi bien vous renseigner.

– Vraiment ?

Le moine croisa ses doigts boudinés sur son ventre.

– Figurez-vous que l'on ne devient pas moine par hasard. Cela fait des années que je suis ici et que j'étudie la parole et l'histoire de saint Paul.

Il embrassa toute l'église d'un geste ample.

– Cette église est le phare de Londres. Si vous êtes Londonien, vous devriez d'ailleurs savoir qui est saint Paul. À moins que vous ne soyez pas d'ici...

Il fronça les sourcils et ajouta sur un ton réprobateur :

– ... ou que vous soyez irrémédiablement athée.

L'amnésique s'empressa de le rassurer.

– En effet, je ne suis pas d'ici. Je suis de... d'ailleurs.

Le moine le considéra avec perplexité.

– Quoi qu'il en soit, il n'est jamais trop tard pour apprendre. Saint Paul était un des apôtres.

L'amnésique eut une soudaine réminiscence.

– C'était un des fidèles compagnons du Christ !

– Pas du tout. Il n'a jamais rencontré Jésus.

Il comprit qu'il venait de perdre une occasion de se taire. Le moine poursuivit sur un ton quelque peu pontifiant :

– Comme chacun sait, Paul était pharisien. Il a commencé par persécuter les chrétiens. Il avait même participé à la lapidation d'Étienne. Il a fait une chute sur le chemin de Damas.

– Qui, Étienne ?

– Non, Paul. Vous ne suivez pas. À la suite de sa chute, il est devenu aveugle. C'est à ce moment qu'il a commencé à y voir clair, si j'ose dire, et qu'il s'est converti au christianisme.

Le moine lut l'étonnement sur le visage de l'amnésique et précisa :

– C'est une image liturgique, bien sûr.

– Bien sûr.

– Toujours est-il que Paul est devenu le plus grand zélateur de cette religion catholique qu'il avait persécutée avec tant d'ardeur. Mais, comme beaucoup de chrétiens des premiers temps, il est devenu à son tour martyr et a été décapité en 67 après Jésus-Christ par Néron.

Le moine marqua une pause, comme s'il guettait une réaction de son interlocuteur. Tel saint Paul, l'homme sans mémoire aurait bien voulu y voir clair à son tour, mais pour l'instant, ce n'était pas le cas. Ce fut le moine qui rompit le silence :

— Votre visage me révèle que vous êtes tourmenté, mon frère. Peut-être devriez-vous vous confesser ?

— Heu...

— Avez-vous la foi ?

Il devenait urgent de changer de conversation. L'amnésique décida d'aller droit au but.

— En fait, je me demandais si je pouvais être moi-même un homme d'Église et...

Le moine étouffa un rire nerveux.

— Cela me semble peu probable. À en juger par votre attitude et vos questions, je me demande si vous avez déjà mis les pieds dans une église avant ce jour.

L'amnésique se le demandait aussi. Il voulut cependant en avoir le cœur net.

— Savez-vous si j'ai pu travailler ici dans un passé proche ?

Le moine se montra catégorique.

— Je vous l'ai dit, cela fait des années que je travaille ici. Je connais tous les religieux qui fréquentent Saint-Paul. C'est la première fois que je vois votre visage.

Puis il se ravisa aussitôt.

— Vous avez de bien curieuses questions. Êtes-vous sûr que votre esprit est en paix ?

L'amnésique était sûr du contraire, mais il comprit qu'il faisait fausse route. Il remercia le moine pour sa patience et quitta l'église sans regret. Il se sentit soulagé de se retrouver dehors. Mais il n'était pas plus avancé sur sa propre identité.

Une nouvelle journée d'errance commençait. Il avait le cerveau en coton. Il eut soudain une vision. Il brandissait le couteau au-dessus de la fille et l'assassinait. C'était un acte horrible et gratuit. Mais ce qui le tourmentait plus encore, c'était l'absence cruelle de souvenirs. Il ne savait pas qui était cette fille, ni pourquoi il l'avait tuée, si toutefois il l'avait tuée. Il marcha droit devant lui. Son regard glissait sur les maisons, les bâtiments et les visages avec une totale indifférence. Rien ne retenait son attention.

Pourtant, la rue s'animait autour de lui. Il perçut le vacarme des ateliers, les vociférations des colporteurs vantant leur marchandise, les cris aigus des ribambelles de gamins qui jouaient dans la rue, les voix tonitruantes et agressives des charretiers qui s'insultaient dans le trafic, les claquements des fouets et les écrasements des pavés sous les roues. À cela s'ajoutaient les hennissements des chevaux, les grognements des porcs, les meuglements des troupeaux et les caquètements des volailles. Tout ce brouhaha formait une pâte sonore informe qui ne parvenait pas à percer le voile de son subconscient.

Un chien le suivit un instant. L'homme sans mémoire le flatta de la main. L'animal le lécha avec gratitude puis il s'éloigna, la truffe au ras du sol et la queue en moulinet. Un fol espoir naquit soudain. Ce chien l'avait-il reconnu ? Il décida de suivre l'animal. Il visita ainsi d'innombrables tas de déchets déposés dans les arrière-boutiques des échoppes des épiciers et des tavernes. Mais à présent le chien ne prêtait plus la moindre attention à sa présence.

L'homme sans mémoire se sentit terriblement seul.

Il n'était que midi, mais il commençait à faire très sombre dehors. Le ciel était d'un gris de fer.

Son estomac se rappela à son bon souvenir en gargouillant avec insistance. Il n'avait rien mangé depuis la veille au soir et commençait à voir danser d'inquiétantes lumières devant ses yeux.

Il passa devant un étal où deux jeunes paysannes au visage rougeaud vendaient du pain et des pommes. Il fouilla dans sa poche et fut étonné de n'y trouver que deux petites pièces. Il en troqua une contre une pomme et un morceau de pain. Il les engloutit en quelques minutes et se désaltéra à l'eau douteuse d'une fontaine.

Il resta longtemps debout, à l'angle d'une rue, stupide de tant de détresse. C'était comme si son esprit avait abandonné son corps pour s'enfoncer dans une solitude secrète et terrifiante.

Quand il revint à lui, une pluie fine et glacée ruisselait sur son visage. La nuit était déjà profonde. Il rêva d'un thé brûlant auprès du feu d'une auberge et d'un bon lit. Mais il n'avait même plus assez d'argent pour s'offrir une paillasse « Au bon sommeil ».

Il se réfugia dans une venelle puante et crasseuse, et finit par s'endormir.

Mais cette nuit-là, son cauchemar s'effara encore, grossi par les inquiétudes sourdes qui l'agitaient. Le visage bleuâtre de la fille revint le hanter. La peur l'envahit alors, irrationnelle et aveugle, mêlée à un sentiment de panique et de désarroi. Était-il un monstre ? Quel était son crime pour subir un tel châtiment ? Allait-il finir ses jours ainsi ? Il en deviendrait fou... si ce n'était déjà le cas.

Au petit jour, il sortit de la somnolence douloureuse où il s'était anéanti. Il se leva, le corps meurtri et le cœur oppressé. Il ne pleuvait plus, mais le brouillard recouvrait la ville d'un manteau de mystère.

Il erra encore de longues heures, à la recherche des fragments perdus de sa mémoire.

Soudain, un éblouissement l'aveugla. Il s'adossa à un mur, les yeux fermés, les oreilles bourdonnantes. La rue tanguait sous ses pas. La faim lui mordit l'estomac comme un animal sauvage. Il essaya de penser à autre chose et marcha droit devant lui en prenant de profondes respirations.

Il parvint à une petite place où se tenait un marché matinal qui lui souffla à la face un brouet d'odeurs agressives. Des vapeurs épaisses, mêlées à la fumée fade du sang, s'échappaient de l'étal d'un boucher et firent naître en lui des instincts sanguinaires et carnassiers. Les légumes et les fruits exhalaient des parfums douceâtres. Il s'approcha d'un étal et ramassa quelques feuilles de choux et de salades, ainsi qu'une pomme à demi pourrie qui traînaient dans la boue. Il les essuya comme il put sur ses vêtements et avala le tout avec avidité. Des matrones bien en chair s'écartaient de l'étal et toisaient avec mépris cet individu mal rasé, aux vêtements fripés et aux attitudes bestiales.

Le marchand s'aperçut de sa présence et leva un poing menaçant dans sa direction :

– Va plus loin. Tu fais fuir les clients.

L'amnésique affronta son regard un instant. Sa main se crispa sur le manche de son couteau. La tentation était grande. Deux gardes passèrent à cet instant et l'empêchèrent sans le savoir de commettre l'irréparable. L'homme sans mémoire tourna les talons. Au fond de lui, cependant, il savait qu'il n'était pas un assassin.

Le brouillard semblait pénétrer jusqu'à l'intérieur de son crâne. Les formes et les souvenirs devenaient flous. Par quel bout commencer ? Comment retrouver son identité ? Il marchait depuis quelques minutes dans une ruelle étroite quand une charrette traversa une flaque au grand trot et l'inonda de la tête aux pieds. L'eau lui dégoulina dans les chausses, la boue aspergea son front et lui coula dans les yeux. L'homme sans mémoire décida que c'en était trop.

Le garde observa encore le couteau et résuma sur un ton sarcastique :

– Si je comprends bien, vous pensez avoir tué une fille avec ce couteau, mais vous n'êtes pas sûr. Et vous nous demandez de vous aider à retrouver votre identité ?

– C'est ça.

– Vous ne seriez pas en train de vous payer notre tête ?

– Je peux vous montrer le cadavre si vous ne me croyez pas.

Le garde se leva, aussitôt imité par son collègue.

– Je serais curieux de voir ça. Allons-y tout de suite.

L'amnésique se raidit. Une terrible pensée lui traversa l'esprit.

– C'est que... je ne me souviens plus dans quelle rue j'étais. Je suis pourtant certain de l'avoir glissée dans une cave par un soupirail.

Le garde se laissa retomber sur sa chaise.

– Pas grave. Il n'y a que quelque huit cent mille caves dans Londres. Il suffit de les fouiller une par une. Si on en visite dix par jour, cela prendrait...

Il fit mine de réfléchir et ajouta :

– ... environ deux cents ans. En travaillant tous les jours, bien sûr.

L'amnésique sentit sa dernière chance lui échapper. Il insista cependant :

– Pouvez-vous au moins essayer de m'aider à retrouver mon nom ?

L'homme lui sourit de façon trop affable.

– Pour ça, vous n'avez pas besoin de nous. Il vous suffit de vous présenter dans chaque foyer que compte Londres et de demander si quelqu'un vous reconnaît.

Puis il le parcourut d'un regard dégoûté et poursuivit :

– Mais je doute fort que l'on vous reçoive partout. Cependant...

Il posa le bout de son index sur ses lèvres et leva les yeux au plafond.

– Dans votre cas, reprit-il, il y aurait bien quelqu'un qui pourrait vous aider.

L'amnésique voulut saisir sa chance.

– Je suis prêt à tout pour obtenir les réponses à mes questions.

Le garde se leva à nouveau.

– Dans ce cas, suivez-moi.

– Où allons-nous ?

– Vous le saurez bientôt. C'est pas loin d'ici.

Un quart d'heure plus tard, l'homme sans mémoire se présenta devant une porte d'aspect banal. Ils frappèrent et entrèrent. Un petit homme au crane dégarni vint à leur rencontre. Il serrait une petite boîte dans ses bras. Les deux gardes lui dirent :

— On vous amène un nouveau cas.

Puis ils se retirèrent aussitôt.

Le petit homme au crâne dégarni lui sourit.

— Racontez-moi votre problème, mon brave.

L'amnésique raconta son histoire dans le moindre détail. Il ne cacha rien de ses multiples interrogations. L'autre l'écoutait avec attention et ponctuait chacune de ses phrases par des hochements de tête entendus. Quand il eut terminé son exposé, l'amnésique demanda :

— Pensez-vous avoir assez d'informations pour m'aider ?

— Assurément. D'ailleurs, c'est toujours nous qu'on consulte dans les cas difficiles.

— Nous ?

L'homme posa un regard mystérieux sur sa petite boîte.

— Nostradamus et moi.

Il ouvrit le couvercle et l'homme sans mémoire se pencha pour voir ce que contenait la boîte. Il hurla, comme s'il venait de s'ébouillanter :

— Un ver de terre !

L'autre gardait son sourire idiot.

— Rassurez-vous, il est parfaitement apprivoisé. Et totalement inoffensif.

— Vous vous moquez de moi ?

— Pas du tout. Je l'ai dressé moi-même.

L'homme sans mémoire se demanda quel était ce nouveau traquenard. Il se dirigea vers la porte, décidé à quitter cet endroit au plus vite. Mais un malabar lui barrait le chemin, bras croisés sur la poitrine. D'instinct, il porta la main à sa poche, mais s'aperçut que le couteau avait disparu. Le malabar sortit le couteau de sa propre ceinture.

— Si c'est ça que tu cherches, ce n'est pas la peine. T'en auras pas besoin ici. Pas vrai, Paracelse ?

Le petit homme au crâne dégarni opina du chef. Le malabar poursuivit :

– Je vois que vous avez déjà fait connaissance. Y a rien de mieux qu'un agité du bocal pour accueillir un collègue. Ça met tout de suite en confiance. On va commencer par une bonne douche glacée, histoire de te décrasser et de te remettre les idées en place.

Le piège se refermait. L'amnésique protesta :

– Je ne suis pas fou, j'ai seulement perdu la mémoire.

– C'est du pareil au même.

– Laissez-moi sortir, je ne suis pas un criminel !

– On ne sort de Bedlam que quand on est guéri. Je ne pense pas que ce soit ton cas. Tu viens juste d'arriver.

– Quand serais-je fixé sur mon sort ?

– Pas moi qui décide. Un médecin aliéniste viendra te voir demain.

Le pêcheur se tenait bien doit, tout crispé de révolte contenue.

– C'est plus possible, m'sieur le juge. On pêche plus de détritus que de poissons. Tout le monde balance ses excréments et bien pire dans la Tamise. C'est plus un fleuve, c'est un cimetière. Sans parler de l'odeur. L'atmosphère devient irrespirable.

– Je ne peux que vous répéter ce que j'ai déjà dit : nous allons promulguer une loi qui empêchera les gens de se livrer à de telles pratiques. Les amendes seront à la hauteur des délits. En attendant, je ne peux rien faire de plus. Si les gens s'entretuaient moins, il y aurait moins de cadavres au fil de l'eau. Et s'ils mangeaient moins, ils déféqueraient moins.

– Certes, Votre Honneur, mais sauf votre respect, c'est tout le système d'égouts qu'il faudrait revoir, et...

Le juge le congédia d'un coup de maillet.

– Affaire suivante !

Le greffier fit entrer un couple de vieux parfaitement assortis. À leur accoutrement et leur odeur, le juge estima qu'ils devaient être fripiers ou épouvantails à moineaux.

Il leur fit un signe de tête pour les inviter à s'expliquer. La vieille commença :

– J'ai trouvé un cadavre en décomposition en faisant du rangement dans ma cave avec mon mari. Il puait jusque dans not' chambre.

– Qui ça ?

– Ben, le cadavre.

Le mari pétrissait un objet informe qui avait dû être un chapeau dans une autre vie :

– C'est pas nous qu'on a fait le coup, Votre Honneur. On voulait juste mettre un peu d'ordre.

– Cela semblait s'imposer, en effet. Comment le cadavre est-il arrivé là ?

– On n'en sait rien, m'sieur le juge. C'est quelqu'un qu'a dû le balancer par le soupirail.

– En quoi serais-je concerné par votre sinistre histoire ?

La femme donna un coup de coude dans les côtes de son mari.

– Dis z'y, toi.

– Ben. On s'était dit comme ça que, si on aidait la justice à retrouver l'assassin, y aurait p't'êt une récompense pour nous.

– Qu'est-ce qui vous fait croire que cette personne a été assassinée ?

– C'est rapport à la plaie qu'elle avait sous le sein et qu'à dû être faite avec un couteau.

– Comment pouvez-vous l'affirmer ?

L'homme exhiba un clavier de dents gâtées.

– Question d'habitude, m'sieur le...

Un nouveau coup de coude lui coupa la respiration. Sa femme poursuivit :

– Y veut dire, question d'observation, m'sieur le juge. On se doute bien qu'une entaille comme ça n'a pas été faite avec une épingle à cheveux.

Elle n'était pas mécontente de sa répartie. Mais cela ne parut pas impressionner le juge qui luttait pour réprimer un bâillement intempestif.

– Pas de récompense. En revanche, vous avez l'obligation de jeter le corps dans la fosse commune pour éviter toute propagation de maladie et d'infection.

La vieille ouvrit des yeux de chouette.

– C'est même pas nous qu'on l'a trucidée cette donzelle, Votre Honneur.

Le juge fronça les sourcils.

– Moi non plus.

Il enfonça un clou invisible d'un coup de maillet.

– Exécution dès ce jour.

La vieille ouvrit la bouche pour protester. Le juge la prit de vitesse :

– Sous peine d'amende pour recel illégal de cadavre.

Les deux épouvantails tournèrent les talons. La vieille marmonnait dans sa barbe :

– Ça nous apprendra à rendre service aux gens.

Le vieux ajouta :

– C'est de ta faute. On aurait dû balancer le cadavre dans la Tamise, comme j'avais dit. Un de plus ou un de moins...

Au début, l'homme sans mémoire compta les jours. Il refusa de se plier aux contraintes de l'asile et clama son innocence, encore qu'il n'en fût pas très convaincu. Mais les humiliations et les sévices eurent vite raison de sa révolte. Et il finit par adopter les étranges rites de Bedlam. Il s'habitua aux hurlements atroces qui déchiraient le silence à tout instant, sans raison apparente, aux beuglements frénétiques qui remplissaient les nuits de pleine lune, aux cris de désespoir et de douleur de malheureux que des gardiens vicieux torturaient pour leur bon plaisir. Il s'habitua aux tâches répétitives sur lesquelles on abrutissait les pensionnaires dans le but d'occuper leur esprit et d'enrichir un peu plus quelques industriels qui trouvaient là une main-d'œuvre économique et providentielle. Il s'habitua aussi à la triste soupe de gruau qu'on lui servait dans une gamelle sale et qu'il dévorait à pleines mains. Il avait connu pire.

Puis il perdit peu à peu la notion du temps. Son isolement ressemblait à une petite mort.

Il vit plus d'un patient arriver à Bedlam un peu perturbé, puis sombrer dans une folie sans fond au bout de quelques années, parfois moins. Il se fit une raison, ce qui n'était pas facile dans un hospice de fous. Il savait qu'il devait garder une lueur d'espoir au fond de lui s'il ne voulait pas se perdre définitivement. Alors il se mit à prier saint Paul avec ardeur, chaque jour un peu plus, pour qu'il lui rende la mémoire.

Il eut parfois le sentiment d'être entendu. Certaines nuits, du fond de son sommeil, l'homme sans mémoire crut entrevoir la vérité, mais les images étaient trop fugitives pour laisser une trace durable. Et dès qu'il se réveillait, ses souvenirs devenaient flous et insaisissables, comme s'il avait essayé d'attraper de la fumée avec les mains. Au fil des années, il récupéra quelques petits morceaux du puzzle, mais il ne parvint jamais à les rassembler en un tableau cohérent.

Un nom lui revint plusieurs fois à l'esprit : « Farouche ». Il était vaguement associé à un animal. Mais n'était-ce pas plutôt le nom d'un lieu ou d'une personne ? Il continua aussi de se voir un couteau à la main, charcutant une pauvre fille. Le visage de la malheureuse restait une pure énigme. Et son nom plus encore.

Un matin, le malabar passa devant sa cellule et l'interpella par la lucarne :

– Hé, saint Paul, faut se tenir tranquille aujourd'hui, y a le médecin chef qui vient nous rendre visite. Tu connais la sanction si tu t'agites trop.

L'homme sans mémoire opina. Il y avait longtemps que ça ne l'amusait plus de jouer les héros pour subir ensuite des flagellations, des tortures et les immersions glacées aussi douloureuses qu'inutiles.

Il s'allongea sur son grabat et ferma les yeux quand, à son grand étonnement, la porte de la cellule se rouvrit dans un fracas métallique. Il se redressa d'un bond. Le malabar lui lança :

— Finalement, t'as de la visite. Profites-en, c'est pas tous les jours.

Comme de fait, sa dernière visite remontait au lendemain de son entrée à Bedlam. Et c'était celle d'un médecin aliéniste.

Un homme à la tenue impeccable entra. L'amnésique sut au premier coup d'œil qu'il s'agissait cette fois encore d'un aliéniste. Il s'attendait à être interrogé, mais le médecin se tourna vers le malabar :

— Qui est ce priso... ce malade ?

— Un pauvre type qui prétend avoir tué une fille, mais qui n'en est pas sûr. Vous voyez le genre.

— Comment l'avez-vous appelé à l'instant ?

— Saint Paul. C'est le surnom qu'on lui a donné parce qu'il prie tout le temps saint Paul. Il espère que ça va lui rendre la mémoire. Mais moi, je crois qu'il n'a pas perdu que la mémoire.

— Pourrais-je le voir un instant seul à seul ?

— Bien sûr. Habituellement, il est inoffensif, mais faites attention quand même, on ne sait jamais avec ces lascars.

Le gardien referma la porte. Le médecin se présenta :

— Bonjour, je suis Barry Murdock, médecin au Middleses Hospital.

L'amnésique leva la tête. Une lueur brilla un court instant dans son regard, mais elle s'éteignit aussitôt.

Barry Murdock poursuivit :

— J'avais un ami médecin autrefois. Nous étions très proches. Il s'appelait William Saint-Paul. Il était anatomiste. Il a disparu une nuit avec son cheval et sa charrette. On pense qu'il était allé chercher un corps à la morgue pour ses recherches. Mais personne ne l'a jamais revu, ni le type de la morgue, ni la logeuse qui lui louait une cave pour ses expériences.

Il ajouta, songeur :

— Il y avait tellement de brouillard cette nuit-là qu'il aurait bien pu avoir un accident. Mais on n'a rien retrouvé. Ni le cheval, ni la charrette, ni le cadavre.

L'amnésique fouilla dans les vestiges de sa mémoire dévastée. Cette histoire lui disait bien quelque chose. C'était comme tout le reste, une impression de déjà-vu, ou de déjà entendu.

Son visiteur poursuivit :

– Il habitait à deux pas d'ici. Ses parents et sa fiancée l'ont cherché pendant des années. Je crois qu'ils ont fouillé tout Londres... sauf Bedlam, peut-être.

Barry Murdock marqua une pause avant de reprendre :

– Sa fiancée a fini par se consoler. Je l'ai épousée.

Puis il se leva.

– J'ai cru un instant que vous... Enfin, bref... je ne sais pas pourquoi je vous raconte tout ça. Il y a des souvenirs comme ça que l'on garde des années sur la conscience, sans pouvoir en parler. Vous ne pouvez pas comprendre.

Quand Murdock quitta la cellule, William Saint-Paul sentit de grosses larmes chaudes couler sur ses joues, mais il ne savait pas très bien pourquoi.

Chapitre 5

CLOCK

L'épidémie de peste avait stagné pendant l'hiver 1665. On avait alors cru qu'elle allait se stabiliser puis régresser. Mais, depuis l'arrivée du printemps, la température ne cessait de s'adoucir et l'épidémie redoublait d'intensité. La maladie emportait même les plus valides en moins de trois jours. Un bubon apparaissait sous l'aine ou dans la gorge. Avec beaucoup de chance, s'il éclatait, le malade pouvait en réchapper. Mais, dans la grande majorité des cas, le mal se développait à l'intérieur et le corps pourrissait. Le patient mourait alors dans d'atroces souffrances.

La canicule insoutenable du mois d'août avait fait des ravages. L'évacuation des cadavres posait de plus en plus de problèmes. Clock avait fait creuser des fosses de douze mètres de long, cinq mètres de large et six de profondeur près du mont Mill, en dehors de la ville. On pouvait y mettre mille cadavres en tassant bien. Mais ça ne suffisait pas. À présent, les aumôniers, victimes de tendinites aux poignets et aux coudes, refusaient de bénir les corps un par un. Ils se contentaient de bénir les fosses entières, et le faisaient alternativement de la main droite et de la main gauche pour éviter les crampes.

Depuis quelque temps, la folie faisait presque autant de ravage que la peste. Des personnages braillards, en proie à toutes sortes de chimères, arpentaient les rues en se flagellant ou en faisant pénitence. Les gens se mutilaient, se jetaient des fenêtres, se suicidaient, ou mouraient tout simplement de peur. Des mères tuaient leurs enfants pour leur éviter de connaître les affres de la peste. D'autres au contraire se précipitaient vivantes dans les charniers pour rejoindre leurs enfants dans la mort. Certains, moins fous mais bien plus dangereux, étaient suspectés de propager volontairement la maladie chez leurs proches dans le seul but de faire des héritages prématurés et de s'enrichir. Une simple égratignure, provoquée par une aiguille ou une lame contaminée, transmettait la maladie à coup sûr. Dès lors, les règlements de comptes allaient bon train. Une dette était vite effacée, un bien était vite annexé.

On racontait aussi que des bandes de pillards sillonnaient la ville à visage découvert, massacrant et volant en toute impunité. Une femme et ses deux filles avaient été violées et égorgées sous les yeux du maître de maison qui agonisait dans la même pièce. Le malheureux avait juste eu la force de raconter sa terrible histoire avant de succomber à son tour. La peur se propageait dans Londres, plus vite encore que l'épidémie.

Comme toujours, les scientifiques étaient divisés sur l'analyse de la situation.

Les plus pessimistes affirmaient, chiffres à l'appui, que Londres serait rayée de la carte avant deux ans. Les optimistes, se basant sur les mêmes chiffres, faisaient remarquer que la ville avait déjà connu de grandes épidémies de peste dans le passé et avait perdu jusqu'à la moitié de sa population. Mais généralement, l'épidémie se cantonnait aux quartiers insalubres et mal famés sans jamais s'étendre au bon côté de Londres. Une fois purgée de ses parties malades, Londres s'en trouvait fortifiée, comme un convalescent désireux de croquer à nouveau la vie à belles dents. Sur le long terme, la peste avait donc du bon pour la ville.

Clock, pragmatique, avait décidé d'évaluer la gravité de la situation par lui-même.

Quand son fiacre passa sur le pont, il constata avec surprise que la Tamise était quasiment déserte. Le trafic fluvial se réduisait à quelques frêles embarcations qui emmenaient les gens d'un ponton à l'autre ou d'une rive à l'autre. Prudent, il ordonna au fiacre de ne pas s'écarter des grandes artères. La voiture roulait depuis plusieurs longues minutes, mais n'avait pas encore croisé âme qui vive. Le silence était effrayant. La ville semblait abandonnée. Par endroits, l'herbe poussait entre les pavés. Toutes les boutiques et les marchés étaient fermés. D'interminables rangées de maisons portaient des croix marquées à la peinture rouge.

Clock songeait que, il y avait peu de temps encore, ce quartier était congestionné par une circulation dense et anarchique de véhicules de toutes sortes.

Plus le fiacre s'enfonçait vers l'est, plus la ville offrait une vision d'apocalypse, de chaos, de misère et de désolation. Clock eut l'impression de pénétrer en enfer, impression accentuée par le fait que la ville était recouverte d'un manteau funeste de charbon de terre. Londres agonisait, étouffée par sa propre fumée, sa crasse et ses maladies.

La plupart des gens se barricadaient chez eux. Ils vivaient avec la peur vissée au ventre. La peur de perdre le peu qu'ils possédaient. La peur de la peste. La peur de la mort.

Ceux qui n'avaient rien étaient condamnés à errer dans les rues, luttant contre la mort jusqu'à leur dernier souffle, ou bien l'attendant avec résignation.

Clock devinait quelques silhouettes misérables, tapies comme des animaux sous les porches des maisons ou dans des passages obscurs. D'immenses tas de détritus grimpaient le long des façades lépreuses des maisons. La plupart étaient recouverts de mouches, de cafards et de moustiques, excités par ce festin délirant. Le caniveau central n'était plus qu'une mare stagnante infestée de moustiques.

L'attention de Clock fut attirée par une épaisse fumée provenant d'une rue perpendiculaire. Il mit son mouchoir devant sa bouche. La fumée devenait de plus en plus dense et charriait des miasmes de cadavres en décomposition auxquels s'ajoutaient des remugles de misère humaine attisés par la chaleur.

Clock ordonna au cocher d'accélérer. Il se pencha à la fenêtre du fiacre et vit quelques hommes affairés à jeter des vêtements et des meubles dans un immense brasier, effort aussi méritoire que dérisoire pour tenter de stopper la propagation de la peste.

Le fiacre roulait à vive allure quand il freina soudain. Il dérapa dans un fracas de roues, de hennissements et de jurons. Clock fut projeté vers l'avant. Son genou heurta le siège. Une douleur soudaine et brutale le tétanisa. Le cheval se cabra, le fiacre versa sur le côté, glissa sur plusieurs mètres dans un long crissement métallique, se fracassa contre un mur, rebondit et s'immobilisa enfin, à demi disloqué, au milieu de la chaussée. L'animal effrayé donnait des coups de sabots désespérés dans le vide, sans parvenir à se relever. Clock réalisa qu'il était prisonnier sous le fiacre, maintenant réduit à un amas de bois et de ferraille enchevêtrés. Une douleur lancinante paralysait son genou. Il avait perdu le sens du dessus et du dessous. Par un interstice de la carrosserie, il constata qu'un amas de planches et de gravats obstruait la rue. Un groupe d'hommes en guenilles se matérialisa soudain devant le fiacre. Plusieurs d'entre eux tenaient des barres métalliques, comme celles qu'utilisent les cochers pour tirer leur voiture des ornières. Clock pensa qu'ils allaient les aider à se sortir de ce mauvais pas. Il chercha le cocher du regard, mais ne parvint pas à le localiser.

Les événements s'enchaînèrent alors à une vitesse déconcertante. Des éclats de voix et des claquements de fouet retentirent quelque part au-dessus de lui. Clock repéra alors le cocher. Plusieurs hommes s'acharnaient sur lui. Il se défendait comme il pouvait en faisant tournoyer son fouet au-dessus de sa tête. Clock comprit seulement qu'il venait de tomber dans un piège. La scène apparut dans son champ de vision. Un des hommes sauta sur le dos du cocher et lui fracassa le crâne d'un coup de barre métallique. Le malheureux s'écroula à terre et fut dépouillé de ses vêtements en quelques secondes. D'autres achevaient le cheval, qui devait constituer une nourriture inespérée, tandis que le reste du groupe tentait de défoncer la carcasse du fiacre à coups de pied, de poing et de barres de métal. À cet instant, Clock ne donnait pas cher de sa vie. Mais il ne céda pas à la panique. Il chercha une issue et rampa sous le fiacre. Il parvint enfin à s'extraire de l'amas de ferraille et de bois, dans le dos des malfrats, mais l'un d'eux l'aperçut :

– Là ! Y a un autre type qu'essaie de se faire la belle !

Clock eut la présence d'esprit de saisir sa bourse et d'en jeter le contenu dans la direction du groupe afin de gagner du temps. L'homme qui avait donné l'alerte plongea sur le butin.

– C'est à moi ! Je l'ai vu en premier.

Un autre arriva derrière lui et lui écrasa la tête de son talon.

– Touche pas à ça, vermine ! C'est moi le chef !

– C'était ! rectifia un troisième lascar en lui assénant un violent coup de barre entre les épaules.

La rixe se généralisa aussitôt. La bestialité de l'affrontement fit frémir Clock. Une douleur lancinante irradiait toujours son genou. Mais la peur lui donna la force de se redresser. Il écarta de son chemin une vieille harpie au visage noir de crasse qui quémandait quelques pièces et se sauva en claudiquant. Il bifurqua dans une petite ruelle afin de semer ses éventuels poursuivants. Il courut sans se retourner et ne s'arrêta que quand il fut à bout de forces.

Il s'arrêta enfin pour reprendre son souffle. Il n'avait pas la moindre idée de l'endroit où il se trouvait. La ruelle, qui ne devait pas faire plus de quatre mètres de large, empestait la mort et la vermine. Un énorme rat fila entre ses jambes et disparut dans un mur ébréché. Il lui sembla entendre un râle sourd, quelque part, tout près de lui. Il s'enfuit encore, ne sachant plus très bien devant quoi il fuyait. Il s'engouffra dans un dédale de ruelles puantes. Une impression d'étouffement et d'emprisonnement lui serra la poitrine. Son seul salut était de se diriger vers l'ouest. Il leva les yeux pour tenter de se repérer à la marche du soleil, mais le ciel était gris et bas, comme si la nuit était tombée en plein jour. Il déboucha enfin dans une rue un peu plus grande que les autres et tenta de l'identifier en analysant les devantures crasseuses et délabrées des boutiques. Quelques personnes rôdaient dans le crépuscule comme des âmes damnées à la recherche d'un impossible salut.

La douleur de son genou se fit plus vive. Il chercha un endroit où s'asseoir. Le souffle court et la respiration haletante, il trouva refuge sur les marches usées d'une église. Il reprenait à peine ses esprits quand un homme vêtu d'un drap crasseux apparut à l'autre bout des marches. L'index dressé vers le ciel, il lançait des invectives et semblait converser directement avec le Tout-Puissant. Des lueurs de folie et de colère traversaient son regard halluciné. Plusieurs personnes passèrent leur chemin, le nez enfoui dans des flacons de désinfectant. Mais quelques curieux s'attroupaient déjà autour de lui, intrigués par le discours de l'énergumène :

– Je vous le dis, l'ampleur du désastre ne peut s'expliquer que par un châtiment céleste. La vengeance de Dieu est sur nous, en punition de nos péchés. Dieu m'est apparu dans un songe le jour de la comète. Et je suis son prophète.

L'apparition de la comète au mois de décembre précédent avait frappé les imaginations et d'aucun y voyaient un présage divin. Le devin jouait sur du velours.

Clock prêta une oreille distraite au salmigondis pseudo-religieux de l'improbable prophète. Il y était question de pénitence et de repentance, de malédiction et de punition, de péchés et de punition. Puis le sermon prit peu à peu des tournures de boniment de foire. Un petit groupe restait suspendu aux lèvres de l'homme, parce qu'il fallait bien se raccrocher à quelque chose ou à quelqu'un. L'homme exhiba soudain un objet brillant d'un geste théâtral.

– Regardez ceci, mes frères et mes sœurs ! C'est un flacon d'eau de peste.

Clock avait déjà entendu parler de cet élixir de charlatan, censé prémunir des miasmes de la peste.

– Vous vous demandez tous pourquoi Dieu m'a donné cette force, n'est-ce pas ?

Les faces mornes le regardaient, bouche bée et œil torve. L'homme répéta en mettant un plus de conviction dans sa voix :

– Vous vous posez la question depuis le début, pas vrai ?

Une femme aux cheveux hirsutes et aux yeux bouffis secoua la tête, agitée par un tic ou la morsure des poux. Il n'en fallut pas plus au prophète-charlatan pour développer son argumentaire :

– Puisque vous insistez, je vais vous le dire. Si je suis en si bonne santé, c'est parce que je m'enduis le corps avec de l'eau de peste tous les matins. Et j'en bois aussi un peu, histoire de me désinfecter l'intérieur.

La femme haussa un sourcil étonné. L'homme ouvrit les bras, comme le prêtre au moment de la communion.

– Regardez-moi ! Je suis la preuve vivante de l'efficacité de cet élixir dont Dieu lui-même m'a dicté la formule. Et Dieu a fait de moi son messager. C'est pourquoi je souhaite maintenant vous en faire profiter pour seulement un shilling la fiole. Et je rembourse les clients mécontents. D'ailleurs, j'en n'ai pas eu un seul jusqu'à présent.

La femme hocha la tête un peu plus franchement. L'homme lui mit d'autorité le flacon dans les mains.

– Y a pas à hésiter. C'est pas cher pour le prix que ça coûte.

Et il porta l'estocade finale :

– Et puis, faut profiter de la vie tant qu'on est vivant, pas vrai ma petite dame ?

Convaincue par cet argument implacable, la petite dame acheta l'élixir, aussitôt imitée par le reste du groupe.

Clock se leva, le tête vide, et reprit sa marche hésitante vers ce qu'il pensait être l'ouest.

Un point de côté s'ajoutait maintenant à la douleur de sa jambe. Il se pencha en avant et posa ses mains sur ses genoux pour reprendre sa respiration et soulager sa douleur. Le repos fut de courte durée. Un homme aux gestes désordonnés, surgi de nulle part, se précipita vers lui.

– J'ai péché, mon père. J'ai beaucoup péché. Mais je veux me repentir.

Visiblement, le pauvre bougre n'avait plus tous ses esprits. Le malheureux se laissa tomber sur les genoux et l'implora comme une divinité païenne. Des cicatrices suspectes couraient sur son visage tuméfié. Clock recula pour éviter tout contact avec lui. Mais déjà une vieille femme s'approchait sur sa gauche, pieds nus dans la boue collante qui recouvrait le sol. Elle sentait le rance et l'urine. Des ulcères béants couvraient également son visage et sa gorge.

– Moi aussi, j'ai péché. Donnez-nous l'absolution, avant qu'on crève tous !

Sa phrase se termina dans une toux creuse qui lui déchira la poitrine. Celle-ci ne mourait pas seulement de la peste.

Clock s'écarta encore, mais il s'aperçut que quelque chose était agrippé au pan de son manteau. À y regarder de plus près, il constata qu'il s'agissait d'une fillette au visage marbré de crasse et au regard brûlant de fièvre. Ses bras fluets apparaissaient à travers les pans délabrés de ses vêtements. Tout son corps trahissait le dernier stade de la syphilis.

– Donne-moi une pièce et tu pourras faire tout ce que tu veux avec moi.

Tout ce qu'il aurait voulu faire, c'était la sauver, mais il ne pouvait rien pour elle. Il ne pouvait même pas lui donner une pièce puisqu'il avait jeté sa bourse aux pillards. Il s'éloigna sous les insultes de la fillette qui possédait un vocabulaire à faire pâlir un équipage de marins confirmés. Il sentit que la colère grondait dans son dos. Quelques voix d'hommes l'interpellaient. Il reçut un projectile en pleine nuque. Il s'enfuit de nouveau, sachant que tout affrontement avec ces monstres désespérés était inutile.

Il faisait de plus en plus noir et le brouillard venait maintenant s'ajouter aux autres fléaux. Clock ne parvenait plus à s'orienter. La nuit était peuplée de gémissements déchirants et de cris inhumains. Quelque part dans la brume, le glas sonnait de façon quasi continue. Il lui sembla qu'une main lui caressait le dos. Il voulut la saisir, mais elle s'esquiva. Clock sentit alors la morsure du froid.

Le vacarme d'une cloche de fer le réveilla en sursaut. Il s'aperçut qu'il s'était endormi contre une porte marquée d'une croix rouge et qu'on lui avait volé son manteau. Il se leva d'un bond et se figea, pétrifié d'horreur devant l'attelage qui venait de s'arrêter à quelques pas de lui. La charrette contenait un amas de corps entassés les uns sur les autres comme de vulgaires bestiaux menés à l'équarrissage. Le cauchemar ne finirait donc jamais... Il crut un instant que ce convoi macabre lui était destiné. Un charretier l'interpella d'un ton railleur, à travers le foulard crasseux qui lui masquait le bas du visage :

– Vous avez l'air perdu. Vous voulez que je vous dépose quelque part ?

Clock s'écarta. Soudain, un visage d'enfant émergea de l'enchevêtrement macabre. Deux yeux le fixèrent, ivres de douleur et de détresse. Ces quelques secondes parurent une éternité. Ce visage hagard ne ressemblait à aucun être humain dont il eût gardé le souvenir. Il crut défaillir et hurla, autant par peur que par compassion :

– Il est vivant ! Il est vivant !

Le charretier masqué se retourna.

– Ça durera pas.

Le gamin ouvrit la bouche, mais aucun son n'en sortit. Son visage boursouflé se contracta. Les veines du cou étaient gonflées au point d'éclater. Soudain, un flot de sang jaillit de sa gorge dans un râle abominable. Clock évita le jet de justesse.

Le charretier commenta :

– Qu'est-ce que je disais ? De toute façon, il sera sûrement mieux en Enfer qu'ici.

L'homme descendit du chariot et cogna sans ménagement l'huis de la porte contre laquelle Clock venait de passer la nuit.

– Ohé, citoyens ! C'est le chariot des Morts. Y a des mac-
chabées à enlever aujourd'hui ?

La porte s'entrouvrit. Le corps gris et à demi nu d'une jeune
fille s'affaissa comme un tas de chiffons aux pieds du charretier. La porte se referma comme un tombeau sur son secret.

L'homme saisit le cadavre par un poignet et une cheville,
prit de l'élan et le balança sur le sommet du chariot en com-
mentant d'un ton goguenard :

– Y doit plus rester grand monde de vivant là-dedans. Si ça
continue, faudra que j'aille chercher les derniers cadavres
moi-même.

Puis, en s'adressant à Clock :

– Notez bien, ça me gêne pas. Y peut rien m'arriver. Je me
badigeonne avec de l'eau de peste tous les matins. J'en mets
même dans mon foulard.

Clock pria pour que le chargement s'éloigne au plus vite.

Il reprit sa route, tenaillé par la douleur de son genou
blessé. La lueur pâle d'un soleil anémique traversa la brume
du matin. Clock sut enfin où se trouvait l'ouest.

Il marcha encore longtemps dans cette direction. Jamais il
n'avait pris conscience que Londres était aussi vaste. Il
reconnut St. Catherine Street, traversa le pont et se sentit
enfin en sécurité. Mais à présent, c'était lui que l'on fuyait.
Des dames bien mises, accompagnées de grooms aux bras
encombrés de paquets et de laquais hautains, le regardaient
avec méfiance. La plupart des gens changeaient de trottoir à
son approche. Il aperçut son reflet dans la vitrine d'une boutique : la chemise à demi arrachée, le visage couvert de boue
et tuméfié, le menton noirci par une barbe naissante. Il revenait de l'enfer.

Il parvint enfin à son domicile. Il fit brûler ses vêtements, se
lava et s'habilla de propre. Il voulut manger, mais son estomac refusa d'avaler autre chose qu'un bol de soupe chaude.

Il décida de faire son rapport sans plus tarder à sir William
Sheldon.

Une heure plus tard, il se présenta chez son patron et insista pour être reçu au plus vite.

Le chambellan se présenta, rigide et guindé, comme l'exigeait l'étiquette.

– Le sieur Clock attend d'être reçu, monseigneur. Que dois-je lui dire ?

Cette visite intriguait sir William Sheldon, mais pas au point de perturber son rituel matinal. Il avala un dernier morceau de lard fumé, but encore un verre de vieux bordeaux et émit un rot sonore. Enfin, il s'essuya le coin des lèvres avec toute la délicatesse qui convenait à une personne de son rang.

– Rien du tout. Laissez-le attendre. Je le recevrai après avoir réglé une affaire urgente.

L'affaire urgente se prélassait sur le lit de la chambre de William Sheldon. Ce matin, il s'agissait d'une rousse plantureuse à la peau tachetée de myriades de grains de beauté. Elle avait accepté l'invitation de sir William sans l'ombre d'une hésitation. Il est des services que l'on ne peut pas refuser à partir d'un certain tarif. La rousse compensait son manque de fraîcheur par une expérience incontestable et s'efforçait de tirer le meilleur parti de ses charmes finissants. Sa bouche était un peu trop large, ses seins énormes et mous débordaient de son corsage, ses hanches et son fessier généreux constituaient une invitation à la luxure. Son parfum lourd et entêtant masquait des odeurs moins avouables. Quoi qu'elle fît, elle gardait toujours ce côté vulgaire et spontané des filles de modeste extraction. Mais tout cela plaisait à William Sheldon. Le petit déjeuner, trop riche et trop copieux, avait augmenté sa tension sanguine. Il était pressé de frotter sa large panse au rondeurs de son invitée. Il dégrafa sa braguette d'une main nerveuse. Puis il se plaça derrière la belle rousse, lui souleva la robe et expédia l'affaire urgente en quelques minutes. Son plaisir fut de courte durée, mais intense. Enfin il la paya et la congédia d'une claque sur la croupe, comme on flatte sa monture après une bonne partie de chasse.

Cet exercice matinal donnait à sir William Sheldon du tonus pour le reste de la journée. Il tira sur le cordon et le chambellan apparut :

— Faites-le entrer !

Clock pénétra dans la pièce en boitillant. Il s'enquit de la santé de son hôte et balbutia quelques banalités d'usage. Il était pressé d'en venir au fait de sa visite :

— La situation est alarmante, monseigneur. Je suis allé sur place. La peste gagne du terrain.

Sir William Sheldon leva un sourcil étonné. Clock poursuivit :

— Il n'y a plus âme qui vive à Aldersgate et Clerkenwell. Même les animaux ont fui. Les décès ne se comptent plus par milliers mais par dizaines de milliers.

— Qu'en est-il de ce fameux remède, mis au point par le professeur... comment s'appelle-t-il déjà ?

— Cela n'a plus guère d'importance : il est mort, ainsi que tous ses collaborateurs. Jamais il n'y a eu autant de guérisseurs à Londres, et jamais il n'y a eu autant de morts. Il n'y a guère que le feu qui empêche la propagation de la peste. Mais il y a peut-être plus grave que l'épidémie elle-même.

Sir William Sheldon eut un léger renvoi acide et répéta en grimaçant :

— Plus grave que la peste ?

— Oui, monseigneur. Des bandes de pillards ravagent la ville.

— Eh bien, pourchassez-les et décapitez-les. La vue de toutes ces têtes alignées sur les piques aux portes de Londres a toujours eu un effet dissuasif sur les mécréants.

Clock poursuivit sur un ton alarmiste :

— À vrai dire, monseigneur, nous manquons cruellement d'hommes d'armes et de bourreaux. Et même, d'une façon générale, d'hommes valides. Bientôt, il n'y aura plus assez de vivants pour enterrer les morts.

Sir William Sheldon fronça les sourcils, ne trouvant que répondre à cela. Clock poursuivit son inventaire morbide :

– Mais il n'y a pas que cela, monseigneur.

Sir William Sheldon souffla, comme une baudruche qui se dégonfle :

– Quoi encore ?

Clock baissa la voix, comme pour s'excuser.

– Le commerce s'effondre. Les bateaux n'accostent plus aux pontons de la Tamise de peur d'être contaminés à leur tour. Londres mourra bientôt de faim, faute de denrées et de nourriture.

Sir William Sheldon repensa à son plantureux petit déjeuner et se dit que Clock noircissait sans doute la situation. Il n'y avait pas de quoi s'alarmer autant. Londres en avait vu d'autres.

Il fit un geste d'indifférence.

– Nous les acheminerons par chariots. Les paysans et éleveurs des contrées voisines seront ravis de vendre leurs marchandises au bon peuple de Londres.

– Certes, monseigneur, mais pour l'heure des familles entières périssent, emportées par la maladie et la famine. D'autres retournent à l'état animal et constituent un grand péril pour Londres.

Cette conversation agaçait sir William. Les quartiers pauvres et malfamés étaient une chose, les quartiers nobles en étaient une autre. Il décida de couper court :

– La turpitude et le vice engendrent le miasme. Le miasme entraîne la maladie. Les gens de ces quartiers se punissent eux-mêmes. Ils retournent à leur état naturel.

– Cependant...

– Si j'ai bonne mémoire, la peste s'est déclarée dans la paroisse de Saint-Gilles en 1664.

– C'est exact, monseigneur.

Sir William Sheldon poursuivit en caressant son ventre rebondi :

– Or, nous sommes en 1666. Et toujours bien portants, n'est-ce pas ?

Clock opina du chef, car il était difficile de nier l'évidence. Sir William Sheldon conclut :

– Vous voyez bien que cette épidémie ne nous affecte guère.

Clock aurait voulu partager l'optimisme de son patron. Sir William Sheldon ajouta, sur un ton plus conciliant :

– Quoi qu'il en soit, nous ne pouvons prendre le risque de voir la peste gagner nos résidences. Cela serait du plus mauvais effet. Par ailleurs, notre bon roi Charles II et sa cour n'apprécieraient pas de se voir contaminés par la vermine du bas peuple. Nous allons donc éradiquer ce fléau sans plus tarder.

– De quelle façon ?

– Vous l'avez dit vous-même : il n'y a que le feu qui puisse empêcher la propagation de la peste.

Sir William expliqua son plan de façon brève mais précise et ajouta, sur un ton qui ne souffrait aucune contradiction :

– Je veux que l'on en finisse cette nuit même.

Puis il se leva et désigna la porte du regard :

– À présent, je dois me préparer pour traiter une affaire de la plus haute importance.

Clock choisit vingt hommes parmi les plus aguerris et les plus fiables. À minuit pile, les hommes se déployèrent en dix groupes de deux. Chaque binôme avait pour mission d'investir un quartier stratégique. Ils pourraient se repérer à l'aide de cartes indiquant les grands axes. Les hommes avaient revêtu des vêtements civils et avaient reçu l'ordre d'agir dans la plus grande discrétion. Leurs montures étaient rapides. Chacun portait une sacoche contenant le matériel nécessaire. Tout devait se dérouler en une demi-heure. Ils devaient rendre leur rapport de mission à minuit et demi. Clock décida de participer lui-même à l'expédition afin d'en contrôler le bon déroulement, mais aussi parce qu'il avait une revanche à prendre sur ces quartiers pourris.

Un quart d'heure plus tard, Clock quittait Tower Hill et s'engageait dans un labyrinthe de ruelles sordides. Il tira sur les harnais de son cheval et interpella l'homme avec qui il faisait équipe :

– C'est à peu près ici !

Les deux hommes mirent pied à terre. L'un d'eux gardait les chevaux, arme au poing, tandis que l'autre accomplissait sa mission. Ils agissaient ainsi à tour de rôle. Ils avaient reçu l'autorisation d'éliminer quiconque tenterait d'entraver leur action.

Clock vérifia que le contenu de sa sacoche était complet. Puis il se retourna vers son collègue et tira la montre de son gousset.

– Je reviens dans cinq minutes.

Il s'enfonça alors dans la ruelle qui émergeait sur sa droite. La plupart des maisons étaient construites en bois. Certaines s'écroulaient déjà par endroits. La sécheresse du mois d'août avait été hors du commun. Les chaumes et charpentes des maisons n'avaient pas connu la moindre goutte d'eau depuis des semaines. Le terrain était on ne peut plus favorable. Clock sortit la torche de sa sacoche et l'enflamma. Il s'apprêtait à la lancer quand son attention fut attirée par un couinement plaintif, à quelques pas de lui. Il approcha la torche et découvrit un bébé, attaché dans une sorte de sac crasseux au ventre de sa mère, assise sur les marches d'une maison. Le bébé pleurait d'une voix faible et intermittente. La femme dormait, tête baissée. Sa chevelure hirsute pendait sur le visage du nouveau-né. À côté d'elle, un gamin sans âge tremblait de la tête aux pieds. Son visage ruisselait de sueur et son regard trahissait la peur. Clock n'avait pas une minute à perdre, mais il fut pris de pitié devant ce spectacle désarmant :

– Hé, la mère, faut pas rester là. Ça pourrait devenir dangereux d'ici peu.

La femme ne réagit pas. Le menton du gamin tremblait, comme s'il essayait de dire quelque chose.

Clock agrippa les cheveux de la femme et lui releva la tête.

– T'es sourde ou quoi ?

C'est alors qu'il vit la profonde entaille qui formait un horrible collier brun autour de son cou. La fille tenait encore son couteau à la main. En approchant la torche, Clock vit que tous les trois portaient des stigmates avancés de la peste. Pour le bébé et le garçonnet, la vie se comptait en minutes. Clock réalisa qu'il en serait de même pour lui s'il ne prenait pas une décision rapide. En une fraction de seconde, il ouvrit les doigts de la morte qui craquèrent comme des branches mortes, saisit le couteau et en larda le sac qu'elle portait sur le ventre. Le bébé cessa de pleurnicher. Puis il enfonça le couteau dans le cœur du garçonnet, qui s'écroula au sol sans la moindre plainte.

Il fallait du courage pour faire ce que Clock venait de faire. Au moins, il leur évitait d'être brûlés vifs. Il jeta le couteau ensanglanté dans la rue et se débarrassa de sa torche qui embrasa aussitôt la maison. Une ombre passa derrière lui et s'empara du couteau. Clock fit volte-face et se retrouva nez à nez avec un garçon d'environ quinze ans, à la tignasse rousse, qui serrait l'arme dans son poing.

Leurs regards se croisèrent.

– Laisse ça, petit! Ce couteau est contaminé.

Le garçon recula dans l'obscurité.

– Nan! Vous l'avez jeté, il est à moi maintenant.

Il disparut aussitôt dans la nuit.

Clock hurla :

– Va au diable!

Puis il rejoignit son compagnon en hâte. L'autre le dévisagea.

– Qu'est-ce qui se passe? Tu es pâle comme un mort. C'est toi qui as crié?

Clock serra les mâchoires sans répondre et remonta en selle.

Moins d'une demi-heure plus tard, Clock et son acolyte rejoignaient les autres soldats. Tous étaient fiers du devoir accompli. Mais Clock avait une boule au creux de l'estomac.

Le garçon à la tignasse rousse serrait toujours le couteau dans son poing. Il avait trouvé refuge pour la nuit dans le sous-sol d'une maison abandonnée. Un fracas de fin du monde le tira de sa torpeur. Il sauta sur ses pieds et lança à la nuit :

– Si t'approches, je te perce !

Il réalisa bien vite que le danger n'était pas humain. Une maison venait de s'écrouler, de l'autre côté de la rue. Il sortit en courant et s'aperçut que la rue entière était abandonnée à la furie des flammes. Il gagna une artère plus grande et découvrit un spectacle d'apocalypse.

En s'écroulant, les maisons craquaient plus fort que le tonnerre. Les cris des femmes et des enfants qui couraient en tous sens venaient s'ajouter à ce vacarme. L'air était brûlant. Il remarqua un petit groupe d'hommes masqués qui profitaient du désordre pour s'introduire dans les bâtisses en flammes. D'autres en sortaient avec de gros sacs de toiles sur le dos. Les plus cupides, ou les moins rapides, restaient prisonniers des flammes et hurlaient de détresse. Une mère jeta ses enfants par la fenêtre, dans l'espoir de les sauver des flammes. Mais, en bas, les gens s'écartaient plutôt que d'essayer de leur venir en aide. Chacun pensait à sauver sa peau. La plupart couraient vers la Tamise pour échapper à la fournaise et à la mort.

Le garçon aux cheveux roux ramassa un paquet que venait de perdre un homme dans sa fuite. Une tour s'écroula à quelques mètres de lui, soulevant un épais nuage de poussière et de cendre qui lui brûla la gorge. Il prit ses jambes à son cou et courut jusqu'à en cracher ses poumons. Les berges de la Tamise apparurent enfin. Une foule hystérique se pressait aux pontons et prenait d'assaut les quelques embarcations disponibles. Une épaisse fumée se répandait partout aux alentours. La Tamise elle-même était envahie de nuées grises criblée de fumerolles.

Les gens pleuraient et criaient qu'ils avaient tout perdu. Certains blasphémaient et juraient que Dieu n'existait pas. Le garçon aux cheveux roux ne pleurait pas. Il était même plutôt satisfait. Il serrait contre lui un couteau bien coupant et un gros sac probablement rempli de vêtements. Il n'avait jamais possédé autant de richesses de toute sa vie.

Il parvint à se frayer un chemin dans la foule et grimpa à bord d'une embarcation bondée. L'esquif faillit chavirer à plusieurs reprises.

Un homme pointa son doigt vers la ville en flammes.

– Regardez ! Saint-Paul s'écroule !

Un autre rétorqua :

– J'en viens. C'est plus une église, c'est un enfer. Le plomb de la toiture a fondu et s'est répandu dans les rues voisines. Le sol est recouvert de métal en fusion. C'est tellement brûlant que ni les hommes, ni les chevaux ne peuvent marcher dessus.

– Dieu nous abandonne, gémit une femme en se signant.

– Là-bas ! hurla soudain un vieillard en pointant son index décharné dans une autre direction. C'est les entrepôts de chanvre et de poix de Thames Street qui crament. Jamais vu des flammes d'une telle hauteur de toute ma chienne de vie.

La barque accosta enfin sur l'autre rive, et chacun donna ce qu'il put au pilote de l'embarcation. L'homme ramait déjà vers son point de départ pour emporter un nouveau chargement de passagers. Le garçon à la tignasse rousse s'éclipsa. Il s'assit sur la berge, un peu plus loin, pressé de découvrir le trésor contenu dans son paquet. Il l'ouvrit et trouva des habits neufs. Ils étaient marqués au nom d'un certain Mercer Hollow. À en juger par la coupe, ce devaient être les vêtements d'un commis de cuisine. Le garçon aux cheveux roux enfila la veste et le pantalon. Il se débarbouilla dans l'eau de la Tamise. Il se trouva fière allure. Il y avait des papiers dans la poche de sa veste. Il les lut, non sans mal. Il s'agissait de lettres de recommandation. Avec ça, il était certain de trouver du travail. Une nouvelle vie commençait pour lui. Il marcha, tête haute, vers les quartiers lumineux et riches de la ville.

De la fenêtre de sa chambre, sir William Sheldon jouissait d'une vue imprenable sur le spectacle. Le ciel s'illuminait d'une couleur orangée presque irréelle. Un observateur attentif aurait pu remarquer que ce n'était pas un, mais plusieurs incendies qui convergeaient par endroits pour former une immense fournaise. L'un descendait de Cornhill, l'autre de Threadneedle Street. Ils rencontrèrent sur leur chemin deux foyers séparés, l'un venu de Walbrook, l'autre de Bucklersbury. Un autre incendie faisait rage dans le nord à Cripplegate et à l'est près de la Tour.

Les jours suivants, l'incendie ne faiblit pas. Les citoyens, trop occupés à sauver leurs propres biens, n'essayèrent même pas de l'éteindre. Quant aux pompiers, ils s'illustraient par leur inefficacité. Certains prétendirent même qu'ils avaient reçu l'ordre de ne pas intervenir.

Le 6 septembre 1666 au soir, l'incendie faisait toujours rage et constituerait bientôt une menace directe pour les beaux quartiers.

Clock entrevoyait une solution pour le stopper, mais pour cela, il devait s'en ouvrir à son patron. Il parvint à obtenir un rendez-vous en fin d'après-midi. Sir William Sheldon le reçut dans son salon, à l'heure du dîner.

Sheldon se coupa une tranche de pâté de grives. La croûte était un peu plus dure qu'il ne l'avait imaginé. Le couteau glissa et il se fit une égratignure à l'index. Une goutte de sang apparut. Il n'y prêta pas attention, trop occupé qu'il était à déguster le délicieux pâté.

Il parla, la bouche pleine :

– Nous voilà purgés de la vermine.

– Certes, monseigneur, mais nous avons troqué un fléau pour un autre. L'incendie gagne du terrain d'heure et heure. Selon nos estimations, treize mille maisons et quatre-vingt-sept églises ont été détruites en quatre jours, soit environ les deux tiers de Londres. À présent, ce n'est plus la peste qui menace la ville, mais les flammes. Quant aux pertes humaines...

– N'y a-t-il pas assez d'eau dans la Tamise pour éteindre le brasier ?

– Si, mais ce sont encore les bras qui manquent.

– Alors pratiquez la politique de la terre brûlée. On peut bien sacrifier quelques maisons sans valeur pour préserver les belles demeures.

– C'est ce que nous avons fait, monseigneur, mais le feu est attisé par un violent vent de sud-est. Il va plus vite que nous.

Il y aurait bien une solution, c'est pourquoi je viens vous voir...

— Oui ?

— Le feu se dirige vers les entrepôts royaux de munitions. On pourrait le stopper définitivement en les faisant sauter. Mais je doute que sa majesté donne son accord...

— Qu'est-ce que ça change ? De toute façon, si le feu y parvient, ils sauteront quand même. S'il le faut, faites-les sauter. J'en prends la responsabilité.

Clock ajouta en baissant la voix :

— Concernant les pertes humaines, il va bien falloir rendre des comptes à un moment ou un autre. Des centaines de prisonniers sont morts, brûlés vifs, dans les prisons.

— Ça ne compte pas, trancha William Sheldon. Le peuple nous remerciera de l'avoir débarrassé de cette vermine et...

Il s'arrêta, fourchette en l'air et fronça les sourcils.

— À propos de peuple... Avez-vous répandu la version officielle de l'incendie ?

Clock opina du chef et récita sa leçon :

— Oui, monseigneur. Le feu s'est déclaré dans la boulangerie royale de Thomas Farrinor, dans Pudding Lane. Des braises mal éteintes. Une négligence de la servante.

— Ces gens ne risquent-ils pas de poser de problème ?

— Non, monseigneur. Farrinor a été largement dédommagé. Quant à la servante...

Il toussa dans son poing.

— Elle a péri dans l'incendie.

Sa conscience était devenue douloureuse ces derniers temps.

— Pour en revenir aux victimes de l'incendie, monseigneur...

Sheldon fit un geste d'agacement.

— Quoi encore ?

— Des tas de gens sont morts dans les décombres de leurs maisons, parfois même brûlés vifs. Leur seul tort a été de naître dans la misère et...

— Ça ne compte pas non plus. Ils auraient été emportés de toute façon par la peste.

– Il y a aussi tous ceux qui se sont suicidés.

– Cela est du ressort de la justice divine. Espérons que Dieu leur pardonnera ce geste.

– Six pompiers sont morts dans l'exercice de leur fonction.

Sir William déglutit une bouchée trop grosse.

– Parfait ! Nous en ferons des martyrs. Vous clamerez haut et fort que les autorités ont fait preuve d'un sang-froid et d'un courage exceptionnels. Ainsi, la bonne ville de Londres ne déplore que six pertes fâcheuses.

– Il y a aussi deux personnes qui se sont noyées en tentant de traverser la Tamise à la nage avec tous leurs bagages. Il y a des centaines de témoins.

– Va pour huit, transigea sir William, magnanime.

Il désigna la porte du regard.

– Allez. Une lourde tâche vous attend.

Puis il ajouta pour lui-même :

– Moi aussi d'ailleurs.

La lourde tâche étalait sans vergogne ses charmes opulents sur les deux tiers du lit. Son fumet capiteux avait déjà imprégné les draps. Sir William Sheldon donnait parfois dans la démesure et le gigantisme. Il parcourut sa grasse égérie d'un œil expert. Puis il s'acharna un long moment sur ses seins, comme un boulanger préparant son pétrin. Il malaxa, massa, tira, pétrit et laboura la chair moite et molle. En une demi-heure, il n'en fit pas le tour. Soudain, au comble de l'excitation, il sauta sur le ventre de la créature et plongea en elle avec la délicatesse d'une charrue dans son sillon. La volumineuse dulcinée émit un râle rauque, à mi-chemin entre l'éternuement et la quinte de toux. Sir William prit un plaisir si intense qu'il en éprouva une douleur inhabituelle dans les reins. Puis il roula sur le côté et s'endormit aussitôt, épuisé par sa performance.

Sir William Sheldon se réveilla en pleine nuit, tiraillé par des crampes douloureuses dans les muscles de ses bras et de ses jambes. Il tenta de repousser son opulente égérie, mais ne parvint pas à la déplacer d'un centimètre, ni même à la réveiller.

Il avait soif. Il se leva en titubant et alluma une bougie pour s'orienter dans l'obscurité. Sa vue était trouble, comme s'il avait eu les yeux ouverts sous l'eau. Il s'approcha d'un miroir et constata qu'un horrible bubon était apparu sur son cou. Il passa le doigt dessus. La peau était douloureuse, rouge, tendue et luisante. Ses joues ruisselaient de sueur. Il ressentit à nouveau cette douleur sourde et lancinante dans le dos, les reins et les jambes. Un frisson le saisit et il fut pris de nausées. Sa chemise trempée collait à sa peau.

Il avala un grand verre de vieux bordeaux, le meilleur remède, à sa connaissance, contre la soif. La déglutition l'irrita, au point de lui faire monter les larmes aux yeux.

Confusément, il attribua son état à un excès de bonne chère, à une trop grande activité et à la température étouffante qui écrasait Londres en ce début septembre. Puis il se recoucha, un peu soulagé.

Il se réveilla à nouveau, un peu plus tard dans la nuit. Il ne suait plus, mais sa peau était devenue sèche et brûlante. Son pouls était rapide, sa respiration haletante et, de temps en temps, il toussait légèrement. Il but encore, mais cette fois il préféra l'eau au vin, car il voulait garder ses esprits. Il vida plusieurs verres d'eau, sans jamais parvenir à étancher sa soif. Puis, sans que son corps le prévienne d'aucune façon, il vomit avec violence tout ce qu'il venait d'ingurgiter.

Il sentit la panique monter en lui. Comment était-ce possible ? Pouvait-il avoir été contaminé par la peste, lui qui prenait mille précautions, y compris dans le choix de ses conquêtes d'un soir ?

Il voulut appeler du secours, mais aucun son ne sortit de sa gorge obstruée. Les ronflements grotesques de la créature emplissaient la pièce. Il tenta de ramper jusqu'au cordon d'appel, mais ses muscles ne lui obéissaient plus.

Il lui semblait que le bubon occupait maintenant toute sa gorge. Il se souvint des préceptes des médecins. Il fallait le crever coûte que coûte pour endiguer la maladie. Il se dit que le couteau qu'il avait utilisé pour trancher le pâté ferait l'affaire. Mais l'objet semblait à l'autre bout du monde. Il se déplaça, centimètre par centimètre. Le sang cognait contre ses tempes et son pouls battait de façon désordonnée. Son cœur faisait des bonds dans sa poitrine. Il eut l'impression qu'il allait jaillir à tout instant, comme un diable hors de sa boîte. Il parvint enfin à saisir le couteau au prix d'un effort démesuré.

Il roula à terre, exténué, et enfonça la pointe de la lame dans le bubon. Il aurait voulu hurler de douleur, mais ne parvint qu'à émettre un son inarticulé, couvert par les ronflements inhumains de sa congénère. Il lui sembla qu'un monstre goguenard assistait à son agonie dans un coin de la chambre. Un jus poisseux et chaud coula dans son cou et sur son col. Il s'écroula, à bout de forces, mais rassuré.

Un hurlement animal ébranla la maison. C'était une voix grasse, hystérique et suraiguë, comme celle d'un porc que l'on égorge. Il faisait encore nuit. Un domestique accourut, une bougie à la main, et croisa une soubrette dans le couloir.

– Ça vient de la chambre de monseigneur !

Il frappa à la porte, mais n'obtint pour toute réponse qu'un long hurlement strident. Les deux domestiques ouvrirent et ne comprirent pas tout de suite ce qui se passait. Une grosse femme trépignait et hurlait sur la couche de leur maître. Puis elle désigna une masse qui gisait sur le sol, au pied de la table. Le domestique se précipita et approcha son bougeoir. Les yeux de sir William Sheldon étaient grands ouverts sur le néant. Son cœur avait cessé de battre. Il portait à la gorge un affreux cratère de la grosseur d'un doigt. Un ruisseau de sang noir et épais, mêlé à du pus et à d'autres matières visqueuses, s'en était échappé. Une forte odeur de cadavre en décomposition emplissait l'air confiné de la chambre.

Le domestique porta sa main à sa bouche et s'enfuit, bientôt suivi par la soubrette.

En quelques minutes, tous les employés désertèrent la demeure, comme des rats quand le navire sombre.

Au bout d'un quart d'heure, la dulcinée aphone comprit qu'il ne servait plus à rien de crier. Elle fouilla dans le secrétaire et se paya à la hauteur du service rendu et du risque encouru. Puis elle s'habilla, enjamba le pestiféré et courut prévenir la police.

L'enquête fut confiée à Clock, qui ne comprit pas comment sir William Sheldon avait pu être contaminé par la peste. Clock apprit qu'un jeune commis de cuisine d'une quinzaine d'année, aux cheveux roux, et portant le nom de Mercer Hollow, avait été engagé quelques jours plus tôt comme commis de cuisine au vu de ses excellentes lettres de recommandation. Puis il avait mystérieusement disparu peu après son embauche. On retrouva finalement le corps du garçon, rongé par la vermine et les rats, dans un recoin de la cave de la maison de sir William. Il sembla à Clock qu'il avait déjà rencontré ce garçon, mais où ? Ce nom ne lui disait rien. L'habit non plus. Il y avait probablement un lien entre la présence de ce garçon, mort de la peste, et sir William. Clock avait bien sa petite idée, mais il la garda pour lui car il n'entrait pas dans sa fonction d'émettre un jugement sur les mœurs sexuelles de son patron. Clock prit la décision de désinfecter le moindre recoin de la maison et de brûler tous les vêtements du défunt.

Une fois de plus, Clock montra sa fidélité, sa discrétion et son efficacité en parfait exécuteur des basses œuvres. Le royaume aurait toujours besoin de gens comme lui. Tant que la lassitude ne le gagnerait pas, il savait qu'il ne manquerait jamais de travail.

Comme de fait, une nouvelle tâche lui fut confiée. Le roi devait s'adresser au bon peuple de Londres pour tenter de calmer les esprits et d'éviter les risques d'émeute. Il lui fallait au plus vite évaluer l'étendue des dégâts et tenter de trouver des solutions pour y remédier.

Clock disposait d'une seule journée pour établir un rapport aussi complet que possible. L'homme de l'ombre décida de se rendre à l'endroit même où il avait allumé le premier incendie. Là, au moins, il serait en mesure d'établir un diagnostic précis puisqu'il connaissait la situation d'origine.

Clock traversa Fleet Street, Ludgate Hill, Cheapside, Exchange, Bishopsgate et Aldersgate, qu'il eut bien du mal à reconnaître. En passant devant une fontaine, il s'aperçut que le peu d'eau restant bouillonnait encore. Il s'aventura dans l'apocalypse. Le sol était tellement brûlé qu'il marchait avec difficulté. Les pierres des bâtiments, sous l'effet de l'intense chaleur, étaient maintenant d'un blanc lumineux. De loin en loin, des nuées de fumée âcre et noire jaillissaient des caves, des puits et des basses-fosses. Des centaines de personnes et de gamins en haillons fouillaient à mains nues dans les ruines encore fumantes pour tenter de récupérer ce qu'ils pouvaient. Certains construisaient déjà des abris de fortune sur le lieu de leur ancienne – ou de leur future – maison. Quelques prostituées tentaient même leur chance, jugeant sans doute que la lubricité pouvait être exacerbée par cette ambiance permissive de fin du monde.
Une vieille femme affolée courait d'une personne à l'autre en demandant :
– Est-ce qu'il est vivant ?
Personne ne prenait le temps de lui répondre. Les gens étaient trop occupés à gratter les décombres.
La vieille aperçut Clock et s'accrocha à sa redingote.
– Pitié, gentilhomme, dites-moi s'il est vivant !
– Qui ça ?
Elle tomba à genoux.
– Mon compagnon. Je n'ai que lui au monde. Il est vieux, lui aussi.
– Comment s'appelle-t-il ?
– Charles II, il a douze ans et il y voit plus bien clair.
Clock s'écarta.

– Vous vous moquez de moi ?

Elle mit sa face dans ses mains et éclata en sanglots.

– Personne veut m'écouter. C'est mon vieux chien. Je l'ai appelé comme ça parce que je l'aime autant que not' bon roi.

– Sa Majesté serait sûrement flatté de l'apprendre, mais je suis désolé. Je ne sais pas où est...

Un garçon brandit soudain un objet informe et nauséabond sous le nez de la vieille.

– Ça serait pas ça, par hasard ?

La vieille hurla de terreur en voyant ce que lui montrait le gamin. Il tenait par la queue la carcasse à demi décomposée d'un chien au pelage encore fumant. Cette bonne farce provoqua un rire nerveux et sardonique qui se propagea dans tout le groupe. Une autre femme brandit à son tour par la queue un gros rat crevé aux yeux exorbités, fit tournoyer l'animal au-dessus de sa tête et le projeta sur la vieille :

– Tiens, j'ai retrouvé Charles. On dirait qu'il a réduit à la cuisson.

La vieille recula et trébucha, terrorisée. À présent, les gens s'esclaffaient. Il suffisait d'un rien pour que la bonne humeur reprenne le dessus, surtout si elle s'exerçait aux dépens de plus malheureux qu'eux.

Un personnage à la tenue excentrique lui prit le bras et l'aida à se relever.

– J'ai ce qu'il vous faut, la mère.

– Vous savez où est Charles II ?

– C'est tout comme.

Il sortit de sa poche une fiole et la mit dans la main tremblante de la vieille femme. Puis il regarda autour de lui, comme s'il craignait qu'on ne l'espionnât, et baissa la voix en prenant un ton mystérieux :

– J'ai mis au point un liquide miracle qui fait revenir les animaux domestiques. Des années de recherche. L'œuvre d'une vie.

– Ça ferait revenir mon Charles ?

– Bien sûr. Il suffit d'avaler le contenu de cette fiole et de prononcer le nom de votre chien en rotant. L'animal est alerté par les remugles de votre estomac qu'il pourra sentir et reconnaître à des kilomètres à la ronde.

La vieille but la fiole d'un trait et s'essuya d'un revers de main.

– Pouah, c'est dégueulasse. Qu'est-ce qu'y a là-dedans ?

– Ça fera un shilling, répondit le bonhomme, la main tendue. Et c'est pas cher pour le prix que ça coûte.

La vieille paya en maugréant et s'éloigna en lançant autour d'elle des chapelets de « Charles II » aussi sonores qu'olfactifs.

Un bonhomme au regard haineux leva la tête, tout en continuant à fouiller le sol.

– Charles II ? Connard de roi ! Roi des connards !

Clock s'approcha et dressa l'oreille. Déjà un deuxième compère répondait au premier :

– C'est à cause de lui, tout ce qui arrive. Si j'étais roi, je saurais quoi faire, moi.

Une mégère à la tronche avinée s'en mêla.

– Moi aussi. Je commencerais par rendre l'alcool gratuit. C'est le meilleur remède contre la peste.

L'homme haussa les épaules.

– Possible, mais pas contre les incendies. Faudrait construire en dur et élargir les rues.

La mégère haussa un sourcil.

– Tu veux pousser les maisons ?

– Y a p'us de maisons, fit justement remarquer le bonhomme en balayant les environs d'un geste large.

Clock ne perdait pas une miette de la conversation.

L'homme devenait volubile :

– Les rues sont tellement étroites que, quand un incendie se déclenche d'un côté, l'autre côté est aussitôt lapé par les flammes. Si les rues étaient plus larges, ça n'arriverait pas.

L'autre opina du chef.

– Ouais ! Sans compter que ça faciliterait le commerce.

– Faudrait tout reconstruire.

– T'as raison. C'est pas la main-d'œuvre qui manque. Ça ferait du boulot pour tous ceux qu'ont perdu le leur à cause de l'incendie.

Clock en savait assez.

Il fit son rapport : les cinq sixièmes de la ville étaient partis en fumée. Quinze des vingt-six quartiers de Londres étaient entièrement détruits. Le plus grand chantier du siècle se profilait à l'horizon.

Le lendemain même, soit trois jours seulement après l'incendie, le bon roi Charles II annonça aux citoyens de Londres que la reconstruction de leur bonne ville allait commencer sans délai. Cette fois, on construirait des maisons et des édifices en pierre et en brique afin de prévenir tout nouveau risque d'incendie. Le texte royal prévoyait que les rues devraient désormais « être d'une largeur propre à éviter, avec l'aide de Dieu, le danger qu'un côté de la rue dût pâtir si l'autre prenait feu, ce qui a été le cas récemment à Cheapside ». Les travaux de démolition et de reconstruction allaient nécessiter une importante main-d'œuvre. Tous ceux que l'incendie avait privés de travail seraient ainsi embauchés. Le roi décréta en outre, dans un grand élan de générosité qui ne lui coûta pas un shilling, que les dettes et crédits étaient partis en fumée en même temps que les biens et les bâtisses.

Jamais souverain ne fut plus acclamé. Un grand élan d'enthousiasme transporta les citoyens, de nouveau vibrant d'ardeur. La peste et l'incendie n'étaient déjà plus qu'un vague souvenir.

Chapitre 6

JUDITH

La douleur devenait insupportable. Betty avait perdu les eaux depuis une demi-heure et n'avait toujours pas trouvé d'endroit pour se débarrasser du poupard. À l'odeur, elle comprit qu'elle venait d'arriver aux abords de la décharge de Letts Wharf. Ce n'était certes pas le lieu idéal, mais au moins, il n'y avait pas grand-monde. Une contraction d'une violence inouïe lui poignarda le bas-ventre. Elle s'écroula sur un tapis spongieux d'immondices et de déchets. L'air était chargé d'émanations gazeuses putrides. Son estomac se souleva et un renvoi brûlant inonda son cou et ses vêtements. Les contractions se rapprochèrent, toujours plus violentes. Elle comprit que le moment était venu. Elle chercha un appui autour d'elle, comme un noyé qui tente de se retenir à tout ce qu'il peut atteindre, mais ses doigts ne brassèrent que des matières visqueuses et sans consistance auxquelles elle ne parvint pas à s'agripper. À la fin, elle enfonça ses mains sous elle et finit par trouver un ancrage dans la profondeur de la décharge. Elle contracta alors tous ses muscles et sentit le col de son utérus s'élargir. Quelque chose se déchira en elle. La douleur dépassa en intensité tout ce qu'elle avait imaginé. La tête du bébé sortit. Elle hurla de douleur. La lune tangua au-dessus d'elle et le ciel entaché de nuages noirs se mit à tournoyer comme un manège fou. Elle haleta pour s'oxygéner et ne pas perdre connaissance. Puis elle dégagea ses mains de la décharge et saisit la tête du bébé. C'était une question de vie ou de mort. Elle tira de toutes ses forces. Un bloc visqueux glissa entre ses jambes. Elle s'évanouit. Les couinements courts du bébé la réveillèrent. Du fond de sa conscience embrumée, il lui sembla aussi percevoir des voix de femmes quelque part dans la nuit. Elle tenta d'arracher le cordon ombilical, mais il lui glissait entre les doigts. Elle palpa le tas d'ordures autour d'elle. Sa main se referma sur un morceau de fer-blanc. Les voix se firent plus distinctes :

– Ça vient de par là !

– On dirait des cris de bébé.

Betty sectionna le cordon d'un geste sec. Le nouveau-né hurlait de plus en plus fort. Elle avait prévu de l'étouffer ou de lui briser la nuque sur le sol, comme on fait pour les portées de chats surnuméraires, mais le temps lui manquait. À présent, les voix étaient toutes proches. Dans un effort surhumain, elle se releva, remonta sa robe entre ses jambes ensanglantées et courut droit devant elle.

Elle crut un instant qu'on la poursuivait, mais les clameurs des voix s'estompèrent et Betty retourna à l'anonymat de la ville, abandonnant son cauchemar derrière elle.

Les sœurs Dufour, plus connues sous les pseudonymes de Torche-pot et de Cul-sec, pataugeaient dans la décharge, guidées par les cris de détresse du nourrisson. Elles connaissaient l'endroit comme leur poche pour l'avoir arpenté depuis leur plus tendre enfance. La plus âgée, Torche-pot, s'arrêta net et leva une main.

– Putain, j'ai failli marcher dessus. Il est là !

Sa cadette trébucha à s'accrocha aux hardes de sa sœur. Puis elle se pencha sur le bébé et rectifia :

– *Elle* est là.

Torche-pot ramassa le bébé et le serra contre elle.

— Regarde, le cordon n'est même pas noué.

Elle retira une barrette de ses cheveux crasseux et s'en servit pour pincer le cordon ombilical. Cul-sec posa ses poings sur ses hanches.

— Les gens jettent vraiment n'importe quoi !

— C'est le bon Dieu qui nous l'envoie, déclara Torche-pot dans un accès de puritanisme inattendu. Béni soit ce 18 octobre 1740.

— Dis pas de conneries, corrigea sa sœur. Si y aurait un bon Dieu, on serait pas obligées de fouiller la merde douze heures par jour.

— Ben comme ça, on aura une poulette pour nous aider.

Cul-sec haussa les épaules.

— En attendant, faudra bien lui donner à bouffer, à ta poulette.

Torche-pot se souvint qu'elle avait eu des enfants, dans une autre vie. Elle dégrafa son chemisier et colla un sein gris et flasque sous le nez de la gamine :

— Goûte z'y voir. Si t'en veux pas, de c'te gamine, je la prends pour moi.

Cul-sec fronça les sourcils.

— J'ai pas dit que j'en veux pas. Y a pas de raison qu'elle bosse que pour toi.

Elle se pencha et ramassa le morceau de fer-blanc qui avait servi à couper son cordon :

— Tiens, regarde. C'est un signe. Elle s'occupera de ramasser le fer-blanc.

— Comment qu'on va l'appeler ? demanda Cul-sec tandis que le bébé s'acharnait sur le téton de son aînée.

Elle réfléchit un instant et marmonna à travers son haleine putride :

— Y a qu'à l'appeler Fer-blanc, ça la mettra en condition.

Torche-pot fronça les sourcils :

— Je préfère Judith, ou Poulette.

C'est ainsi que la petite Judith Dufour, plus connue sous le pseudonyme de Poulette Fer-blanc, grandit dans l'univers glauque de la décharge de Letts Wharf, sur la berge sud de la Tamise, près de Shot Tower à Lambeth.

Torche-pot s'occupa de Poulette comme de sa propre fille, emmenant la fillette partout avec elle, sur son dos. Mais dès que la fillette sut marcher, Torche-pot lui apprit à se déplacer sur la décharge et à fouiller les immondices de ses petites mains.

Poulette n'aimait pas ça. Alors Torche-pot lui expliqua :

– Tu vois cet immense tas de déchets ?

Poulette opina. Bien sûr qu'elle le voyait. Elle n'avait d'ailleurs jamais rien vu d'autre et sa connaissance du monde se bornait à cette montagne putride qui s'étendait jusqu'à l'horizon et semblait toucher les nuages. Torche-pot poursuivit :

– Y a là-dessous un trésor qui t'attend. C'est pour ça qu'y faut que tu creuses.

– Un trésor pour moi ?

– Oui. Chacun finit par trouver son trésor dans la décharge.

– Et toi, tu as trouvé le tien ?

Elle regarda la petite au fond des yeux.

– Oui, je crois bien.

– Et moi, comment je saurais que j'ai trouvé mon trésor ?

– C'est que'que chose qui va changer ta vie.

Du haut de ses cinq ans, Poulette se contenta de cette réponse. Torche-pot lui apprit à trier les immondices de Londres. D'abord, il fallait séparer les composants fins des éléments grossiers. Puis il fallait séparer ce qui pouvait encore servir du rebut. Le fer-blanc servait la plupart du temps à fabriquer des crampons pour les bagages. Les coquilles d'huîtres étaient revendues aux maçons. Les vieux souliers revenaient aux teinturiers, qui en faisaient du bleu de Prusse.

Cette tâche ingrate et insalubre incombait depuis des générations aux femmes. La plupart d'entre elles fumaient de courtes pipes. Elles se confectionnaient des guêtres et des tabliers avec des cartons. Les mères transmettaient cette antique profession à leurs filles, qui à leur tour la transmettaient à leurs filles. Le système se reproduisait ainsi à l'identique depuis des siècles.

Les hommes, eux, s'occupaient plutôt d'écumer les égouts ou de ramasser toutes sortes de déchets dans Londres. Ils rentraient le soir, exténués, mais les bras chargés de gros sacs. Tout cela intriguait Poulette.

Un jour, elle demanda à Torche-pot :

– Est-ce que je pourrais aller avec les hommes ?

Torche-pot balaya la remarque d'un geste de la main.

– Trop dangereux. C'est comme ça qu'est mort mon mari. Il était *tosher*.

– Il était quoi ?

– C'était un fouilleur d'égouts. Il fouissait sous la surface de la ville à la recherche de détritus de valeur. Il entrait par les conduites qui donnaient sur la Tamise et bravait les murs de brique qui s'effritaient et la pierre moisie, pour ramper dans des labyrinthes souterrains. Un jour, il a oublié l'heure. Y s'est fait coincer par la marée montante.

– Il s'est noyé ?

– Pire. On a retrouvé son corps fracassé contre les grilles des égouts.

– Tu t'es pas remariée ?

Torche-pot haussa les épaules.

– Non, mais ma sœur l'est pour deux.

Poulette posait des questions à longueur de journée, et Torche-pot expliquait inlassablement.

Mais la pauvre femme, usée avant d'avoir quarante ans, était de plus en plus fatiguée et respirait avec grande difficulté. Un jour, elle s'assit sur un tas de gravas, au milieu de la décharge, et prit Poulette sur ses genoux.

– Faut que tu saches. Je t'ai adoptée.

– Ah ? Ça veut dire quoi ?

– Ça veut dire que tu t'appelles Judith Dufour. C'est officiel.

Torche-pot lui remit un papier.

– Garde toujours ça avec toi.

– C'est mon trésor ?

– Non, mais ça peut toujours servir. Au moins, on te mettra pas aux enfants trouvés.

Torche-pot évitait le regard de la gamine :

– Et puis... Ne montre jamais ta peine. Faut jamais compter sur les autres. Faut plus que tu t'attaches à moi.

– Pourquoi ?

– Parce que je vais crever un de ces quatre et qu'y faudra bien que tu te débrouilles toute seule.

Comme pour prouver qu'elle disait vrai, elle fut secouée par une quinte de toux à se décrocher les poumons. Un filet de sang coulait de ses lèvres. Elle cracha par-dessus son épaule. s'essuya d'un revers de manche et insista :

– Faut être forte. Faut aimer personne.

– Mais tu m'aimes bien, toi.

– C'est peut-être mon erreur. Je me prive depuis des années pour que tu bouffes à peu près normalement. Je te protège contre tous les autres. J'y ai laissé ma vie. Alors ne fais pas ça avec quelqu'un d'autre. Pense d'abord à sauver ta peau. Pas de sentiment. Jamais.

Poulette sombra dans un océan de perplexité. Elle aurait bien embrassé sa mère adoptive mais la vieille femme sentait trop mauvais. Torche-pot ajouta :

– Méfie-toi de tout le monde, surtout de ma sœur. Elle te déteste.

– Pourquoi ?

– Elle estime que j'ai passé plus de temps avec toi qu'avec elle. Elle pense que je l'ai lésée en te nourrissant à sa place.

Quelques jours plus tard, Torche-pot disparut dans l'indifférence générale. Poulette la chercha en vain sur la décharge toute la journée. Puis elle alla trouver Cul-sec et lui demanda :

– Où elle est, Torche-pot ?

– Clamsée.

– Ça veut dire que je la reverrai plus?

– Ça veut dire qu'elle sera plus là pour t'engraisser à rien foutre. Faut que tu te remues le cul, maintenant, si tu veux bouffer.

– Me remuer quoi?

Cul-sec lui colla une taloche.

– Te fais pas plus conne que t'es. Mets-toi au boulot!

Poulette se souvint des derniers mots de Torche-pot et ravala ses larmes. Elle commença à gratter la décharge en silence. Elle avait faim et son corps était meurtri, mais ce jour-là Cul-sec ne la quitta pas d'une semelle. Dès que la petite relâchait son attention, elle la frappait ou lui piquait les fesses pour la forcer à avancer. Privée de la protection de Torche-pot, Poulette réalisa vite qu'elle était la cible de toutes les railleries et de toutes les violences. Tous connaissaient son histoire et la considéraient comme une déjection de la ville. C'était un peu comme si la décharge avait accouché de cette enfant. Elle était l'âme et la mauvaise conscience de Letts Wharf. Elle symbolisait tout ce qu'ils haïssaient.

Dès lors, Poulette mena une vie dolente, sans amitié ni amour. Une vie de bête de somme. Les coups pleuvaient sur ses épaules frêles pour un rien. Le soir, elle s'effondrait, morte de sommeil, sur l'ancien grabat de Torche-pot, non loin de celui de Cul-sec.

Chaque jour elle s'éreintait au travail et Cul-sec lui arrachait des mains ce qu'elle récoltait dans la décharge. Le soir, sa tortionnaire la battait si elle estimait que le butin était insuffisant. Au mieux, elle lui laissait les restes de son propre repas; au pire, la gamine ne mangeait pas ou était contrainte de se battre contre les chiens et les rats pour glaner une pitance exécrable dans la décharge.

Peu à peu, Poulette commença à comprendre le monde qui l'entourait. Un monde sans pitié où chacun ne pensait qu'à sauver sa peau, exactement comme le disait Torche-pot.

Elle découvrit aussi des choses curieuses auxquelles elle n'avait jamais prêté attention jusqu'alors. Quand les hommes rentraient le soir, ils étaient nombreux à visiter le repaire de Cul-sec. Ils frottaient leur panse contre la croupe de Cul-sec et grognaient comme des porcs. Puis ils lui donnaient quelques pièces et s'en allaient. Peut-être était-ce cela le trésor de Cul-sec.

Poulette découvrit aussi ce que buvait Cul-sec. Elle avala un fond de bouteille de gin. Son estomac prit feu, mais elle se sentit aussitôt envahie d'une douce torpeur. Ce soir-là, elle oublia ses souffrances et sa vie lui sembla presque acceptable.

Année après année, elle supporta la haine qui se focalisait sur elle. Comme elle était fluette et incapable de se rebeller, on lui donnait les tâches les plus ingrates et on l'envoyait dans des endroits où les adultes n'osaient jamais s'aventurer. Elle n'avait que son mépris et sa haine rentrée à leur opposer. Elle détestait cet endroit et ses odieux locataires, mais elle continuait de gratter les détritus avec ferveur car elle caressait toujours l'espoir d'y trouver son trésor. Elle venait d'avoir quinze ans, mais n'en paraissait que douze. Infecté par les miasmes de la décharge, son esprit ne se développait pas mieux que son corps.

Un soir que ses jambes ne pouvaient plus la porter, un groupe de femmes, Cul-sec en tête, la forcèrent à progresser vers un endroit reculé de la décharge. L'odeur de matières organiques en décomposition était épouvantable. Poulette mit un morceau de tissu devant sa bouche et avança sans se retourner, refusant de leur offrir le spectacle de sa peur.

Soudain, le sol se déroba sous ses pas et la décharge se referma sur son petit corps comme des sables mouvants. Elle cria et se débattit, terrifiée par l'idée d'être engloutie vivante dans ce marécage putride. Mais plus elle gesticulait, plus elle s'enfonçait. La couche de détritus la bloquait maintenant jusqu'à hauteur des hanches. Elle appela au secours et tendit les bras vers les filles qui se tenaient un peu plus loin, mais aucune ne vint à son secours. Plusieurs d'entre elles étaient pliées en deux de rire et semblaient trouver la situation fort cocasse. C'est alors qu'elle réalisa l'horreur de la situation. Elle crut que ses yeux allaient jaillir de leurs orbites. Il lui sembla reconnaître les vêtements que portait Torche-pot juste avant sa mort. Poulette était en enfer, prisonnière d'un amas de cadavres en décomposition. Un charnier humain et animal, composé de morceaux de membres, de têtes rongées par les insectes et la vermine, de cages thoraciques enfoncées dans lesquelles s'agitaient d'immondes bestioles.

Elle finit par retrouver son calme. Les clameurs de rires s'estompèrent peu à peu et les filles l'abandonnèrent à son sort, satisfaites du bon tour qu'elles venaient de lui jouer.

Poulette tenta d'écarter les ossements qui la tenaient prisonnière, mais ses forces diminuaient. Elle chercha un morceau de fer-blanc pour trancher ses liens abjects, mais n'en trouva pas. À chaque geste, elle s'enfonçait inexorablement. Soudain, sa main droite se referma sur un objet. Elle extirpa son bras du bourbier et découvrit qu'elle tenait dans son poing un étrange couteau. Elle le tendit vers la lune et cria :

– J'ai trouvé mon trésor !

Poulette retrouva son énergie. Le couteau semblait animé de sa propre vie. Il trancha, coupa, éventra tant et si bien que Poulette parvint à se dégager du charnier après une lutte acharnée. Son esprit ne lui appartenait plus tout à fait. Toute à l'ivresse de son nouveau pouvoir, elle continua à poignarder l'infect substrat qui avait voulu sa mort.

Puis, à bout de forces, elle essuya le couteau dans un morceau de tissu et s'éloigna du lieu maudit. L'arme portait une curieuse inscription gravée sur le manche. Elle ne parvint pas à la déchiffrer, mais elle se persuada qu'il s'agissait de son nom.

Elle se glissa dans son abri de carton. Cul-sec ronflait, ivre morte. Poulette la réveilla en lui piquant le visage de la pointe de son couteau. Cul-sec finit par ouvrit un œil et tressaillit :

– Pose ce couteau, pauvre débile ! Tu pourrais me blesser.

De sa main libre, Poulette écarta les mèches de cheveux raides de crasse qui pendaient devant ses yeux.

– Je pourrais même te tuer.

Cul-sec voulut se dégager, mais la lame s'enfonça dans sa gorge. Un bouillonnement rougeoyant jaillit dans sa bouche. Elle se débattit un instant, mais Poulette pesait de tout son poids et le couteau s'enfonça jusqu'à sa nuque, la clouant sur sa couche comme un papillon sur le tableau d'un collectionneur.

Poulette resta appuyée sur l'arme pendant d'interminables secondes. Le corps de sa tortionnaire finit par s'immobiliser. À présent, c'était Poulette qui tremblait de tous ses membres. Elle relâcha enfin son étreinte, quand elle fut certaine que Cul-sec avait cessé d'exister. Elle repéra une bouteille près du cadavre. Elle avala d'un trait le fond de gin. Une flamme traversa son œsophage et mit son estomac en feu. Elle s'ébroua comme un chien et retrouva peu à peu ses esprits. Ses tremblements avaient disparu et une douce chaleur l'englobait de la tête aux pieds. Elle réalisa soudain qu'elle devait fuir. Elle retira la lame de la gorge de Cul-sec, l'essuya sur sa victime et glissa le couteau dans sa poche. Puis elle saisit le sac de Cul-sec et le mit en bandoulière. C'était là-dedans que devait se trouver toute la richesse de sa victime.

Quand elle sortit de l'abri, il faisait encore nuit. Elle fit deux pas et se cogna contre un torse large comme une montagne. À la lueur de la lune, elle distingua un gros gaillard aux yeux jaunes et injectés de sang. Il portait un pantalon ignoble plein de taches, une casquette en loques renversée sur la nuque. Et il fumait un cigare d'un sou, humide et noir, qui empestait. Elle reconnut à sa veste rouge qu'il s'agissait d'un ramasseur de purin. L'homme était complètement ivre. Il lui signifia de s'écarter d'un geste de la main, comme on se débarrasse d'un insecte inopportun. Poulette ne bougea pas. Elle mit ses poings sur ses hanches et le fixa au fond des yeux.

– C'est moi qui la remplace !

Le gaillard fronça les sourcils et approcha son visage porcin.

– Tu... tu es une fille ?

Poulette se racla la gorge et tenta de trouver le ton qu'employait Cul-sec avec ses amants :

– T'as de la merde dans les yeux ou quoi ? J'ai juste besoin d'un petit coup de toilette. J'ai glissé dans la décharge.

L'homme se gratta le crâne, perplexe.

– Prouve-moi que t'es une fille !

Poulette déboutonna son corsage et découvrit deux petits seins arrogants. L'homme avança sa grosse patte. Poulette referma son corsage et se souvint encore de la méthode employée par Cul-sec.

– Fais d'abord voir ton argent.

Le ramasseur de purin fouilla au fond de sa poche et en sortit une pièce. Il ne fallut qu'une fraction de seconde à Poulette pour s'en emparer. Puis elle remonta sa robe, se pencha en avant et lui présenta sa croupe nue, tout comme le faisait Cul-sec.

Sa douleur fut de courte durée. Ce n'était rien en comparaison des sévices que lui infligeait sa tortionnaire. L'homme avait déjà remonté son pantalon et s'éloignait en titubant. Déjà fini ?

Tout cet argent, gagné en si peu de temps. Cela lui semblait insensé.

L'effet du gin commençait à s'estomper. Poulette réalisa qu'il faisait très froid. Elle ouvrit le sac de Cul-sec et y découvrit quelques merveilles qu'elle n'aurait jamais espéré posséder. Il y avait un morceau de savon, un bout de miroir, un peigne édenté et un fond de flacon de parfum à la violette. Elle trouva aussi un chapeau à fleurs et des vêtements qui avaient dû appartenir à une princesse. C'était le trésor le Cul-sec.

Elle dévala la pente vers la Tamise. Puis elle prit une profonde respiration et y plongea la tête entière. L'eau était glacée et son corps fut parcouru de frissons irrépressibles. Elle se frotta avec le savon et se rinça. Puis elle s'essuya dans ses hardes et enfila les habits de princesse, mit le chapeau à fleurs et s'aspergea de parfum de violette. Elle s'admira dans le miroir et se sourit. Elle se trouvait belle. Le jour se levait. Une nouvelle vie commençait. L'univers pourri de la décharge était déjà loin dans son esprit.

Une princesse entra dans Londres, la tête haute. Trois garçons se retournèrent sur son passage et la sifflèrent.
– Visez un peu ce qui arrive.
– C'est bientôt Carnaval?
– Où tu vas, princesse?
Elle se retourna.
– Je vais manger. J'ai faim.
Un des garçons lui prit le bras.
– Viens, princesse. Je t'emmène manger dans un endroit à la mode. J'ai de grands projets pour toi. Comment tu t'appelles?
– Poulette.
– Vraiment? Moi, c'est Alan. C'est la providence qui t'envoie, Poulette.
Poulette n'en revenait pas. À peine arrivée en ville et déjà adulée. Alan était plutôt beau garçon. De plus, il était avenant et il avait de bonnes manières, sauf qu'il crachait de temps en temps par terre et que les gens devaient s'écarter. Poulette trouva cela amusant et en fit autant. À eux deux, ils formaient vraiment un beau couple.

Le restaurant était plein de monde et de fumée. Des hommes, juchés sur les hauts tabourets du bar, chapeau en arrière, sifflèrent sur son passage et lancèrent des blagues qu'elle ne comprit pas. D'autres levaient le nez de leur bière et essuyaient leur moustache mouillée d'un air goguenard.
Alan la fit asseoir à table, au milieu d'un groupe d'hommes qui mangeaient sans retenue. Il prit place en face d'elle et cligna de l'œil. Elle ne comprit pas si ce clin d'œil lui était vraiment destiné. Dans le doute, elle l'interpréta comme un signe

de connivence et en fit autant. À sa droite, un homme au visage de saindoux, avec sa serviette de bébé tachée de sauce sous le menton, mâchonnait à grand bruit un vague morceau de viande. Il recracha sur son assiette un cartilage à moitié mastiqué et sourit à Poulette. Il n'avait pas assez de dents pour broyer sa pitance. À sa gauche, un homme aux yeux de poisson bouilli se pencha sur son décolleté et tâta l'étoffe de ses vêtements :

– C'est du premier choix. Tu l'as trouvé dans une décharge publique ?

– Oui.

Autour d'elle, les ventres s'enflaient de rires énormes. Poulette n'y prêta pas attention car l'aubergiste venait de déposer devant elle une assiette qui débordait de bonnes choses.

Elle se goinfra jusqu'en avoir le souffle coupé et ne s'arrêta que quand elle eut mal au ventre. Elle voulut boire, mais on lui expliqua que l'eau était hors de prix et malsaine. Il valait mieux boire du gin. Poulette ne se fit pas prier. Quand elle fut rassasiée, elle voulut sortir prendre l'air et se dirigea vers la porte en titubant. Les gens s'écartaient sur son passage et se penchaient jusqu'au sol pour lui faire des révérences.

Le tavernier la rattrapa par le bras.

– Dis donc, princesse, tu n'aurais pas l'intention de partir sans payer, des fois ?

À vrai dire, l'idée ne l'avait même pas effleurée. Elle sortit la pièce que lui avait donnée le ramasseur de purin et la lui tendit. Il la regarda avec étonnement et éclata de rire.

– Tu crois que ça suffit pour tout ce que tu as bu et mangé ?

Alan s'interposa et lui donna une pièce beaucoup plus grosse.

– Prends ça, bonhomme, c'est moi qui régale... aujourd'hui.

Poulette se sentit soulagée. Puis Alan lui prit le bras et ils sortirent. Elle tombait de sommeil. Elle n'avait guère dormi la nuit précédente. Alan dut s'en apercevoir car il demanda :

– Ça te dirait de t'allonger dans un vrai lit ?

Poulette était sur un nuage. Mais cela allait un peu trop vite pour son esprit embrumé.

Le lit était vaste et doux, comme dans un rêve. Elle commençait à s'endormir quand elle sentit le poids d'un homme sur elle. Il lui fit la même chose que le ramasseur de purin, mais ne lui demanda pas de se retourner. Puis, quand il eut terminé, un autre vint à sa place. Puis encore un autre.

Poulette se dit qu'elle allait être riche. Mais où était Alan ? Que se passait-il maintenant ? Des visages mal rasés se penchaient sur elle et lui soufflaient leur haleine fétide dans le nez. Il lui sembla reconnaître des visages d'hommes qui étaient à la taverne, à leur table. Un type malingre, avec une grosse fraise greffée à la place du nez, lui mit quelque chose dans la bouche et sa gorge se remplit d'un liquide qui faillit l'étouffer. À présent, elle voulait s'en aller. Elle appela Alan.

L'homme au nez fraise des bois se rhabilla et Alan apparut.

– Qu'est-ce qu'y a, princesse ?

– Je veux m'en aller.

– T'as bouffé. Tu dois payer.

– Je préfère m'en aller.

Il la gifla avec une telle violence que la tête de la malheureuse cogna contre le mur. Elle n'avait pas vraiment besoin de ça pour avoir les idées brouillées. Elle se recroquevilla et mit ses mains sur ses oreilles. Elle voulut se relever, mais resta les jambes écartées et réalisa que ses chevilles étaient prises dans des cercles métalliques fixés aux montants du lit. Alan hurlait :

– Petite ingrate. Je te sors du ruisseau et c'est comme ça que tu me remercies ? Je ne veux pas que tu déçoives mes clients. Y en a qui ont déjà payé pour revenir tellement ils sont fascinés par ton petit cul.

Poulette se souvint des conseils de Torche-pot : « Ne fais confiance à personne. » Elle avait été bien naïve. Elle comprit qu'il ne servait à rien de s'opposer à cette brute.

– Je veux bien rester, mais il faut me détacher les chevilles. Les clients en auront pour leur argent.

Alan eut un rire cynique.

– Voilà qui est plus raisonnable.

Poulette se dit qu'elle trouverait bien l'occasion de s'évader et qu'elle ferait tout cela pour son propre compte. En attendant, elle apprendrait.

Poulette vit revenir des hommes. Elle jeta son dévolu sur un petit homme rondouillard qui l'honorait deux fois par jour. Elle le gorgea d'un dévergondage sans scrupule, sans dégoût, tel que les filles ne l'osent pas. Puis elle se montra plus distante, moins attentionnée, ne lui accordant ses grâces qu'avec réticence et parcimonie. Pour certains plaisirs, il s'humiliait, il la suppliait. Il lui apportait des cadeaux et des gourmandises en cachette. Poulette grossissait, ce qui faisait le bonheur de tous les hommes. Alan se montrait rarement violent et lui répéta souvent : « Tu es la providence, Poulette. »

Un jour, son plus fidèle client vint la voir, sourire triomphant aux lèvres.

– Tout est arrangé, Poulette.

– Quoi donc ?

– Je t'ai rachetée. Maintenant, tu es libre.

Il précisa aussitôt :

– Enfin... libre de venir avec moi. Tu mangeras à ta faim, mais en contrepartie, tu accéderas à tous mes désirs.

Poulette lui sauta au cou.

– Tu es la providence, mon prince.

Poulette prit son sac et sortit au bras de son gros prétendant. Alan comptait son argent et n'eut pas un regard pour elle.

Une seconde vie commençait pour Poulette. Cette fois, elle n'était pas décidée à se laisser duper. Elle tourna le coin de la rue, puis elle déposa un baiser sur la joue de son gros prince.

– Merci encore, mon sauveur.

Puis elle courut droit devant elle.

— Cours-moi après si tu en es capable, gros porc !

Le sauveur s'étouffa :

— Petite salope ! Reviens ici, je te retrouverai. Tu le payeras cher !

Poulette était déjà loin. Jamais la ville ne lui avait semblé aussi joyeuse et pleine de promesses. Elle allait enfin vivre pour elle même, sans rien devoir à personne. Ses mésaventures lui avaient servi de leçon. Ne jamais faire confiance à personne. Être forte. Sauver sa peau.

Elle attendit que la nuit tombe et se posta à l'entrée d'une cour. Il faisait froid. La faim commençait à la torturer.

Elle attendit longtemps. Puis des pas résonnèrent enfin sur le pavé. Elle tenta de retrouver quelque dignité et attendit, un sourire factice aux lèvres.

Mais ce n'était pas ce qu'elle espérait. Un garde se planta devant elle, les poings sur les hanches.

— Qu'est-ce que tu fous ici ? T'es nouvelle dans le secteur ?

— Heu...

— Ne fais pas l'idiote, tu sais que la prostitution est interdite sur la voie publique. Tu sais que je pourrais t'envoyer directement moisir à Newgate ?

— Ben...

— Je veux bien fermer l'œil pour cette fois... si tu es très gentille.

Poulette n'offrit aucune résistance. Quand il eut terminé, le garde la congédia d'une claque sur la croupe.

— Rentre chez toi. Et que je ne t'y reprenne plus !

Poulette attendit qu'il tourne le dos et tenta sa chance plus loin. Mais cette fois, ce furent trois harpies aux visages outrageusement fardés qui lui tombèrent dessus.

— Hé ! C'est pas ton secteur !

— Dégage d'ici ou on te vitriole la tronche.

C'est ainsi qu'elle apprit que le moindre recoin de la ville constituait un terrain de chasse jalousement gardé. De place en place, elle échoua dans les endroits les plus infâmes que tout être normalement constitué évitait de fréquenter. Elle rôdait aux abords de la Pipe de la Reine quand un homme au visage grêlé de boutons purulents l'aborda :

– Je t'offre un verre ?

Poulette eut d'abord un mouvement de recul, mais elle se ressaisit aussitôt.

– Plutôt à manger, s'il vous plaît.

– D'accord, mais après tu viens chez moi.

Elle surmonta son dégoût.

– D'accord.

Cette fois, elle se tenait sur ses gardes. Ce qui ne l'empêcha pas de boire plus qu'elle n'aurait dû. Cela la réchauffa et lui donna du cœur à l'ouvrage. Une fois ivre morte, les sévices et autres jeux sexuels lui semblaient moins insurmontables.

Au milieu de la nuit, elle se réveilla sur un grabat qui empestait le moisi. L'homme ronflait à ses côtés. Elle se leva doucement, s'habilla et s'enfuit dans le froid.

Elle tituba jusqu'au petit matin, harassée, le visage défait et les habits chiffonnés.

La journée, elle s'endormit contre un arbre, au bord de la Tamise. Elle fut encore réveillée par la faim et le froid. Le même problème que la veille se posa. Où aller ? Comment gagner sa vie sans être traquée, exploitée, frappée et humiliée ?

Quand Poulette avait trop faim, elle se rendait chez un prêteur sur gage et déposait quelques-unes de ses breloques, à l'exception de son couteau. Mais l'argent sortait de ses poches plus vite qu'il n'y entrait. Et chaque jour, Poulette devait vendre son corps dans les endroits les plus sordides de la ville. Londres l'épuisait et sa santé déclinait. Parfois, elle dormait chez un amant de passage, mais le plus souvent, elle se recroquevillait sous un porche ou dans une entrée d'immeuble. Ses vêtements de princesse qui avaient autrefois si fière allure se transformaient en loques.

Son corps était meurtri de douleur. Elle pouvait se passer de manger, mais elle buvait jusqu'à en oublier la douleur et le froid. En outre, elle ne comprenait pas pourquoi son ventre grossissait autant depuis quelque temps.

Puis les hommes cessèrent de la regarder et la faim devint insoutenable. Tout son corps devint tellement douloureux qu'elle ne parvint plus à rester debout. Elle se réfugia dans une petite cabane, derrière un cimetière.

Les douleurs devinrent insoutenables. Poulette avait froid et peur. Soudain, un liquide chaud coula le long de ses jambes. Elle se souvint d'un récit de Torche-pot et elle comprit ce que cela signifiait. Elle crut mourir de douleur. Sur le sol de terre battue, elle accoucha, comme avait fait sa mère avant elle. Elle coupa le cordon ombilical avec son couteau. Puis elle leva l'arme sur le poupon. Un instinct incompréhensible retint son poing quelques secondes de trop. Et elle s'évanouit.

Quand elle revint à elle, il faisait jour. L'enfant criait dans ses bras. La faim la torturait. Elle serra le bébé contre elle et traversa le cimetière. Exténuée, elle s'assit sur le parvis détrempé de l'église et tendit la main. Elle eut encore la force de dire :

– Pitié.

Puis son esprit sombra dans des ténèbres sans fond.

Ce fut à nouveau la faim qui la réveilla. Quand elle ouvrit les yeux, elle vit un visage tout ridé, penché sur elle. Poulette se demanda comment elle était arrivée jusque-là. Elle réalisa que la femme qui lui parlait était une religieuse :

– Alors, es-tu capable de t'en souvenir ?

Poulette fronça les sourcils.

– Quoi ?

– Je te demande comment tu t'appelles.

– Poulette.

– C'est ton vrai nom ?

– Ben...

– Tu as un nom de famille ?

– Fer-blanc, je crois...

Elle fit un effort de mémoire et se souvint du papier que lui avait donné Torche-pot. Elle chercha sa musette du regard et la montra à la sœur.

– J'ai un papier. C'est écrit là-dessus.

La sœur exhuma du sac une enveloppe crasseuse, l'ouvrit et lut :

– Judith Dufour. Et la petite, elle est baptisée ?

– Quoi ?

– Comment tu l'as appelée ?

– Ben...

– Tu ne sais donc rien dire d'autre ? Elle est née quand ?

– Hier. Ou plutôt avant-hier. Ou samedi. Chais pu, chuis tombée dans les pommes.

– Faudrait savoir. C'était samedi, dimanche ou lundi ?

– Y faisait nuit. Ça devait être dans la nuit de samedi à lundi.

– Bon. Disons dimanche. Alors, je mets quel nom ?

– Y a qu'à mettre Dimanche Dufour.

– Et le nom du père ?

– Je sais pas. Je demande jamais les noms.

La sœur écarquilla les yeux.

– Tu... tu es une de ces malheureuses qui... que ? ...

– J'ai très faim.

– Où habites-tu ?

– J'habite pas.

La sœur haussa les épaules et inscrivit : Dimanche Dufour, née le 7 juin 1901 à Londres de Judith Dufour, sans domicile fixe, et de père inconnu. Tout cela ne lui plaisait guère, mais ce qui importait pour elle, c'était de sauver l'âme du bébé.

La religieuse conduisit Poulette dans un endroit propre et chauffé et lui donna un bol de soupe. Poulette l'avala d'un trait et le tendit à la sœur :

– Encore, s'il vous plaît.

– Une minute. Avant, il faut signer le registre.

La sœur posa un gros livre devant Poulette et désigna une ligne.

– Signe là !

– Je sais pas écrire.

– Alors fais une croix.

Poulette s'appliqua du mieux qu'elle put et grava une croix tremblante sous son nom. La sœur referma le registre :

– Maintenant, nous allons soigner ce pauvre petit être. Et surtout la baptiser. Quant à toi, tu sortiras dès que tu auras mangé ton deuxième bol de soupe. On ne peut rien faire de plus. Tu peux venir voir ta fille quand tu veux, mais tu ne pourras la récupérer que quand tu auras trouvé un travail digne de ce nom.

Une fois de plus, Poulette se retrouva dans le froid. Elle sortit le morceau de miroir de son sac et tenta d'y retrouver son visage. Elle était pâle comme la mort. Elle n'avait pas encore dix-huit ans, mais son visage était déjà flétri par les privations, l'alcool et la maladie. Elle posa son triste chapeau sur sa tête. Tout recommençait. Pour combien de temps ?

Elle parvint à survivre pendant deux longues années. Cependant elle n'était plus qu'une épave, rongée par la vermine et l'alcoolisme.

Elle rendit plusieurs fois visite à sa fille. Mais la gamine, élevée par les sœurs, fuyait cette mère qui l'effrayait. Poulette en conçut une certaine amertume. Pourquoi sa fille était-elle nourrie et habillée de beaux habits alors qu'elle-même pourrissait dans la fange ?

Jour après jour, Poulette sentait son esprit lui échapper. Elle noya sa rancœur dans des flots de gin. À présent, elle se contentait d'une maigre nourriture, mais ne pouvait plus se passer de boire. Sa vie ressemblait à un éternel coma.

L'hiver revint, plus dur encore que les années précédentes. Poulette arpentait les bas-fonds.

Plus personne ne s'arrêtait désormais sur elle. Son seul espoir était de trouver un marin à la dérive, plus saoul et plus perdu qu'elle. Quand ses jambes ne pouvaient plus la porter, elle s'abandonnait, dans le noir. Elle dormait dans les cimetières, derrière les églises, au fond des cours.

Ce soir-là, Poulette ne trouva pas la moindre âme qui voulut bien lui prêter attention. Elle erra longtemps sur les berges de la Tamise. Elle retourna même tout près de la décharge de

Letts Wharf. En vain. Tout Londres semblait se calfeutrer. Le mauvais temps avait eu raison des plus téméraires. À cette heure-ci, les gens mangeaient, riaient, buvaient au coin du feu ou dans les auberges. Il n'était que 17 heures, mais il faisait déjà nuit. Le vent glacé la gifla. Le souffle était si puissant qu'elle devait tourner le dos, l'haleine coupée Entre deux bourrasques, une averse tomba, drue, cinglante, qui la trempa jusqu'aux os. La pluie ruisselait, droite, continue, d'une violence de déluge. Elle ne se sentait plus la force de chercher un abri. Elle demeura immobile au milieu de la rue, stupide de tant de misère. Mais ce qui était le plus horrible, c'était sa soif d'alcool. Elle aurait fait n'importe quoi pour boire jusqu'à satiété. Une idée s'imposa soudain à son esprit comme une pure évidence.

Après une demi-heure de marche, elle se retrouva devant l'hospice. Elle cogna à l'huis. Une sœur lui ouvrit.

– Que veux-tu ?

– Je viens récupérer ma fille. Je viens de trouver un travail digne de ce nom et un logement qui va avec.

Poulette entra dans la taverne enfumée. Elle se gorgea les poumons de cet air tiède et gras. Dès qu'il l'aperçut, l'aubergiste pointa son doigt vers elle :

– Dehors ! Pas de mendiantes ici !

Poulette ne fit aucun cas de l'invective et se planta devant le bar.

– Voilà pour toi, tavernier : un shilling et quatre pence. Sers-moi ton meilleur gin.

L'homme changea de ton :

– Où as-tu trouvé cet argent ?

– C'est grâce à mon trésor.

Il vissa son index sur sa tempe et lui servit ce qu'elle voulait. Après tout, ce qui importait, c'était de vendre son alcool.

Poulette but jusqu'au bout de sa soif.

Quand elle sortit de la taverne, il neigeait. Mais elle ne sentit pas le froid. Elle aurait pu s'endormir au milieu de la rue et périr sous les roues d'une charrette. Cela lui était bien égal.

Elle distingua deux silhouettes qui venaient vers elle. Une main virile se posa sur son épaule.

– Vous êtes bien Judith Dufour ?

Elle hésita une seconde et réalisa que c'était aussi son nom.

– Oui.

– Suivez-nous. Vous êtes en état d'arrestation.

La salle du tribunal était pleine de monde. Le juge trônait derrière son immense bureau. Sa voix solennelle avait des accents menaçants. Mais cela n'impressionnait pas Poulette. Son esprit errait déjà entre le monde des vivants et celui des morts.

Le juge essuya ses lorgnons entre le pouce et l'index, puis il approcha une feuille de son visage.

– En conséquence, je vais vous lire les faits qui vous sont reprochés. Vous êtes allée chercher votre fille, Dimanche Dufour...

Il haussa ses sourcils broussailleux et relut :

– Dimanche Dufour ? Drôle de nom. Bref, vous avez retiré votre fille de l'asile hier en fin de journée. Vous vous êtes ensuite rendue à la décharge de Letts Wharf.

Poulette releva la tête. Ce nom réveillait en elle de vagues souvenirs. Le juge prit un ton plus ferme :

– Vous ne pouvez le nier. Des femmes, fouilleuses sur la décharge, vous ont vu et vous ont immédiatement identifiée grâce à vos vêtements.

Il la détailla d'un regard méprisant.

– Il faut dire que des vêtements comme ça, on n'en voit pas souvent.

Puis il replongea le nez dans son texte.

– Vous avez dépouillé la petite de ses vêtements. Comme elle pleurait et se débattait, vous l'avez...

Il se raidit.

– Vous l'avez égorgée et vous... vous avez jeté son corps dans le charnier de la décharge.

Le juge se racla la gorge et s'efforça de conserver sa dignité.

160

— Puis vous vous êtes rendue chez Mod Anderson, un prêteur sur gages au 34, Bishop's Gate. L'homme vous connaissait car vous lui aviez déjà vendu plusieurs babioles dans le
passé. Il vous a donné un shilling et quatre pence pour les
vêtements. Vous l'avez remercié et lui avez dit que vous alliez
boire à la mémoire de votre fille. Est-ce exact ?

Poulette fit un effort de mémoire.

— Ben oui, la pauv' gamine. Je suis sa mère, quand même !

— Mod Anderson affirme que vous lui avez tenu des propos... inquiétants. De plus, il a découvert des traces de sang
suspectes sur les vêtements. Quand vous avez quitté son
échoppe, il vous a suivie...

— Ah ?

— Vous vous êtes rendue dans une taverne. Vous vous êtes
enivrée. Mod Anderson vous a fait parler.

— Me disais bien que j'avais déjà vu cette tête !

— Vous lui avez raconté votre méfait dans le détail, en pré-
cisant même l'endroit où vous aviez abandonné le corps de
votre malheureuse enfant.

Le juge parcourut la feuille du regard et ajouta sur un ton
de dégoût :

— Décharge de Letts Wharf. C'est bien ça, n'est-ce pas ?

Poulette se concentra de nouveau, mais la question n'appelait pas de réponse. Le juge poursuivit :

— Quand il a eu assez de détails, le prêteur sur gages s'est
rendu au premier bureau de police et vous a dénoncée, plutôt
par intérêt personnel que par esprit de civisme, d'ailleurs.

— Esprit de quoi ?

— Il espérait toucher une récompense. Quoi qu'il en soit, la
police vous a cueillie comme une fleur...

— Merci, c'est gentil.

— Et a retrouvé le corps de la petite à Letts Wharf.

Il marqua une pause et fixa Poulette par dessus ses
lorgnons.

— Reconnaissez-vous les faits ?

Un filet de bave coulait des lèvres de Poulette. Son regard
était dénué de la moindre expression. Le juge répéta :

– Reconnaissez-vous les faits que je viens d'énoncer ?

Il donna un coup de maillet devant lui. Poulette sursauta. La voix du juge tonna :

– Votre silence est un aveu. L'alcool, surtout le gin, est devenu un véritable fléau pour les bas-fonds de Londres. Il accompagne inéluctablement le vice et le crime. Je réclame un châtiment exemplaire à votre encontre. Vous serez pendue devant la prison de Newgate.

L'annonce fut accueillie par une explosion d'applaudissements.

Le lendemain, Judith Dufour grimpa sur l'échafaud. Son exécution devait montrer la déchéance due à l'alcool et prévenir les foules de ses méfaits. Mais en réalité, la plupart des gens présents ce jour-là étaient eux-mêmes des ivrognes invétérés. Ce n'était pas Judith Dufour que l'on pendait, mais leur mauvaise conscience. Une fois de plus, Poulette focalisait la haine sur sa pauvre carcasse décrépie.

Elle croisa le regard d'un petit homme rondouillard qui agitait les bras au premier rang. Ce visage ne lui était pas inconnu. Elle finit par comprendre ce qu'il disait :

– Je savais bien qu'on se retrouverait un jour. Tu vois, je suis aux premières loges et je te harcèlerai jusqu'à la dernière seconde.

Poulette repensa aux préceptes de Torche-pot : « Faut être forte. Ne montre pas ta peine. »

Elle détourna la tête. Le bourreau lui demanda :

– As-tu une dernière volonté à exprimer ?

Poulette fit claquer sa langue sur son palais :

– J'ai le gosier sec comme un coup de trique. J'boirais bien un verre de gin.

La foule s'esclaffa. Poulette aussi, pas mécontente de son effet.

Chapitre 7

BOW

Rares sont les personnes qui ont l'horrible privilège de connaître la date exacte de leur mort. Pour Lilian Bow, elle ne faisait aucun doute. Il serait pendu le lendemain matin à l'aube, soit le 8 juin 1780. À ce titre, et comme le voulait la coutume, on lui avait servi un copieux repas dans sa cellule. Il avait même eu droit à un pichet de vin rouge. Le gardien lui avait souhaité bon appétit sans une ombre de malice.

Lilian Bow prit un morceau de poulet, le porta à sa bouche et le reposa dans son assiette. En d'autres circonstances, il se serait régalé de ce repas odorant et prometteur, mais ce soir, il n'avait pas l'esprit à la ripaille. Il ressassait les mêmes pensées sombres : une affaire qui tourne mal, une dette impossible à honorer, des créanciers rancuniers et rongés par la méchanceté. Il n'en avait pas fallu plus pour qu'il soit enfermé à Newgate et condamné à mort. À présent, il se trouvait dans cette cellule lugubre, les fers aux pieds comme le dernier des bagnards, avec pour seule compagnie les cafards et les araignées.

Il aurait tant voulu partager ce dernier repas avec sa femme Mathilda et sa fillette de trois ans. S'il avait seulement su où elles se trouvaient à présent, il aurait pu leur faire passer un message. Leur dire qu'il les aimait plus que tout. Leur demander pardon pour ses erreurs. Mais les visites aux prisonniers étaient payantes. Comme Mathilda n'avait pas d'argent, elle n'avait certainement pas pu payer son écot au gardien pour obtenir le droit de le voir. Tout cela était de sa faute, et il ne pouvait plus leur venir en aide. Voilà ce qui le mortifiait le plus. Il les imaginait toutes deux, livrées à la méchanceté de la ville, en proie aux affres du froid et de la faim.

Lilian Bow en était là de ses pensées quand un claquement métallique le fit sursauter.

La porte du cachot s'ouvrit dans un long grincement et le gardien apparut à contre-jour. Des javelots de lumière transpercèrent la cellule. Il mit sa main en visière pour ne pas être aveuglé. Le gardien lui lança, sans plus d'explication :

– Une visite.

L'espoir revint. Avait-on autorisé sa femme et sa fille à lui rendre une ultime visite ? Mais la joie de Lilian Bow fut de courte durée. Le gardien écarta sa grosse carcasse et fit place à un homme à l'allure lourde et empâtée.

Le gardien s'adressa au bonhomme :

– Vous avez dix minutes. Pas une de plus. Après, il faudra repayer. Il est attaché, mais ne vous approchez pas trop quand même. On sait jamais.

La porte se referma dans le même fracas et le cachot fut replongé dans la pénombre.

Ici, tout se négociait. L'homme avait dû acheter le gardien pour obtenir cette entrevue. Bow se demanda de qui il pouvait s'agir et ce que ce visiteur inattendu lui voulait.

Il s'habitua de nouveau au manque de lumière et put distinguer l'homme qui se tenait debout devant lui, à distance respectable. C'était un étrange personnage. Il était engoncé dans des habits mal taillés et ne devait guère mesurer plus d'un mètre cinquante. Son visage, rond et blême comme une pleine lune, était couvert de sueur. Derrière ses épais verres de lunettes, ses yeux mobiles ressemblaient à deux poissons rouges dans leur bocal. Bow ne parvint pas à donner un nom à son curieux visiteur. Le gnome commença :

– Bonjour, monsieur Bow, je m'appelle Erasmus Sortenbock.

– On se connaît ?

– Vous ne me connaissez pas. Mais moi, je sais tout de vous : votre ancien métier, où vous habitiez, pourquoi vous êtes là. Et je sais surtout que vous serez exécuté demain matin à l'aube.

L'homme avait dû monnayer ces renseignements auprès du gardien. Bow le laissa parler. Erasmus Sortenbock pétrissait son chapeau jusqu'à le rendre informe.

– Voici ce qui m'amène : je traverse une période financière difficile. Si je ne trouve pas rapidement une solution, je risque de me retrouver bientôt dans la même situation que vous.

Bow haussa les épaules. Il était lui-même ruiné et sur le point de mourir. Que pouvait-on encore attendre de lui ?

L'homme poursuivit :

– Pourtant, jusqu'ici la chance m'avait toujours souri et je continue de croire en ma bonne étoile.

Bow sortit de sa réserve.

– J'aimerais pouvoir en dire autant. Je crains que vous ne perdiez votre temps, monsieur, je ne peux rien pour vous.

– Détrompez-vous.

Bow s'énerva. Il souhaitait consacrer ses derniers instants à prier pour le salut de son âme et celui de sa pauvre famille.

– Je n'ai aucun bien, aucun trésor caché et je laisse une famille dans le plus grand dénuement. À présent, je souhaiterais être seul.

L'homme prit un air contrit.

– Justement, j'aurais pu faire quelque chose pour votre famille.

Bow fut piqué au vif.

– Vous seriez prêt à les aider ?

– Oui. Mais ça dépend de vous. Les émeutiers ont saccagé mon magasin. Je suis ruiné.

– Les émeutiers ?

– Vous n'êtes pas au courant de ce qui se passe à Londres en ce moment ?

– Figurez-vous que ma situation n'est pas idéale pour ça.

– Il s'agit d'une manifestation d'antipapistes qui a dégénéré. Des milliers de gens de petite condition se sont joints au cortège pour mettre la ville à feu et à sang. Ils pillent, violent, brûlent et détruisent tout sur leur passage. J'ai tout perdu en quelques minutes.

– En quoi tout cela me concerne-t-il ?

– Je voudrais que vous me donniez les numéros du tirage de la loterie qui doit avoir lieu demain.

Lilian Bow se raidit.

– Vous êtes complètement fou !

– Pas du tout. Il est notoire qu'un condamné à mort a des visions prémonitoires la veille de son exécution.

Lilian Bow explosa :

– Comment pouvez-vous croire à de telles sornettes qui n'ont plus cours depuis le Moyen Âge ?

– C'est mon affaire. Donnez-moi seulement les six chiffres qui vous viennent à l'esprit. Si je gagne, je vous fais le serment de donner la moitié des gains à votre femme.

Lilian Bow tendit son index vers la porte.

– Sortez d'ici !

À son grand étonnement, l'autre tomba à genoux, mains jointes, et fondit en larmes comme un enfant. Il l'implora à travers ses sanglots :

– Vous êtes ma dernière chance. Mon dernier espoir. Il me faut juste six petits numéros.

Le pauvre bougre était si désarmant de naïveté et de détresse que Lilian Bow fut pris de pitié. Puis il se dit que le meilleur moyen de s'en débarrasser était encore de lui donner ses numéros. Il commença à dire ce qui lui passait par la tête :

– 6, 23, 12...

L'autre se leva d'un bond, se précipita vers Bow et lui baisa les mains. Puis il sortit un petit carnet de sa poche.

– Attendez, que je note...

Bow reprit :

– 6, 23, 12, 34, 8, 42.

À présent, l'autre dansait et piaffait de joie dans la cellule. La porte s'ouvrit et le gardien reparut :

– Qu'est-ce qui se passe là-dedans ? Les dix minutes sont écoulées.

Le bonhomme retrouva quelque dignité.

– Tout va bien. J'ai terminé.

Il se retourna vers Bow et lui lança :

– Merci encore, monsieur. Cette bonne action vous conduira directement au paradis et fera la richesse de votre épouse.

Puis il sortit en chantonnant.

Un nouveau nœud serra l'estomac de Bow. Il imagina sa femme et sa fille entre les mains des pillards. Dieu seul sait quels affronts elles pourraient alors subir.

Cette nouvelle pensée le tortura longtemps.

Bow finit par s'endormir d'épuisement, la gorge serrée, l'esprit tourmenté.

Dans son cauchemar, des hordes de pouilleux violents et incultes envahissaient les rues et saccageaient la ville aux cris de : « À bas le papisme ! »

Il faisait extrêmement chaud, bien que l'on ne fût qu'au début du mois de juin. Bow rêva ensuite que les antipapistes s'en prenaient à la prison de Newgate. Ils hurlaient sous les fenêtres du gardien : « Libérez nos camarades ou on vient les chercher nous-mêmes ! »

Puis il entendit un vacarme assourdissant. Des cris de joie, des pleurs, des hurlements de panique et de furie s'élevaient de toute part, accompagnés de bruits de chaînes. Il perçut le tumulte des gens qui couraient en tous sens, le fracas de poutres qui se brisaient et de murs qui s'écroulaient. Il sentit la chaleur étouffante des flammes et de la fumée.

Il se réveilla en toussant, à demi asphyxié, incapable de comprendre ce qui se passait autour de lui. Puis, peu à peu, les éléments de son cauchemar se matérialisèrent autour de lui et tout s'enchaîna très vite. Des gens s'acharnaient sur la porte de sa cellule. Un craquement phénoménal déchira l'air enfumé au-dessus de sa tête. D'instinct, il leva les yeux et comprit que le toit de sa cellule était en train de s'effondrer. Il fit un bond et se colla contre le mur. Une poutre en flammes s'écrasa au sol à quelques centimètres de lui. Dans le même temps, la porte de la cellule céda sous l'impact d'une masse. Un homme hirsute et en sueur émergea de la fumée.

– Es-tu des nôtres ?

L'heure n'était pas aux discours. Lilian Bow était prêt à embrasser toutes les causes. Il fit oui de la tête et montra ses liens qui l'entravaient. L'homme leva la masse au dessus de sa tête et écrasa les chaînes. Bow était libre. Du moins le pensait-il. Car l'horreur de la réalité dépassait celle de son cauchemar. Les couloirs de la prison étaient tellement remplis de gens que nul ne pouvait avancer ni reculer. L'incendie, sans doute allumé par les émeutiers, menaçait maintenant de se refermer comme un piège. Des dizaines de prisonniers, bloqués dans leurs cellules, appelaient au secours et hurlaient, de peur d'être brûlés vifs. D'autres paniquaient car les poutres du toit s'effondraient sur eux en un vacarme infernal. Des hommes hagards et en haillons jaillissaient des cellules au fur et à mesure que les portes s'ouvraient. Certains, à bout de force et incapables de bouger, étaient traînés par les cheveux ou les vêtements. D'autres restaient bloqués sous les poutres en flammes et mouraient dans d'atroces hurlements de détresse. Et une odeur de viande grillée emplissait déjà l'atmosphère.

À présent, la cohue des émeutiers et des prisonniers libérés refluait vers la sortie. Bow suivit le flot. En passant devant la porte ouverte d'une cellule, il vit un vieil homme qui gémissait au milieu des décombres fumants. Le malheureux semblait si désemparé que Bow se porta à son secours. Il lui saisit le bras.

– Ne restez pas là, malheureux. Vous allez mourir brûlé.

Contre toute attente, l'homme refusa de se lever et lui expliqua :

– Je ne veux pas partir. J'ai passé toute ma vie ici. C'est ma maison. Je n'ai nul autre endroit où aller et je veux mourir chez moi.

Bow le prit de force sur son dos et le poussa vers le flux. L'autre se débattit et fit des efforts pour lutter contre le courant. Ils parvinrent au pied d'un escalier encombré de vitres brisées et de débris de toutes sortes. Le vieillard s'y précipita. Bow lui hurla :

– Pas par là, vieux fou ! Tu retournes en enfer.

Mais l'enfer était aussi dans les couloirs. À présent, les gens se piétinaient et se grimpaient les uns sur les autres pour atteindre la sortie avant les flammes. Le mouvement de libération des prisonniers tournait maintenant au pur cauchemar. Déjà un nouveau cri de terreur s'élevait de la foule. Les gardiens s'étaient postés au bout de chaque couloir et empêchaient les manifestants de sortir. Un nouveau mouvement de repli eut lieu, dans la panique et le désordre absolu. Bow sentit ses côtes se serrer et sa respiration se bloquer. Il eut conscience de piétiner des corps asphyxiés sous le poids de la foule. Il parvint à son tour au niveau de l'escalier en flammes. Il s'y engouffra, plutôt pour échapper à l'étouffement que par calcul. Il chercha un instant des yeux le vieillard, mais ne le vit pas, tant la fumée était opaque. Il avança à tâtons, masquant sa bouche d'un pan de chemise. Arrivé en haut de l'escalier, il reprit profondément sa respiration et réalisa soudain qu'il venait de déboucher à l'air libre. Une torche vivante passa en contrebas.

– Ma maison. Je retourne dans ma cellule !

Le destin du malheureux était joué. Lilian Bow réalisa que, pour l'instant, le sien ne valait guère mieux. Il se retrouvait à présent en équilibre sur le mur d'enceinte de la prison. Derrière lui, les flammes gagnaient le toit et commençaient à lui rôtir le dos. Devant lui, un vide d'une trentaine de mètres le séparait du sol. Le vertige lui fit tourner la tête. Il recula. S'il restait là, il brûlait. S'il sautait, il se cassait les reins et le cou. Une foule hystérique s'était massée au pied du mur. Une idée lui vint. Il arracha sa chemise et l'agita au bout de sa main. Malgré l'épaisse fumée qui l'entourait, il parvint à capter quelques regards. Aussitôt, des dizaines de doigts se pointèrent dans sa direction. Puis un cercle se forma et une bâche circulaire apparut comme par miracle, tendue par une vingtaine de personnes. Le morceau de tissu lui parut minuscule. Lilian Bow n'avait plus le choix. Il se signa et plongea dans le vide. Dans sa chute, il crut que sa dernière heure était arrivée et que son cœur allait se décrocher. Mais quelques secondes plus tard, il se retrouva en bas, tout surpris d'être sain et sauf. Il aurait voulu remercier ses sauveurs et s'enfuir, mais la foule ne l'entendait pas ainsi. On le jucha sur les épaules d'un géant qui devait bien mesurer deux mètres et il fut porté en triomphe. La foule l'acclama :

– Bravo !

– À bas le papisme !

– Nous avons vaincu Newgate !

Bow se pencha vers l'homme qui le soutenait :

– Pourquoi ces acclamations ?

– Tu es le premier qui sort vivant de cet enfer. Tu es le symbole de notre lutte et de notre victoire.

Quelqu'un brandit son poing vers le ciel et hurla :

– Il faut continuer. Allons ouvrir les autres prisons. Suivez-moi !

Le centre d'intérêt se déplaça soudain vers le nouveau leader spontané. Bow profita de cette diversion pour descendre des épaules du géant, qui lui en sut gré, et se fondit dans la foule. Malgré les ennuis qui l'attendaient encore, il était grisé par le goût de la liberté retrouvée. Son premier souci était de retirer les cercles de métal qui pendaient encore à ses poignets et à ses chevilles, mais il fallait se méfier des patrouilles de gardes. Par ailleurs, la faim commençait à se faire sentir et il regrettait maintenant de ne pas avoir honoré son dîner de la veille. Par chance, il connaissait Londres comme sa poche. Il s'engagea dans une ruelle et constata que la plupart des magasins étaient fermés et que les gens se barricadaient chez eux. Il finit par trouver un forgeron qui fut d'abord réticent à le laisser entrer dans sa forge. L'homme demanda :

— Es-tu acquis à la cause du papisme ou antipapiste ?

Bien que sur le fond, il ne se sentît pas concerné par cette lutte, il affirma :

— Je suis farouchement opposé au papisme. C'est pour ça que les émeutiers m'ont libéré de Newgate.

Le sésame fonctionna. L'homme l'attira à l'intérieur et lui donna une sérieuse bourrade qui se voulait amicale.

— Alors, tu es un héros ! Bienvenue chez moi.

— Merci, répliqua Bow en se massant l'épaule. Pourrais-tu me retirer ces horribles bracelets ?

Le forgeron haussa les épaules, comme si c'était une évidence. Il saisit une énorme lime à métal et s'attela à la tâche. Bow demanda encore :

— Peux-tu me résumer ce qui s'est passé ? Je n'ai retrouvé ma liberté que depuis une heure et ne suis au courant de rien.

L'autre, acquis à la cause des antipapistes, ne se fit pas prier :

— Tout a commencé le 2 juin. Lord George Gordon avait rassemblé quelques centaines de négociants à St George's Fields pour protester contre le Catholic Relief Act. Il comptait remettre une pétition au parlement. Mais des éléments antipapistes plus violents comme les tisserands de Spitalfields se sont joints à la manifestation et lord Gordon a vite été dépassé. Depuis, le flot des émeutiers grossit sans cesse. Les ouvriers, les apprentis et les garçons de course les ont rejoints. Au début, l'armée semblait adhérer au point de vue de la foule et n'intervenait pas, mais...

Lilian Bow était stupéfait d'apprendre tout cela. Il était surtout inquiet du sort de sa femme et de sa fille. Il coupa :

— Les émeutiers s'en prennent aussi aux habitants ?

— C'est le chaos, répliqua le forgeron en faisant sauter le dernier fer d'un coup de masse. Vous savez ce qu'est capable de faire une foule en colère. Rien ne l'arrête. Maintenant, ils veulent faire sauter les prisons et abattre la justice. Mais certains ne voient que leur intérêt. Ils pillent tout ce qui se trouve sur leur chemin dans l'espoir de ramasser quelque butin. Des quartiers entiers ont été brûlés et mis à sac. Ça va bientôt être pire que le grand incendie de 1666. Les antipapistes, même les plus violents, sont dépassés. J'ai entendu dire qu'un groupe de furieux veut libérer les aliénés de Bedlam. Vous imaginez la pagaille avec tous ces fous en liberté.

— Et vous dites que l'armée n'intervient pas ?

— Maintenant si. Elle a tiré sur la foule. Plusieurs émeutiers ont été tués. Mais c'est pas forcément les pires qui sont morts. Ce qui fait que les autres sont encore plus enragés.

Puis il conclut, fataliste :

— Mais de toute façon, c'est les pauvres qui vont payer les pots cassés, pas vrai ?

Lilian Bow se demandait comment une manifestation pacifique contre une législation favorable aux catholiques avait pu se transformer en un assaut généralisé contre les institutions de l'État et de la cité.

Le forgeron le détailla du regard.

— Tu ne peux pas sortir comme ça. Tu vas te faire repérer tout de suite par une patrouille et ils vont te jeter en prison.

Il fouilla dans un tas de tissus qui lui servait à nettoyer ses instruments et en extirpa une vieille robe de bure raide de crasse.

— Tiens. Mets ça. Elle n'est pas très propre, mais ce sera toujours mieux que tes haillons de prisonnier.

Bow remercia l'homme avec chaleur et le quitta en lui promettant de le dédommager une autre fois. Il avait faim mais n'avait rien osé lui demander. Le forgeron semblait lui-même si démuni.

Dès qu'il sortit de la forge, Bow oublia sa faim car une pensée l'occupait tout entier : retrouver sa femme et sa fille. Où pouvaient-elles être à présent ? Étaient-elles seulement encore vivantes ?

Ses idées s'emmêlaient. Tous ces événements l'avaient épuisé. Il décida de retourner chez lui. Mathilda lui avait peut-être laissé un message. De plus, elle avait sans doute entendu parler de la libération des prisonniers de Newgate. Elle saurait donc qu'il n'avait pas été pendu et partirait elle aussi à sa recherche. Un autre souci le préoccupait. Un condamné à mort ne reste jamais longtemps en liberté. Il serait bientôt recherché et sa tête serait mise à prix. Il devait donc être très prudent. Sous le capuchon de son habit, il pouvait encore passer pour un moine mendiant.

Une crampe d'estomac le poignarda. Il vacilla un court instant. Une idée surgit alors. Il s'assit à terre et tendit la main :

– Ayez pitié d'un pauvre moine ruiné par le papisme.

Cela ne voulait rien dire, mais la formule lui sembla opportuniste. Une brave femme avisa sa défroque crasseuse et contempla un instant son visage émacié et mal rasé. Elle déposa une pièce au creux de sa main. Il fit un signe de croix.

– Dieu vous le rendra au centuple.

Voilà le genre de promesse qui n'engageait guère. Au bout d'un quart d'heure, il avait assez d'argent pour acheter une galette d'orge et un pot de bière à un marchand ambulant. Il se restaura et se sentit un peu mieux sur l'instant. Il faisait très chaud. La bière le désaltéra mais lui tourna un peu la tête. Il reprit sa route, le visage caché dans l'ombre du capuchon.

Il parvint enfin devant son ancienne demeure.

Il attendit que la rue soit déserte et il se glissa dans la cour de l'immeuble. Puis il tendit l'oreille devant la porte de l'appartement qu'il occupait avec sa femme et sa fille. Aucun son. Il tourna la poignée, mais la porte refusa de s'ouvrir. Il crut entendre un bruit de pas feutrés, mais il ne parvint pas à déterminer si cela venait de l'intérieur ou si quelqu'un le guettait dans la cour. Il fallait faire vite. S'il était repris maintenant, toutes ses chances de retrouver sa femme seraient anéanties et la peine de mort serait exécutée. Il donna un violent coup d'épaule dans la porte qui céda car la serrure était vieille et rouillée. Les quelques meubles qu'il possédait avaient disparu.

Il faisait très sombre. Il lui sembla entendre un nouveau bruissement de vêtements. Comme il avançait vers la deuxième pièce, sa femme apparut dans l'encadrement de la porte. Il ôta son capuchon et s'approcha. Elle était livide et ne parut pas le reconnaître. Elle ouvrit la bouche et articula quelque chose, mais aucun son ne sortit de ses lèvres. Il lui dit :

– N'aie pas peur, ma chérie. C'est moi, Lilian.

Elle disparut soudain dans la pièce et un homme se matérialisa à sa place :

– Je savais que tu finirais par venir, maudit menteur.

Le sang de Lilian Bow se glaça dans ses veines. Il venait de reconnaître Erasmus Sortenbock, l'homme qui lui avait demandé les six numéros de loto, la veille au soir. Le visage de Sortenbock était traversé de tics inquiétants. Il serrait la petite fille sous son bras gauche et un vieux couteau dans son poing droit. Les yeux de la fillette suppliaient : « Sauve-moi, papa ! » Lilian Bow n'osait faire le moindre geste, de peur que l'homme ne blessât son enfant. Il finit par bredouiller :

– Que... que faites-vous ici ? Que voulez-vous ?

En même temps qu'il posait cette question, il se souvint que l'homme avait soudoyé le gardien pour tout connaître de sa vie. Il n'avait donc eu aucun problème pour retrouver son appartement et sa famille. Erasmus Sortenbock dégoulinait de sueur. Son regard était celui d'un dément. Il éructa, dans une cataracte de postillons :

– Vous m'avez trahi. Vous deviez être pendu à l'aube. Au lieu de ça, vous vous êtes évadé.

– Je n'allais tout de même pas attendre...

– Taisez-vous ! Par votre faute, j'ai perdu au loto. Je suis fini.

Bow comprit qu'il ne servirait à rien de tenter de raisonner ce fou. Toute tentative de discussion n'aurait fait qu'attiser la haine du bonhomme. Erasmus Sortenbock poursuivit :

– Maintenant, tu vas payer. Je vais d'abord tuer ta fille. Puis ta femme. Et toi à la fin.

Il fallait gagner du temps. Bow improvisa :

– Je t'ai menti.

– Tu avoues donc.

– Non. Je t'ai menti en te disant que je n'avais pas d'argent.

L'homme desserra un peu sa prise. La fillette respira. Lilian Bow poursuivit :

– Si je suis revenu ici, c'est pour récupérer mon magot.

Il jeta un rapide coup d'œil à sa femme pour lui faire comprendre qu'il aurait besoin d'elle le moment venu. Mais Erasmus Sortenbock se ressaisit soudain :

– Tu mens encore. Je le vois dans tes yeux.

– Non, cette fois c'est vrai. Si tu nous laisses partir, je te donne cet argent.

L'autre avait beau être fou, il n'en était pas moins méfiant.

– Si tu essaies de me tendre un piège, tu vas le payer très cher.

Lilian Bow s'efforça de maîtriser le débit de sa parole :

– L'argent est caché dans la pierre descellée du manteau de la cheminée. Vas voir si tu ne me crois pas.

Erasmus Sortenbock s'écarta, tenant toujours la fillette et le couteau :

– Vas-y toi-même. À la moindre entourloupe, je la saigne.

La fillette était secouée de pleurs silencieux.

Bow avança lentement vers la cheminée et prit soin de ne pas faire de geste brusque. Il descella la pierre. L'autre hurla :

– Pose ça par terre !

Bow s'exécuta. Erasmus Sortenbock avança vers la cheminée et se pencha sur le trou laissé par la pierre vide. Ses joues cramoisies tremblaient de haine et de violence contenue.

– Il n'y a rien.

– J'ai dit dans la pierre, pas dans la cheminée. C'est une pierre creuse.

– C'est la vérité, affirma Mathilda.

Erasmus Sortenbock doutait encore.

– Tu n'espères tout de même pas que je vais me pencher pour regarder. Apporte-moi cette pierre et montre-moi l'argent.

Lilian Bow voulait en arriver là. Il se pencha lentement, ramassa la lourde pierre et la présenta à Erasmus Sortenbock.

– Regarde, elle est creuse.

Erasmus Sortenbock tendit le cou vers l'objet convoité. Son attention se relâcha une fraction de seconde. Lilian Bow lui lança la pierre au visage. Sortenbock lâcha la petite, mais pas le couteau. Ivre de douleur et de haine, il se précipita sur Bow et lui enfonça le couteau dans le corps.

Une onde de douleur se répandit dans tout son corps. Il s'écroula, foudroyé.

Lilian Bow sentit une petite main fraîche lui caresser le visage, comme un avant-goût de paradis. Il ouvrit les paupières. Un voile brumeux s'attarda longtemps devant ses yeux. Il distingua la forme confuse d'un visage de femme, à l'envers, au-dessus de lui. Au milieu de ce visage inconnu, des lèvres s'ouvrirent et des sons sortirent. Il mit un temps infini à en restituer le sens :

– Il... re... vient... à... lui...

Il tenta de parler, mais sa bouche était desséchée et douloureuse. C'était comme s'il avait avalé de pleines cuillères de sable fin.

La petite main lui caressa encore le visage. Et une main, plus grande mais tout aussi douce, se posa sur son front. À présent, il distinguait sa femme et sa fille. Il interrogea Mathilda du regard. Elle se pencha sur lui.

– Ne parle pas. Le médecin a dit que tu pourrais t'en sortir si tu restes allongé sans un mouvement. Le couteau n'a touché aucune fonction vitale. C'est ta robe de bure qui t'a sauvé. Par endroits, elle était tellement crasseuse qu'elle est aussi dure qu'une carapace. Le couteau a glissé dessus et ne t'a percé que le flanc.

Il écarquilla les yeux, pour montrer son étonnement. Elle le comprit.

– Tu te demandes ce qui s'est passé ? Rien de plus simple. Tu m'avais prévenue d'un regard que tu allais essayer de faire quelque chose. Dès que ce fou a sauté sur toi, je me suis précipitée sur la pierre et je l'ai assommé. Tu étais inconscient et tu perdais beaucoup de sang. J'ai couru dans la rue pour chercher de l'aide. Mais je suis tombée nez à nez avec une patrouille de gardes. Ceux-là mêmes qui pourchassent les émeutiers.

Lilian Bow fronça les sourcils. Sa femme lui sourit.

– Ne t'inquiète pas, tout va bien. Le type que j'avais assommé était un dangereux criminel évadé de Bedlam et recherché depuis longtemps. Il avait encore l'arme du crime dans sa main. Un drôle de couteau portant une inscription bizarre. Londinos, ou quelque chose comme ça. La tête du bonhomme était mise à prix. J'ai pu toucher la rançon et rembourser nos dettes. Tu es donc libre. Et il nous reste assez d'argent pour recommencer notre vie.

Lilian Bow fit un effort surhumain pour articuler :

– Mieux que le loto.

Sa femme le regarda d'un air surpris. Elle lui expliqua encore que l'appartement devait être saisi le lendemain de son exécution, mais que tous les meubles avaient déjà été emportés par les huissiers de justice.

Lilian Bow écouta son récit, puis, à la fin, il parvint encore à parler. En quelques mots, il donna l'adresse du forgeron et demanda à sa femme de le dédommager pour son aide.

Puis il s'endormit d'un sommeil profond, épuisé mais la conscience tranquille.

L'insurrection passa aussi vite qu'elle s'était déclenchée la semaine précédente. On dénombrait deux cents morts, des quantités de blessés graves et de mourants, sans compter les disparus qui avaient péri dans les flammes, dans une cave ou dans une cachette. Lord George Gordon fut arrêté et enfermé à la Tour de Londres et des centaines d'émeutiers se retrouvèrent dans les prisons qu'ils n'avaient pas eu le temps d'incendier. Les juges voulaient faire tomber des têtes afin de montrer aux citoyens qu'ils détenaient encore le pouvoir et ordonnèrent vingt-cinq pendaisons pour l'exemple sur les lieux où les condamnés avaient commis leur crime.

Sur la paille de son cachot de Newgate, le gnome à face de lune secouait sa tête en tous sens, le sommeil agité. Il allait être pendu le lendemain matin, confondu avec les émeutiers et les pillards. Erasmus Sortenbock se réveilla en sursaut et fit aussitôt un tintamarre infernal avec ses chaînes.

– Hé, gardien, viens ici ! J'ai un marché à te proposer.

Comme personne ne vint, il hurla :

– J'ai de l'argent pour toi.

La porte s'ouvrit dans un fracas métallique et le gardien fit irruption dans la pièce.

– Combien ?

– Pas si vite. Tu vas d'abord me promettre de faire ce que je vais te demander.

– Dis toujours.

– Je voudrais que tu joues au loto. Je viens de voir en rêve le tirage de demain.

Le gardien s'esclaffa.

– Sornettes ! Si tu crois acheter ta liberté comme ça.

Le gnome rougit de colère.

– Je sais très bien que je serai pendu demain. Je veux seulement savoir si j'ai raison ou si je me trompe.

Il plongea sa main dans sa chaussure et en retira une pièce d'argent qu'il tendit au gardien.

– Tiens. C'est tout ce qui me reste. Je veux que tu paries ces six numéros dès ce soir. Tu peux garder le reste de l'argent.

Le gardien nota les six numéros sur un papier et empocha la pièce, ravi de la bonne affaire. Le gnome ajouta :

– La seule chose que je te demande, c'est de me dire demain si j'ai gagné. La pendaison aura lieu après le tirage. Tu sauras donc.

Le gardien tint sa promesse. Il paria une partie de la somme et, avec l'argent restant, se saoula en galante compagnie jusqu'à l'aube.

L'exécution devait avoir lieu en pleine journée, à l'heure où l'affluence était la plus grande. Les juges de Londres sortaient victorieux de ce conflit avorté et montraient à la population que l'on ne s'attaquait pas impunément à leur institution et aux symboles de la loi. Une foule dense s'était massée sur la place pour assister à l'exécution. Les Londoniens étaient partagés. Beaucoup avaient repris le travail avec résignation. Un grand sentiment d'injustice et d'impuissance leur restait dans la gorge. D'autres, craignant pour leur vie et leurs propres biens, furent soulagés de constater que les pillards étaient punis. Mais la grande majorité des gens venait assouvir leur goût immodéré pour le morbide et le sensationnel. Ce n'était pas tous les jours que l'on assistait à vingt-cinq pendaisons simultanées. Et surtout, ils étaient rassurés de constater qu'il y avait plus malheureux qu'eux.

Erasmus Sortenbock trépignait d'impatience, la corde au cou, sur l'estrade. Sa présence était presque incongrue, au milieu des gaillards aux faciès de bandits qui l'entouraient. Il allait être pendu d'un instant à l'autre et ne connaissait toujours pas le résultat du tirage. Cette situation l'angoissait au plus haut point. Il cherchait désespérément le gardien du regard, dans cette foule compacte et bariolée. Mais ses yeux de myope le trahissaient encore.

Soudain, une voix familière, juste au pied de l'estrade, le fit sursauter :

– Hé, Erasmus Sortenbock, c'est moi !

Il baissa les yeux et tenta de pencher la tête, gêné par la corde. Il aperçut le gardien, qui faisait de grands gestes vers lui.

– Ça y est, j'ai le résultat.

– Alors ?

– T'as perdu !

Le visage du gnome se décomposa. Ses yeux se gonflèrent et de grosses larmes coulèrent bientôt sur ses joues. La détresse de ce malheureux, fût-il le dernier des criminels, ne laissa pas insensible le gardien. Après tout, il pouvait bien lui mentir si cela pouvait alléger sa souffrance au moment de mourir. Sa gueule de bois lui rappela qu'il lui devait bien cela. Alors, il éclata de rire et lança au gnome :

– Ne pleure pas. Je voulais te faire une farce. C'est bien tes numéros qui sont sortis.

Le visage du gnome s'illumina.

– C'est vrai ? Jure-le, c'est une question de vie ou de mort !

Le gardien pensa « Pauvre fou » et affirma haut et fort :

– Tu as gagné, je le jure !

L'autre, au comble du bonheur, se mit à danser sur l'estrade.

– J'ai gagné, j'ai gagné ! J'ai toujours su que j'avais raison. Vous voyez bien que je ne suis pas fou !

Ses compagnons d'infortune ne partageaient pas son allégresse. Les uns priaient pour leur âme, d'autre pour qu'un miracle s'accomplisse. D'autres encore pleuraient de détresse. Les plus endurcis insultaient le roi, Dieu et ses sbires, et crachaient sur la foule.

Mais tous furent égaux quand la trappe s'ouvrit sous leurs pieds.

Une grande clameur s'éleva de la foule, partagée entre la frayeur et la fascination. Déjà, les proches et les familles des pendus s'agrippaient à leurs jambes pour abréger leur souffrance.

Erasmus Sortenbock frétillait au bout de sa corde, comme un poisson au bout de son hameçon. Il parvint encore à dire dans un étranglement :

– J'ai gagné !

Les Londoniens se souvinrent longtemps de cet étrange personnage au visage halluciné, dansant au bout de sa corde et souriant pour l'éternité.

Puis Londres cicatrisa ses plaies, comme toujours. Et tout redevint presque normal, comme si rien ne s'était jamais passé.

Chapitre 8

MARY

Mary Godwin avait tué sa maman le 30 août 1799, à Londres. C'est du moins la conviction qu'elle acquit dès qu'elle fut en âge de comprendre le sens des mots employés par les adultes. La mère de Mary était morte de la fièvre puerpérale, exactement onze jours après la naissance de sa fille. Mary Godwin était hantée par le spectre de cette mort et par l'image de sa défunte mère, cette mère qui lui faisait maintenant tant défaut. Elle aurait donné sa vie pour ressusciter sa maman et réparer son abominable péché. Ce sentiment de frustration et de culpabilité se manifesta très tôt sous la forme de cauchemars peuplés de montres hideux qui venaient la persécuter jusque dans son sommeil. Elle était aussi sujette à de fréquentes crises d'étouffement. La poitrine serrée dans un étau, elle restait pliée en deux, pendant de longues minutes, à la recherche d'un souffle d'air. Les médecins prétendaient que l'air vicié de Londres y était pour beaucoup, mais Mary savait que son mal était plus profond que cela.

Souvent, Mary se sentait seule et désemparée. Elle tentait alors de trouver quelque réconfort auprès de son père, William Godwin. Elle n'avait plus que lui au monde. Mais elle le craignait autant qu'elle l'adorait. Godwin ne signifiait-il pas Dieu et Vaincre ? Pourtant, ce dieu vainqueur était distant et glacial, trop préoccupé par sa mission intellectuelle, et de façon plus prosaïque par ses soucis financiers chroniques. Six ans avant la naissance de Mary, William Godwin avait publié un *Essai sur la justice politique* qui avait fait de lui l'idole de la jeunesse universitaire. Certains affirmaient même qu'il était le Voltaire anglais. Mary ne connaissait pas ce Voltaire, mais cela décupla son admiration pour son père. Elle aurait tant voulu qu'il soit fier d'elle, comme elle l'était de lui. Mais comment une petite fille aurait-elle pu intéresser un géant comme William Godwin ?

Alors, dans leur petit appartement du 29 Somers Town, Mary étudia inlassablement. Si elle ne pouvait compter sur l'affection de son père, elle espérait au moins gagner sa reconnaissance intellectuelle. Peut-être même parviendrait-elle à l'imiter un jour.

Mais ses efforts furent mal récompensés. En 1801, William Godwin se remaria avec une jeune femme qui avait déjà deux filles encombrantes et volubiles. Le coup fut rude pour Mary. Dès lors, elle se replia sur elle-même, comme font les escargots dans leur coquille.

Les enfants solitaires s'inventent souvent des compagnons imaginaires. Dans le cas de Mary, la solitude développa des mondes peuplés de créatures infernales qui la terrorisaient, mais aussi de princes qui volaient à son secours le moment venu. Chaque soir, Mary reculait jusqu'à la limite de l'épuisement le moment de souffler sa bougie. Elle lisait, encore et encore, jusqu'à ce que ses yeux se ferment d'eux-mêmes et que son esprit sombre dans le néant. Mais, la nuit, les princes charmants n'étaient pas toujours au rendez-vous pour la délivrer de ses cauchemars.

Un jour, Mary surprit une conversation entre son père et sa belle-mère. L'un et l'autre étaient si préoccupés qu'ils semblaient avoir oublié sa présence. Mary disparut derrière sa grammaire latine et tendit l'oreille. William Godwin arpentait la pièce de long en large, le front bas et les mains croisées dans son dos. Il parlait d'une voix morne :

– Les affaires vont mal. Les libres-penseurs et les philosophes n'ont plus d'audience. Mes livres ne se vendent plus. Les éditeurs et les libraires me laissent une marge de misère.

Jane lui répondit :

– Pourquoi n'éditeriez-vous pas des livres pour enfants, en marge de votre œuvre ?

Godwin se raidit et se tourna vers sa femme.

– Parlez-vous sérieusement ?

– Bien sûr. La littérature enfantine connaît un essor sans précédent.

William Godwin haussa les épaules.

– Certes, mais si ma signature figurait sur un tel ouvrage, qu'adviendrait-il de ma notoriété ?

Jane semblait très calme et sûre d'elle.

– Qui parle de votre signature ? Je vous suggérais d'éditer et non pas d'écrire ces livres.

– Je n'ai déjà pas d'argent pour payer notre loyer, comment pourrais-je payer un auteur ?

– Vous n'aurez pas à le payer.

Godwin haussa les sourcils, intrigué par cette curieuse affirmation.

– Qui accepterait de travailler sans gages de nos jours ?

– Moi.

Un silence de plomb tomba sur la pièce. Mary retint sa respiration. Jane poursuivit :

– En fait, je connais des histoires étonnantes que je tiens de ma grand-mère. J'adorais les écouter quand j'étais petite. Elles étaient si plaisantes et originales que je m'en souviens encore. J'ai essayé de les retrouver, mais mes recherches sont restées vaines. À ma connaissance, aucun éditeur ne les a jamais publiées. Je me demande parfois si ma grand-mère ne les inventait pas elle-même. Peut-être pourrais-je les écrire.

Godwin semblait encore incrédule. Il s'assit en face de Jane et parla comme dans un monologue :

– Évidemment, ce serait une solution. Mais il faudrait un lieu où les vendre, et nous ne pouvons pas envisager de louer un local supplémentaire.

Il posa son index sur ses lèvres et leva les yeux au plafond.

– À moins que l'on parvienne à trouver un appartement plus petit, avec un local au rez-de-chaussée.

Jane ajouta :

– Dans un quartier plus modeste.

– Nous pourrions alors l'aménager en librairie.

– Et mes ouvrages y seraient vendus, sans ternir votre œuvre, ni votre nom bien sûr.

– Bien sûr.

Le 18 mai 1807, Mary et sa nouvelle famille déménagèrent au 41, Skinner Street, à Holborn, à mi-chemin entre la prison de Newgate et les abattoirs de Smithfield. Mary allait bientôt avoir dix ans. Il ne lui fallut pas longtemps pour comprendre que cet endroit était bien pire que celui qu'elle quittait. William et Jane Godwin ouvrirent une librairie au rez-de-chaussée. Mais les pièces de l'appartement, juste au-dessus, étaient exiguës et mal éclairées. Mary y étouffait. Dans cet espace réduit, la cohabitation devenait difficile.

Mary aurait bien voulu s'échapper, mais il n'était pas question de sortir seule. La rue était un univers dangereux, peuplé d'êtres vils et violents. Jusque dans l'appartement, elle pouvait en percevoir les effluves corrompus. Quand le vent soufflait à l'est, l'odeur des viandes en décomposition provenant des abattoirs envahissait la rue. Quand il soufflait à l'ouest, c'était pire encore. Les hurlements de désespoir ou de folie des prisonniers de Newgate s'entendaient de loin. Leurs gémissements étaient si déchirants, leurs cris si inhumains qu'ils auraient fait sortir de leurs gonds les portes de l'enfer. Ces jours-là, on savait que des exécutions étaient imminentes.

Ce monde effrayait Mary. Aussi, elle préféra se réfugier dans la réserve de la librairie paternelle. Là au moins, elle se sentait en sécurité. La petite pièce faisait moins de dix mètres carrés et était encombrée de livres poussiéreux et de tas de journaux ficelés. On y accédait du premier étage par un étroit escalier en colimaçon. Une fenêtre à gros barreaux métalliques donnait sur la rue. Une porte, munie d'un épais vitrage permettait d'accéder à une cour intérieure où résidaient d'autres locataires.

Mary passa des heures dans ce réduit, à compulser le *Globe*, le *Sun* ou le *Standard*, dévorant tout ce qui pouvait la sortir de cet environnement crépusculaire.

Les livres pour enfants ne l'intéressaient guère. Elle estimait que ces fadaises convenaient mieux à sa belle-mère, et elle prenait plus de plaisir à déchiffrer Plutarque ou Sénèque.

C'est là qu'elle grandit. Les livres devinrent son unique compagnie. C'est sur eux qu'elle bâtit ses fantasmes et ses univers chimériques. De ce refuge, elle pouvait aussi observer les allées et venues des visiteurs et des passants, des voisins, sans que l'on puisse la voir. Elle apprit les habitudes des gens de ce quartier misérable. Certaines ne manquèrent pas de l'intriguer. À chaque nouvelle exécution, la rue s'emplissait de monde. La foule se ruait vers Newgate, comme on se précipite au spectacle. La fièvre montait au fil des heures. Elle pouvait presque percevoir ces ondes d'excitation malsaine. Puis, après l'exécution, le flux inverse emplissait à nouveau la rue. Les commentaires allaient bon train. Un jour, trois commères s'arrêtèrent sous sa fenêtre. Mary entendit leurs propos :

— Quand je pense qu'on a fait tout ce chemin pour voir un coupe-bourse mourir en quelques minutes. Ça vaut pas le coup.

— Ouais, c'est vraiment trop court.

— Moi, j'ai réussi à avoir un bout de corde. Je vais en faire une décoction et en boire un peu tous les jours. Ça me gardera de la maladie.

— Ce qu'il faudrait récupérer, c'est un bout du pendu. Je connais une vieille femme qui a plus de cent dix ans. Normal, elle porte toujours autour de son cou la main de son mari qu'avait été pendu dans sa jeunesse.

– Aujourd'hui, on sait bien qui c'est qui récupère les cadavres.

– Brrr. Ça fait froid dans le dos, rien que d'en parler.

– Suppôts de Satan et compagnie.

Le reste de la conversation se dilua dans le brouhaha. Mary ne connut jamais le fin mot de l'histoire, mais il n'en fallut pas plus pour enflammer son imagination. Sa mémoire établit aussitôt une corrélation avec un de ses souvenirs. Durant la nuit qui suivait chaque exécution, un visiteur venait garer sa charrette dans la cour intérieure qui jouxtait la remise de la librairie. Ce curieux manège l'avait toujours intrigué. Une nuit, elle avait guetté le craquement des roues sur les pavés. Quand elle avait enfin entendu la charrette, elle s'était glissée hors de son lit, avait emprunté l'escalier en colimaçon qui menait à la remise et s'était postée derrière la porte qui donnait sur la cour. Il faisait très sombre. Une couche de brume spectrale recouvrait le pavé. Sous la lueur blafarde de la lune, elle vit un homme décharger un paquet qu'il mit sur son épaule. Puis il frappa à une porte, toute proche du refuge de Mary. Presque aussitôt, la lumière hésitante d'une chandelle passa d'une fenêtre à l'autre et un homme vint lui ouvrir. Mary ne parvint pas à voir ses traits, mais à la façon dont il se tenait, elle comprit qu'il était plutôt jeune et bien bâti. De plus, il devait attendre son visiteur car il était vêtu en habit de ville. Les deux hommes échangèrent quelques mots à voix basse. Mary n'en perçut qu'une partie :

– Personne ne vous a vu ?

– Non.

– Comme convenu... Soyez discret...

– Comptez sur moi.

Le charretier déposa son paquet et repartit en hâte.

Puis la porte se referma et la scène fut replongée dans les ténèbres. Mary s'apprêtait à regagner son lit quand elle perçut un mouvement à l'extérieur. Elle se remit à son poste d'observation. Un rayon de lune perça un court instant le voile des nuages. Elle s'aperçut qu'un nouvel étranger se tenait devant la porte, sans un mot. Sans doute attendait-il le départ du charretier, tapi dans un recoin de la cour, pour se manifester. Il s'écoula encore une longue minute avant que la porte ne s'ouvre à nouveau. L'homme entra en se retournant plusieurs fois, comme s'il craignait qu'on ne le surprenne. Mary attendit encore. La faible lumière d'une bougie apparut dans une autre pièce, au rez-de-chaussée. Puis, de loin en loin, des éclats de lumière bleuté trouèrent les ténèbres. Mais à présent, l'épais paravent de brume rendait impossible toute observation. Mary s'aperçut qu'elle tremblait de froid, et sans doute aussi de peur. Elle regagna son lit et mit longtemps avant de s'endormir. Elle se promit de guetter la prochaine exécution et d'en apprendre plus sur cette mystérieuse tractation nocturne. Elle connaissait aussi l'existence d'un passe que détenait son père et qui lui permettrait peut-être de visiter l'endroit en l'absence de son locataire.

Il ne fallut pas attendre longtemps. Un jour de mai, la foule se massa devant les murs de Newgate pour se repaître du spectacle morbide d'une exécution. Puis la foule se retira comme une marée descendante. Mary attendit la nuit et se posta à son observatoire. Les lueurs irréelles et translucides du crépuscule irisaient le ciel. La chance lui souriait. La lune, tel un immense œil cyclopéen, baignait la cour de ses effluves d'argent et semblait observer ce qui allait se passer. La brume même était moins dense que les nuits précédentes.

L'homme à la charrette franchit le porche et vint se garer à proximité de la porte du voisin. Comme d'habitude, il déchargea sa marchandise. Mary vit clairement que son hôte lui donnait quelque chose. Elle perçut quelques mots pour le moins inquiétants :

– Tâchez d'en trouver d'autres, William.

– Ça devient dangereux, monsieur, j'ai peur de me faire repérer.

– Ce n'est pas mon problème. Je vous paye pour ce service.

– Je crains que nous ne soyons obligés de quitter Londres quelque temps. Mon collègue a la trouille. De plus, un certain docteur Knox a requis nos services à Édimbourg.

– Allez au Diable ! Je trouverai d'autres fournisseurs.

Un frisson de terreur parcourut l'échine de Mary. Elle resta figée, masquée dans l'obscurité de la pièce. Le charretier partit. Quelques instants plus tard, une silhouette se matérialisa devant la porte et l'homme fut aussitôt introduit chez le voisin. Mais la curiosité l'emporta sur la peur. Elle sortit de l'appartement, en prenant soin de ne pas faire le moindre bruit, et se glissa dans la cour. Des étincelles bleutées s'échappaient d'une fenêtre au rez-de-chaussée. Elle attendit l'instant propice où la lune se voilait pour avancer à tâtons, le dos collé au mur. À présent, elle était tout près de la mystérieuse fenêtre. Son cœur battait à se décrocher dans sa poitrine. Elle prit une profonde respiration et pencha la tête vers le carreau. Un nouvel éclair bleuté l'aveugla et il lui fallut plusieurs secondes pour comprendre ce qu'elle voyait. Le temps s'arrêta. Du plomb coulait dans ses veines. Là, devant ses yeux, deux hommes actionnaient une étrange machine reliée à une main humaine. À chaque décharge, la main se contractait comme sous l'effet d'une douleur irrépressible. L'un des deux hommes tenait dans sa main un couteau ensanglanté qui dégouttait sur le sol. Mary sentit ses jambes se dérober sous son corps. Elle plaqua les mains contre le mur et parvint à se maintenir debout au prix d'un effort surhumain. Son esprit lui dictait de fuir, mais ses yeux étaient comme hypnotisés par ce spectacle monstrueux. Sa respiration se fit courte et elle s'écroula, sans connaissance.

Ce fut le froid qui la réveilla. Quand elle redressa la tête, elle s'aperçut que la lumière de la pièce avait disparu. La lune elle-même était masquée et une nuit d'encre avait envahi la cour.

Mary se leva d'un bond et courut dans les ténèbres, en dépit de toute précaution. La remise paraissait au bout du monde, infiniment plus loin qu'elle n'aurait imaginé. Son errance dans les ténèbres parut durer des siècles. Elle se cogna plusieurs fois et ne parvint à retrouver la porte qu'après de multiples tâtonnements.

Quand elle fut enfin dans son lit, la raison reprit peu à peu son droit. À présent, elle n'était plus très sûre de ce qu'elle avait vu. Comment une partie d'un être humain aurait-elle pu bouger indépendamment du cerveau qui la guide ? Seul Dieu pouvait donner la vie.

L'homme à la charrette s'appelait William, comme son père. Elle chassa d'elle cette idée dérangeante. Puis elle se demanda comment elle avait pu échapper à la vigilance des deux hommes. Elle avait dû rester inconsciente assez longtemps. Mais elle se souvint qu'en se réveillant, la lune était masquée et qu'il faisait plus noir qu'en enfer. L'étrange visiteur avait très bien pu repartir sans remarquer sa présence.

Le lendemain, Mary voulut conter sa mésaventure à son père, mais Jane lui apprit qu'il avait quitté l'appartement très tôt pour d'importants rendez-vous et qu'il ne rentrerait que le soir. Jane lui dit aussi qu'elle devrait mettre sa plus belle toilette car son père avait invité un monsieur à dîner.

Mary connaissait bien ces repas où les filles tenaient des rôles décoratifs, et où de vieux messieurs pontifiants dissertaient sans fin sur des sujets plus soporifiques que philosophiques. Elle s'y prépara tout de même pour être agréable à son père.

Le soir venu, son père regagna enfin le domicile familial. Elle se précipita à sa rencontre pour lui relater sa mésaventure de la nuit précédente :

– Bonsoir, père, je...

Il coupa :

– Est-ce que tout est prêt pour notre invité ?

Elle s'apprêtait à lui répondre quand une voix s'éleva dans son dos :

– Bien sûr, William. Votre courrier est sur votre bureau.

Mary ouvrit encore la bouche pour parler, mais son père la prit de cours :

– Bien. Je vais en prendre connaissance avant le dîner. Veuillez m'appeler dès que notre invité se présentera.

Il n'avait pas eu un seul regard pour elle.

Une demi-heure plus tard, quelqu'un frappa à la porte. Mary alla accueillir leur convive car Jane était occupée en cuisine. La porte s'ouvrit sur un jeune homme à fière allure. Mary et lui s'observèrent durant de longues secondes, stupéfaits de leur découverte mutuelle. Puis il balbutia quelques mots. Sans doute se présenta-t-il, mais elle demeurait comme abasourdie par la vision de ce visage sublime. Elle ne retint qu'une chose, il s'appelait Percy Shelley.

Il répéta :

– Est-ce bien ici ?

Elle se ressaisit.

– Oh, oui, certainement !

Ils ne se quittaient plus des yeux. Mary sentit son visage s'empourprer. Se pouvait-il que ce beau jeune homme s'intéressât à sa personne ?

Puis elle réalisa qu'ils ne pouvaient rester ainsi, sur le pas de la porte, à se dévorer mutuellement du regard.

– Je vais prévenir père que vous êtes arrivé.

– Rien... rien ne presse. Ne le dérangez pas.

Quelques instants plus tard, ils se retrouvèrent tous autour de la table du dîner. Mary baissait les yeux, intimidée par cette présence inhabituelle et agréable. Mais à chaque fois qu'elle les relevait, son regard croisait celui de Percy. Son cœur se remit à galoper et ses joues la brûlaient. Elle ne captait pas un mot de la conversation qui occupait actuellement son père et le jeune homme. Elle se souvint qu'elle voulait parler à son père. Elle entendit une voix demander :

– Pensez-vous que l'on puisse redonner la vie à un mort ?

Le silence se fit et les regards convergèrent vers elle. Elle réalisa soudain que la voix qui avait parlé était la sienne. Son père fronça les sourcils.

– Depuis quand les jeunes filles prennent-elles la parole à table sans y être invitées ?

Elle baissa les yeux, mais Percy vola à son secours :

– Avec votre autorisation, monsieur, je serais ravi de répondre à votre fille. Je trouve que sa question vient fort à propos et rejoint un de mes sujets d'étude favori.

Le visage de William Godwin s'éclaira.

– Si tel est votre bon plaisir, bien sûr, cher monsieur.

Percy se tourna vers Mary. Elle se sentit soudain envahie par une chaleur réconfortante.

– Votre question est éternelle, mademoiselle. Isis, déjà, avait redonné la vie à son frère Osiris en rassemblant les quatorze morceaux de son cadavre. Prométhée fut condamné à mourir chaque jour dans d'horribles souffrances et à renaître chaque matin. Et notre seigneur, Jésus Christ, n'est-il pas ressuscité d'entre les morts ?

Mary rétorqua :

– Certes, mais dans son cas, seule l'intervention divine a pu réaliser un tel prodige. Ma question est autre. Je voudrais savoir si des hommes peuvent, par leur science, rendre la vie à un être humain.

Elle ajouta en baissant la voix :

– Ou à une partie d'être humain.

William Godwin intervint :

– Singulière question, ma fille. Quelle partie d'humain pourrait vivre sans le cerveau qui la commande ?

Mary plongea son regard dans celui de son père. Pour une fois qu'il daignait lui adresser la parole, elle en profita :

– Une main, par exemple.

William Godwin se raidit. Puis il toussa dans son poing, comme si quelque chose restait coincé dans sa gorge.

Ce fut encore Percy qui répondit :

– Bien des savants se sont posé la question. Les médecins citent des cas de cadavres qui reviennent mystérieusement à la vie plusieurs jours après leur mort. Autrefois, les cercueils étaient équipés d'un ingénieux système de corde reliée à une cloche, placée sur la tombe du défunt. Si le mort revenait à lui, il tirait sur la corde. La cloche alertait alors le gardien du cimetière qui venait déterrer le ressuscité. D'après des chroniqueurs anciens dignes de confiance, le cas se serait produit plusieurs fois.

William Godwin rétorqua :

– Pour ma part, j'ai étudié les textes de Dippel. Connaissez-vous son œuvre, monsieur ?

Le visage du jeune homme s'éclaira.

– Bien sûr. Johann Conrad Dippel était un théologien et alchimiste allemand. Il est né en 1673 et mort en 1734. Il a longtemps étudié au château de Frankenstein. Il affirmait détenir le secret de la pierre philosophale, et mieux encore, il prétendait avant de mourir qu'il était sur le point de découvrir celui de la vie éternelle. S'il avait vécu de nos jours, avec les progrès actuels de la chimie, de la physique et de la chirurgie, je crois que Dippel serait parvenu à ses fins.

– Certes, aujourd'hui tout semble possible grâce à l'électricité.

Les deux hommes semblaient avoir oublié que la question avait été soulevée par Mary.

Soudain, Percy se tourna vers la jeune fille.

– Cependant, je ne vois pas comment l'électricité pourrait redonner mouvement à une main, arrachée du reste du corps et probablement déchiquetée au niveau du poignet.

– Quelqu'un reprendra un peu d'épaule ? demanda Jane, qui manquait singulièrement d'à-propos.

Pendant le reste du repas, la conversation occupa principalement Percy et William Godwin. Mary n'écoutait plus. Elle regardait bouger les lèvres de Percy. Elle apprit autre chose : Percy était déjà marié. Mary, déçue mais résignée, se dit qu'elle était bien jeune et bien naïve pour penser intéresser un être aussi exceptionnel.

Cette nuit-là, Mary fit un rêve étrange. Elle se vit dans un cimetière, sur la tombe de sa mère. Percy Shelley l'aidait à déterrer le cercueil. Quand elle l'ouvrit, elle vit que la tête de sa maman était intacte, belle et douce, comme dans ses désirs de petite fille. Puisqu'une main pouvait revivre, pourquoi pas une tête ? Percy l'emmena ensuite dans un étrange lieu où il y avait des machines crachant des éclairs bleutés. Un cadavre de femme gisait sur une épaisse table en bois. Le corps était sublime. Percy prit la main de Mary et la posa sur le cadavre.

– Touchez. Le corps est encore chaud. Je l'ai tuée il y a moins d'une heure.

Mary resta figée.

– Mon Dieu. Qui... qui est-ce ?

– Harriet, ma femme. Elle ne tenait plus vraiment à la vie. J'ai abrégé sa souffrance et je vais vous rendre votre maman.

Mary retira sa main. Une sueur glacée perla sur son visage.

– C'est impossible...

Une voix retentit dans le dos de Mary :

– Bien sûr que si.

Mary fit volte-face et se retrouva nez à nez avec son père. Il tenait un drôle de couteau dans sa main.

– Je vais greffer la tête de ta pauvre mère sur le corps de cette malheureuse. Elle va repousser, comme une belle plante.

D'un geste précis, il décapita le cadavre et jeta la tête dans une poubelle.

Mary était horrifiée. Elle aurait voulu fuir, mais ses pieds s'enfonçaient dans le plancher.

William Godwin prit alors la tête de sa défunte femme, puis, aidé par Percy, il la raccorda au tronc à l'aide de toutes sortes de vaisseaux et de tuyaux. Quand il eut terminé, il entreprit de recoudre la tête, de telle sorte qu'à la fin seule une légère couture formait un collier autour du cou.

Moins d'une heure plus tard, la tête et le tronc de la femme ne semblaient jamais avoir été séparés.

Mary assistait à tout cela, tétanisée de terreur, incapable de fuir ou d'appeler. Elle avait la conscience d'être dans un cauchemar, mais comment échapper à cela ? Elle se résigna donc à subir cet horrible rêve jusqu'au bout.

William Godwin s'essuya les mains et plaça d'étranges plaques de métal sur tout le corps de la créature. Les plaques étaient elles-mêmes reliées par des fils de cuivre à une étrange machine.

Godwin s'écarta de la machine et sourit à Mary.

– À vous l'honneur, ma chère fille.

Les lèvres de Mary tremblaient, mais elle fut incapable d'exprimer la moindre pensée. Toute volonté semblait avoir quitté son corps. Percy lui souriait.

– Vous ne voulez pas redonner vie à votre maman ?

Mary s'entendit prononcer :

– Pas à ce prix.

Percy Shelley parut déçu.

– Dans ce cas, je vais le faire moi-même.

Il abaissa un levier métallique et un crépitement d'étincelles jaillit de toute part. Le corps de la malheureuse fut secoué par de violents soubresauts. Puis elle ouvrit les yeux et darda sur Mary un regard hypnotique et terrifiant.

– Où suis-je ?

Sa voix était enrouée, comme si elle parlait à travers un tuyau de métal. La créature regardait autour d'elle, mais il n'y avait rien d'humain dans son comportement. Elle s'arrêta enfin sur Percy.

– Pourquoi m'avoir tuée si tu voulais me ressusciter ?

Shelley recula et hurla :

– Ça ne se peut pas ! Vous n'êtes plus ma femme !

La créature se tourna alors vers Mary.

– Te voilà donc, avorton débile !

La haine tendait tous ses muscles. Les veines de son visage semblaient sur le point d'éclater.

– Pensais-tu que ta vie valait mieux que la mienne ?

Mary avait tant espéré l'instant où elle retrouverait sa mère. Mais cette créature ne lui inspirait qu'horreur et dégoût. Elle lui hurla à la face, comme une libération :

– Vous n'êtes pas ma mère !

La femme sourit, mais son sourire était chargé de haine et de rancœur.

– Si. Je suis ta mère. Sois maudite ! La mort te poursuivra jusqu'à la fin de tes jours.

William Godwin s'avança.

– Vous mentez ! Vous ne pouvez être à la fois l'épouse de Percy Shelley et ma défunte épouse, morte il y a des années de cela.

– Je suis les deux et vous allez payer pour vos crimes, les uns et les autres, puisque vous m'avez donné la possibilité de me venger.

La créature s'assit sur le rebord de la table et arracha les fils qui la retenaient à la machine. Puis elle se jeta sur Mary. La jeune fille sentit les mains du monstre se refermer sur son cou, comme un étau. Le souffle lui manqua et un voile rouge s'attarda devant ses yeux. Soudain, la créature émit un râle bestial et s'écroula sur elle. Mary parvint enfin à se dégager et comprit aussitôt ce qui venait de se passer. Son père tenait un couteau ensanglanté dans sa main droite. Il était livide et de grosses larmes coulaient de ses yeux, habituellement si secs.

Percy Shelley prit Mary dans ses bras.

– Tout cela n'était que folie. On ne ressuscite pas les morts.

Mary tremblait de tous ses membres et contemplait le corps disloqué de cette créature, qui n'était ni sa mère, ni sa rivale.

William Godwin éteignit son étrange machine et jeta son couteau dans un coin de la pièce.

– Il faut savoir faire le deuil de ceux que l'on aime. De toute façon, elle s'était condamnée elle-même. Privé d'électricité, le corps se détruit en quelques minutes.

Déjà, la créature avait perdu tout aspect humain. Elle se recroquevillait et des morceaux de chair verdâtre se détachaient de son corps en décomposition.

C'est sur cette vision abominable que Mary se réveilla enfin. Elle était couverte de sueur et tétanisée par la peur. Elle essaya de retrouver le sommeil, mais n'y parvint pas. Dès qu'elle fermait les yeux, la mystérieuse pièce du fond de la cour et son étrange industrie lui revenaient en mémoire. Et elle revivait sans cesse les moments diaboliques de ce cauchemar dont elle sortait à peine. À présent, une multitude de questions lui revenaient à l'esprit. Pourquoi son père avait-il tressailli quand elle avait évoqué cette main vivante bien que détachée de son corps d'origine ? Que savait-il au juste des travaux de ce fameux Conrad Dippel ? Pourquoi avait-il évoqué l'électricité comme moyen de redonner la vie à un être mort ?

Elle se demanda enfin quelle pouvait être la part de prémonition dans son horrible cauchemar.

Comme elle ne dormait pas, elle décida d'en avoir le cœur net. Elle enfila sa robe de chambre, glissa ses pieds dans ses chaussons et prit une bougie. Puis elle récupéra le passe qui était accroché derrière la porte d'entrée et se glissa dans la cour. Elle longea le mur jusqu'à la fenêtre où elle avait assisté à l'incroyable scène et attendit un instant, afin de retrouver un rythme cardiaque à peu près normal. La pièce était plongée dans l'obscurité, mais il n'était pas question d'allumer la bougie pour l'instant.

Mary tendit l'oreille. Aucun bruit ne se manifestait. Elle était bien seule au cœur de la nuit et eut la certitude que personne ne l'observait. Elle glissa le passe dans la serrure et donna deux tours de clé. La porte s'ouvrit sans la moindre résistance. Mary en fut quelque peu décontenancée et resta un moment interdite sur le pas de la porte. Elle entra et avança avec mille précautions. Il faisait si noir qu'il lui était impossible de distinguer le moindre objet. Elle se cogna contre quelque chose et décida enfin d'allumer sa bougie.

La lumière fit danser de grandes ombres autour d'elle. Mary ferma les yeux un court instant, terrorisée par ces apparitions fantomatiques. Elle reprit sa respiration et rouvrit les yeux. Elle découvrit alors un lutrin sur lequel était posé un ouvrage ouvert. Elle approcha la bougie et parcourut les lignes. Selon toute évidence, il s'agissait d'un ouvrage d'anatomie. Elle le referma et découvrit le nom de son propriétaire sur la couverture. Un certain docteur Hamfield, anatomiste diplômé de l'université de médecine de Londres. Mary découvrit un autre livre sous le premier, qui ressemblait à un livre de comptes comme ceux que tenait son père. Elle lut sur la première page : « Calendrier des cours particuliers ». Elle le feuilleta rapidement. Le registre contenait plusieurs rubriques : des dates, des noms d'étudiants et des comptes rendus de travaux pratiques de dissection. Sur la dernière page, il y avait une sorte de registre comptable. Les noms de William Burke et William Hare revenaient régulièrement. Il apparaissait que ces mystérieux personnages fournissaient des corps au docteur Hamfield afin qu'il puisse réaliser ses cours, ou ses expériences. Mary comprit donc, bien qu'elle n'en ait jamais vu auparavant, qu'elle était en fait dans une sorte d'atelier de chirurgie. Mais dans ce cas, pourquoi ce docteur Hamfield s'entourait-il de tant de précautions ? Quel terrible secret cachait sa macabre entreprise ?

Mary était tiraillée entre l'envie de fuir cet endroit morbide et le désir d'en savoir plus. Elle replaça les deux livres dans leurs positions d'origine et leva sa bougie au-dessus de sa tête pour éclairer la pièce. Un squelette lui sourit dans un angle. Mary étouffa un cri et faillit renverser sa bougie. Puis elle se ressaisit, réalisant qu'il s'agissait là d'un instrument de travail comme un autre pour un anatomiste. Des bocaux de toutes tailles étaient alignés sur des étagères. Mary discerna des formes abjectes qui flottaient à l'intérieur. Elle s'avança et lut quelques étiquettes : foie, rein, poumon. Elle s'arrêta devant un bocal portant l'inscription « fœtus » et fut prise de nausée. Elle recula et se cogna contre une lourde table couverte de traces suspectes. De multiples instruments de chirurgie étaient disposés sur une table plus petite, à proximité. Elle reconnut le couteau qu'elle avait aperçu dans la main du docteur Hamfield. Elle l'examina un instant à la lueur de sa bougie. Le manche portait une curieuse inscription, à demi effacée par la patine des années : « Londi... » ? À moins qu'il ne s'agisse de chiffres antiques ? Ce couteau était-il l'outil d'un quelconque rite diabolique ? Elle le reposa. Son attention fut attirée par un étrange arsenal. Des instruments, plus modernes, portaient des indications incompréhensibles. Elle supposa qu'il s'agissait d'instruments de mesure ou d'appareils électriques.

Elle ouvrit une grande armoire toute proche de la table et resta figée devant plusieurs têtes d'hommes et de femmes qui la regardaient avec leurs grands yeux vides, à travers leurs bocaux de formol.

Elle eut soudain la sensation de se trouver au centre d'une sphère tournante, ne sachant plus où étaient les murs et le plancher. Elle tenta de s'orienter et avança en serrant les dents.

Mais elle tremblait tant que sa bougie finit par s'éteindre. Mary se retrouva alors seule, dans l'obscurité absolue, face à ces regards fantômes qui continuaient de l'observer. Elle comprit soudain que le liquide contenait un produit fluorescent.

Tout à coup, quelqu'un frappa à la fenêtre, derrière elle. C'était comme si des milliers de doigts tapotaient en même temps le carreau. La panique s'empara alors d'elle. Elle courut vers la porte. Dans l'obscurité, elle se cogna encore contre le lutrin et ressentit une vive douleur à la hanche. Une fois dehors, elle fut aspergée par une trombe d'eau glacée. C'est seulement à cet instant qu'elle réalisa que les impacts du carreau n'étaient dus qu'à la pluie.

Qu'importe. Elle en savait assez. Ou du moins, elle ne souhaitait pas en savoir plus. Elle referma la porte à clé et regagna sa chambre en claquant des dents. Puis elle s'endormit d'un sommeil de plomb et aucun monstre ne vint plus la torturer cette nuit-là.

Le lendemain, dans la matinée, quelqu'un frappa à la porte. Mary se figea. Sa petite visite de la veille était-elle déjà découverte ? On frappa de nouveau. Mary était seule. Jane et son père travaillaient à la librairie. Ses sœurs étaient à l'école. Elle prit son courage à deux mains et entrouvrit la porte. La stupéfaction dut se lire sur son visage car Percy lui sourit.

– Bonjour. Pardonnez-moi cette intrusion. J'espère que je ne vous dérange pas.

Mary ouvrit la porte en grand.

– Pas... Pas le moins du monde.

Le jeune homme lui tendit deux livres.

– Je voulais vous apporter ces ouvrages. Il s'agit des travaux de Conrad Dippel et du *Mythe de Prométhée*. Cela concerne bien sûr notre conversation.

– Bien sûr.

Percy fit mine de se retirer. Du haut de ses quinze ans, Mary eût été incapable de lui cacher plus longtemps ses sentiments.

– Ne partez pas. Je suis seule et...

– Et ?

– Et je vous aime éperdument.

– Moi... moi aussi.

Elle l'entraîna dans sa chambre. Le désir montait en eux comme une flamme dévorante. C'était comme s'ils avaient patienté jusqu'à cet instant depuis leur naissance. Rien ne pouvait retenir leurs caresses frénétiques. Mary sentit ses petits seins se gonfler sous les mains de Percy. Avec des gestes nerveux et désordonnés, elle parvint à dégrafer son chemisier. Un de ses seins apparut. Percy l'embrassa avec fougue. Mary s'abandonna à ce nouveau plaisir. Elle remua, gémit, se contorsionna. À présent, elle sentait les lèvres de son amant parcourir tout son corps juvénile. Elle réalisa qu'ils étaient nus. Elle s'éveillait à la vie et à l'amour. Il passa son bras sous sa taille et ses doigts frôlèrent sa croupe nue. Elle tressaillit. Elle haletait. La chair chavira parmi les vêtements en désordre. Son corps ne lui appartenait plus. Ses seins et son ventre frémissaient de frissons inconnus. Lorsqu'il la pénétra, elle perdit connaissance un court instant. Puis elle revint en elle. À présent, c'était elle qui guidait son propre plaisir, sans pudeur ni retenue. Révélation et extase. Elle le dévora de baisers.

Quand ils revinrent à eux, elle lui demanda :

– Qu'allons-nous devenir, Percy ? Vous êtes marié.

– Je ne sais pas. Mais je ne pourrais plus jamais me passer de vous.

– Je veux vivre avec vous. C'est la première fois de ma vie que quelqu'un m'aime pour ce que je suis. J'ai en assez de vouloir ressusciter les morts. Je veux vivre au milieu des vivants, mais le plus loin possible de cette ville maudite.

– Je vous enlèverai, s'il le faut.

Le 28 juillet 1814, Percy Shelley enleva Mary Godwin. Une nouvelle vie commençait. Mary parcourut l'Europe, loin de Londres. En 1815, elle mit au monde une fille. Son bonheur était absolu. Mais il fut de courte durée. La fillette ne vécut que onze jours. Pourquoi fallait-il que la mort s'attache ainsi à ses pas? Mary refusa cette fatalité. Un an plus tard, elle accoucha d'un fils, William.

Mais la mort continua de la hanter. Fin 1816, Fanny, sa demi-sœur, et Harriet, la femme de Shelley, se suicidèrent, comme dans son cauchemar.

Mary voulut encore espérer. Elle put enfin épouser Percy Shelley et mit au monde un troisième enfant, Clara. Elle vécut une année de bonheur, à peine entaché par les fantômes du passé. Mais, une fois encore, la mort la rattrapa. Clara mourut à l'âge d'un an à Venise.

Au mois de mars 1818, Mary écrivit *Frankenstein, ou le Prométhée moderne*, s'inspirant de l'œuvre de Konrad Dippel, du mythe de Prométhée, et surtout de ses propres cauchemars. De nombreux éditeurs – qui déjà à cette époque manquaient cruellement de discernement – refusèrent le roman. Il fut finalement retenu par la maison Lakington, Allen and Co, qui s'était spécialisée dans l'occultisme et la nécromancie. Le livre leur avait plu car il racontait l'histoire d'un savant genevois qui créait un homme artificiel et lui donnait la vie grâce à des décharges d'électricité.

Mary crut enfin qu'elle avait exorcisé ses vieux démons. Mais le cauchemar de la vie la poursuivit.

En juin 1819, ce fut au tour du jeune William de décéder de la malaria. Mary voulut espérer encore une fois. Percy Florence, leur quatrième enfant, naquit en novembre 1819.

Mais en juillet 1822, au cours d'une croisière sur leur yacht, le *Don Juan*, Percy Shelley se noya accidentellement dans le golfe de Gênes.

Mary, effondrée, s'en retourna à Londres dès le mois de septembre. Désormais, ses cauchemars ne la quittèrent plus jamais.

En 1826, elle écrivit *Le Dernier Homme*, un roman d'anticipation se déroulant en 2073 et décrivant de façon saisissante l'extermination de la race humaine par la peste.

Sa vie sa déroula alors comme un cauchemar sans fin. Londres, que son ami Byron surnommait « la ville monstre », ne lui laissa aucun répit.

Le 29 janvier 1829, Mary Shelley découvrit un étrange fait divers dans le *Times* : « William Burke et son complice William Hare déterraient les morts fraîchement enterrés, pour les revendre aux écoles de médecine. Hare et Burke avaient fini par assassiner d'innocents citoyens pour faire face la demande de leur clientèle toujours plus nombreuse. Leur principal client, le docteur Knox, de l'école de médecine d'Édimbourg, a affirmé qu'il ignorait tout de ces pratiques immondes. Il sera donc relaxé. La peine de William Hare sera commuée en prison à perpétuité car il a reconnu les faits. William Burke, qui a toujours nié, sera exécuté ce jour. Par décision du juge, son corps sera légué à la médecine. » Cette affaire réveilla en elle un lointain souvenir à demi effacé. Puis elle l'oublia.

Mary tenta encore de se rapprocher de son père. Mais William Godwin, réduit à la misère par la presse conservatrice londonienne, se renfermait un peu plus chaque jour. Il s'éteignit le 7 avril 1836, laissant Mary définitivement seule.

Frappée par la maladie dès l'âge de quarante-huit ans, Mary Shelley mourut après trois ans de souffrance d'une tumeur du cerveau en 1851. Conformément à sa dernière volonté, elle fut enterrée aux côtés de son père, fondant encore un secret espoir dans cette ultime tentative de rapprochement posthume.

Chapitre 9

ALBERT ET LÉONIDE

Jane Wilkins venait juste d'avoir dix-huit ans, le 12 mai 1901. C'était une grande jeune fille timide et effacée. Son père, Edward Wilkins, était un des banquiers les plus réputés de la City. Tout aurait pu aller pour le mieux pour cette famille, mais l'air de Londres ne fait pas la différence entre les riches et les pauvres. Aussi Jane avait-elle perdu ses deux jeunes frères, tous deux décédés à la suite de longues maladies respiratoires. L'un d'eux avait succombé lors d'une crise d'asthme d'une rare violence. L'autre s'était éteint lentement, crachant d'abominables glaires et perdant chaque jour un peu plus de son sang. Jane avait assisté, impuissante et mortifiée, à leur inexorable déclin. Ces souvenirs la hantaient.

Ses parents avaient donc reporté leur affection sur elle. Ensemble, ils faisaient semblant d'avoir oublié ces terribles épreuves.

Son père était très occupé par ses affaires à la City. Jane et sa mère ne pouvaient pas quitter Londres aussi souvent qu'elles l'auraient souhaité. Elles avaient donc pris l'habitude de fréquenter St. James Park, situé tout près de leur grande demeure.

En été, les parcs londoniens étaient les derniers refuges où l'on pouvait encore espérer trouver un air à peu près respirable. Les arbres et la végétation donnaient l'illusion de retenir les miasmes que les vents apportaient des raffineries de l'est de la ville.

Ce jour, comme presque tous les autres, Jane arpentait ce parc dont elle connaissait le moindre recoin. Et, comme toutes les jeunes filles de son âge, elle rêvait de rencontrer un beau jeune homme qui l'emmènerait loin de Londres et avec qui elle mènerait une vie trépidante. Mais elle se disait aussi qu'elle aurait peu de chance de croiser l'âme sœur lors de ses sages promenades au bras de sa mère. Cette pensée lui tira un long soupir. Sa mère prit cela pour de la fatigue et lui désigna un banc, à l'ombre d'un gros tilleul.

Elles n'étaient pas assises depuis une minute qu'une jeune femme brune au visage perdu passa devant elles en titubant. Jane et sa mère échangèrent un regard offusqué. Le parc n'était plus aussi bien fréquenté qu'autrefois. Soudain, la femme brune perdit l'équilibre et s'étala presque à leurs pieds en les interpellant d'une voix sifflante :

– Aidez-moi... J'étouffe... Crise d'asthme...

Elles comprirent aussitôt leur méprise et se précipitèrent à son secours. La fille suffoquait. Jane lui souleva la tête et lui ouvrit le col :

– Que pouvons-nous faire ? Avez-vous un remède ?

La jeune femme fit « oui » de la tête et désigna son sac à main d'un regard paniqué.

Jane ouvrit le sac et découvrit un flacon de sels qu'elle lui fit aussitôt respirer. La jeune fille brune ferma les yeux, apparemment soulagée. Jane et sa mère la soulevèrent par les aisselles et parvinrent à l'asseoir sur le banc.

La jeune femme retrouva peu à peu une respiration normale. Elle ouvrit enfin les yeux et les regarda.

– Je suis désolée de vous avoir dérangées.

Jane lui sourit.

– Ce n'est rien. Nous ne connaissons que trop les méfaits de l'asthme. Nul n'est à l'abri de ce fléau à Londres.

La jeune femme s'essuya le front et fit un effort visible pour retrouver quelque dignité.

– Tout cela est de ma faute. Le médecin m'a bien conseillé de me promener dans le parc pour améliorer ma respiration, mais je n'aurais pas dû m'y aventurer seule.

La mère de Jane lui demanda :

– Voulez-vous que nous vous aidions à rentrer chez vous ?

– Vous êtes très gentille, mais je crois que cela va aller. J'habite à quelques pas. Je vous remercie encore, madame...

– Au fait, nous n'avons pas eu le temps de faire les présentations. Je suis Martha Wilkins, et voici ma fille Jane.

La jeune femme brune ouvrit de grands yeux.

– Pardonnez ma curiosité, mais seriez-vous de la famille du célèbre banquier ?

– C'est mon père, confirma Jane avec quelque fierté. Mais j'ignorais qu'il était aussi connu.

– Pour moi, il l'est. Mon frère Albert m'en parle souvent. M. Wilkins est son modèle. Il rêve depuis toujours de le rencontrer.

Le visage de Mme Wilkins s'empourpra. La jeune femme lui tendit la main :

– Je suis ravie de faire votre connaissance, madame. Mon nom est Léonide Declerck.

Jane était intriguée.

– Je vais être indiscrète à mon tour. Puis-je vous demander ce que fait votre frère, mademoiselle Declerck ?

– Il est banquier.

– À Londres ?

– Non, à Bruxelles. Nous ne sommes à Londres que depuis quelques semaines seulement.

La jeune fille brune s'assombrit.

– J'avoue que je me demande parfois si j'ai bien fait d'accompagner Albert. Il est très occupé par ses affaires. Je passe mes journées toute seule. Et je n'ai guère eu l'occasion de rencontrer de nouveaux amis.

Jane lui sourit.

– Je crois que c'est chose faite.

La mère de Jane semblait ravie de constater que les deux jeunes filles sympathisaient. Elle prit la main de Léonide.

– Accepteriez-vous de venir prendre le thé chez nous ?

Léonide baissa les yeux.

– C'est que... je ne voudrais pas abuser de votre gentillesse.

– J'insiste. Votre frère est aussi notre invité, bien sûr.

Léonide joignit les paumes de ses mains, dans un geste de spontanéité presque infantile :

– Vous nous comblez.

La mère de Jane lui tendit sa carte.

– Disons demain, dix-sept heures.

Léonide lut l'adresse et lâcha :

– 23, Hay Market. Nous sommes presque voisins ! Nous habitons à Leicester.

Albert et Léonide Declerck se présentèrent au 23, Hay Market à 17 heures très précises. C'était un bon point pour les parents de Jane, qui considéraient que la ponctualité était une marque de respect et le reflet d'un évident savoir-vivre.

Jane s'était imaginé Albert comme un garçon un peu gauche, prisonnier du protocole du monde bancaire et vieilli avant l'âge. Aussi eut-elle un choc en le voyant pour la première fois. Il était la version masculine de Léonide, à moins que Léonide ne fût la copie féminine de son frère. Ils avaient les mêmes yeux, les mêmes cils, la même couleur de cheveux, le même port de tête. Il se dégageait la même impression de volupté et de grâce de leurs deux personnes. Seule petite différence, les traits de Léonide paraissaient plus marqués que ceux de son frère et elle semblait moins à l'aise que lui. Jane mit cela sur le compte de sa maladie.

Albert lut la surprise sur le visage de Jane et lui dit :

– Ma sœur ne vous avait pas prévenue ? Nous sommes jumeaux.

Léonide semblait cependant ravie de trouver une amie dans la personne de Jane. Albert n'avait d'yeux et d'ouïe que pour le père de Jane. Il se présenta longuement. Jane apprit ainsi qu'Albert et Léonide Declerck étaient les uniques héritiers d'un puissant homme d'affaires Bruxellois décédé quelques années plus tôt. Leur mère était également morte. Albert et Léonide étaient tous deux bilingues et s'exprimaient dans un anglais presque parfait, entaché seulement de quelques irrégularités grammaticales qui pouvaient prêter à sourire. Albert avait repris les affaires de son père, dans la tradition familiale, et prenait soin de sa sœur jumelle. Il était venu à Londres pour y effectuer d'importantes transactions financières. Mais il ne pouvait en dire plus, par respect de la déontologie professionnelle.

Le père de Jane écouta avec attention le récit du jeune homme. Puis il devint songeur et demanda soudain :

– Avez-vous un lien de parenté avec le banquier Declerck ?

Albert se raidit.

– Notre famille est dans l'industrie, et non pas dans la banque. Mais j'ai déjà entendu parler de lui. Si j'ai bonne mémoire, ce banquier s'appelait Declerc, sans k à la fin. Ma famille est belge depuis des générations, et le k final de notre nom est une sorte de... marque de fabrique. Était-il un de vos amis ?

Edward Wilkins eut une réaction de mépris.

– Grand Dieu, non ! Ce monsieur a failli me faire perdre beaucoup d'argent, ainsi qu'à d'autres banquiers de la City. Mais les médiocres n'ont pas leur place dans le monde de la finance, et les imprudents peuvent perdre gros. Il a fini par mordre la poussière.

Plusieurs fois, Jane croisa le regard du jeune homme et il lui sembla qu'il l'observait à la dérobée tandis qu'il conversait avec son père.

Albert revint les jours suivants. Il tenait de longues conversations techniques et financières avec son père. L'impression de Jane se confirma un peu plus à chaque visite. À présent, elle en était certaine : Albert s'intéressait autant à elle qu'à son père.

De son côté, Jane ne chercha pas à dissimuler son attirance pour le jeune homme. Plus elle le découvrait, plus elle tombait sous son charme.

Une seule ombre venait ternir cette idylle muette. La santé de Léonide ne s'améliorait guère.

Un soir qu'Albert et Léonide étaient invités à dîner, la jeune femme laissa tomber d'une voix terne :

– Mon médecin est formel : je dois m'éloigner quelque temps de Londres. Ma santé ne résisterait pas longtemps à l'air de cette ville. Je suis obligée de rentrer à Bruxelles.

Personne ne fut réellement étonné par cette décision. Léonide ajouta, comme pour s'excuser :

– Je ne vous oublierai pas. Je vous promets de revenir dès que cela ira mieux.

Une pensée égoïste traversa soudain le cerveau de Jane : pourrait-elle continuer à voir Albert ?

Pendant le repas, Jane croisa plusieurs fois le regard du jeune homme. Elle crut lire un appel de détresse dans ses yeux. Avait-il eu la même pensée qu'elle ?

Le père de Jane se tourna soudain vers Albert :

– J'espère que vous continuerez à venir nous voir. Votre présence nous est bénéfique.

Il avait appuyé le « nous » de façon exagérée. Jane se demanda si son père avait percé leurs sentiments. Le visage du jeune homme s'illumina et son regard se porta instinctivement dans la direction de Jane.

– Oh oui ! Je reviendrai. Aussi souvent que vous me le permettrez.

Il tint parole. Ses visites se firent plus fréquentes. Et, à chaque fois, il retardait un peu plus le moment de prendre congé.

Il arrivait aussi que les parents de Jane s'absentent lors des visites d'Albert, laissant les deux jeunes gens de longues heures en tête à tête. Jane restait suspendue aux lèvres d'Albert, espérant qu'il prononcerait certaines paroles magiques. Mais le jeune homme entamait alors une digression bancaire aussi stérile qu'incompréhensible.

Plusieurs semaines s'écoulèrent ainsi.

Un jour, vers 17 heures, alors qu'il n'était pas convié à prendre le thé, Albert se présenta au 23, Hay Market. Il demanda à parler au maître de maison en présence de sa femme et de sa fille. Quand ils furent réunis tous les quatre, Albert toussa dans son poing et déclara d'une traite :

– J'ai l'honneur de vous demander la main de Mademoiselle votre fille.

Puis il s'essuya le front, comme s'il venait d'accomplir un effort surhumain. Jane se sentit défaillir de bonheur. Son père ouvrit les bras et donna l'accolade à Albert :

– Je me demandais si vous finiriez par le dire un jour.

La mère de Jane écrasa une larme d'émotion et ajouta :

– Ce qui compte, c'est le bonheur de notre petite Jane.

Albert se ressaisit, réalisant qu'il avait oublié l'essentiel.

– Je n'épouserai votre fille que si elle est d'accord, bien sûr.

En dépit des usages, Jane se jeta à son cou et l'embrassa sur les joues.

– Mon accord vous est acquis... depuis longtemps.

Passé cet instant de forte émotion, chacun retrouva la dignité qui convenait à son rang. Le père de Jane annonça alors d'une voix solennelle :

– Eh bien, puisque tout le monde semble d'accord, il ne nous reste plus qu'à fixer la date du mariage.

La date fut fixée pour le troisième dimanche du mois suivant, ce qui laissait tout juste le temps d'organiser les festivités. Jane ne touchait plus le sol. Elle vivait dans l'attente de cet instant tant espéré. Ses pensées n'étaient occupées que par une seule préoccupation : la préparation de son mariage. Albert redoublait d'attention pour elle et ne masquait plus son impatience.

Ce jour-là, Jane avait rendez-vous chez son tailleur pour la conception de sa robe de mariée. La calèche la déposa devant le 18, Pread Street.

Les trottoirs étaient encombrés d'une foule bruyante. La ville entière semblait fébrile, comme elle participait par son agitation à l'excitation de Jane. Un homme au visage bouffi par l'alcool bouscula Jane. Il était en grande discussion avec une jeune fille à l'allure dévergondée. Jane croisa leur regard une fraction de seconde. Le visage de la fille ne lui était pas inconnu. Elle s'apprêtait à entrer chez Mercer & Harrow, quand elle fut frappée de stupeur : Léonide !

Jane cria son nom dans la rue. L'homme au visage bouffi avait disparu. La jeune femme se retourna, quelques mètres plus loin, haussa les épaules et tourna les talons, aussitôt happée par la foule. Jane aurait bien tenté de la rattraper, mais il y avait tellement de monde qu'il eût été pratiquement impossible d'aller à l'encontre du flot des marcheurs. Elle s'interrogea un instant. Léonide était-elle déjà rentrée de Bruxelles ? Elle tenta de se remémorer le visage qu'elle venait de croiser. La fille était vêtue de façon vulgaire, à l'inverse de Léonide dont la toilette était toujours très soignée. Et qu'aurait-elle pu faire avec un pareil individu ?

Jane oublia bientôt cette curieuse rencontre et concentra son attention sur ses achats.

Les jours suivants, les détails des préparatifs furent réglés. Le père de Jane ne lésina sur aucune dépense. Il loua une grande salle de banquet, avec les services d'un excellent traiteur. Un orchestre de douze musiciens animerait aussi le bal. Albert Declerck lui proposa de participer aux frais, ce qu'il refusa avec fermeté.

La cérémonie eut lieu en l'église Saint-Paul. Toute la famille et les amis de Jane étaient présents. Quelques proches d'Albert avaient fait le voyage de Bruxelles. Le bonheur de Jane était absolu. À la sortie de l'église, elle rayonnait au bras de son mari et en oublia le froid piquant de cette après-midi d'hiver. Le ciel était menaçant, mais la pluie ne vint pas gâter l'événement.

Une heure plus tard, les convives étaient rassemblés autour de la somptueuse table de banquet. Les larges cheminées diffusaient une douce chaleur. Tout avait été pensé dans le moindre détail pour être en harmonie avec le bonheur de l'événement.

Le père de Jane se leva et tapa un instant le rebord de son verre avec son couteau pour réclamer le silence. Puis il se racla la gorge.

– Rassurez-vous, je ne ferai pas de long discours. Je voudrais seulement dire que nous avons retrouvé en Albert Declerck le fils qui nous manque si cruellement. Qu'il soit le bienvenu dans notre famille. Il en est digne. J'espère qu'un jour il reprendra mes affaires...

Puis il se tourna vers sa fille.

– Mais surtout, je suis certain qu'il saura combler de bonheur notre fille chérie. Et c'est la chose la plus importante pour nous.

Il parla encore quelques instants d'une voix étranglée par l'émotion. Puis il leva son verre en direction des jeunes mariés, l'œil humide. Un crépitement soutenu d'applaudissements accueillit la fin de son discours.

Albert se leva à son tour. Il évoqua avec la même émotion la mémoire de ses parents, décédés quelques années plus tôt et leur dédia cette belle journée. Il demanda encore que l'on excuse sa sœur, dont la santé était trop précaire pour entreprendre le voyage. Il rendit hommage au père de Jane et affirma qu'il se comporterait comme son véritable héritier en toute occasion.

Puis il donna un baiser à sa femme, ce qui provoqua un nouveau déchaînement d'applaudissements. La fête démarrait sous de bons auspices.

Elle se poursuivit tard dans la nuit. Chacun mangea, dansa, but et plaisanta comme il ne l'avait pas fait depuis longtemps. Puis le bal des calèches commença et les invités prirent peu à peu congé. Jane réalisa soudain que c'était la première fois qu'elle ne dormirait pas dans sa maison. Certes, la demeure d'Albert était spacieuse et confortable, mais elle eut un pincement au cœur en songeant qu'elle allait quitter le cocon de sa famille.

Quand ses parents prirent congé à leur tour, elle les raccompagna jusqu'au bas de l'escalier d'honneur. Un cocher frigorifié attendait sur son siège. Il faisait nuit depuis fort longtemps. Jane n'avait pas vu le temps passer. Le froid était piquant et la neige tombait en abondance.

Jane embrassa ses parents. Chacun tenta de retenir ses larmes. Les effusions n'en finissaient plus.

Le cocher, lui, montrait quelques signes d'impatience. Il faisait si froid que la respiration des chevaux formait un halo autour de leurs naseaux.

Les parents de la jeune fille montèrent enfin dans la calèche. Jane croisa le regard noir du cocher et fut soudain emplie d'un indéfinissable sentiment de malaise. Un long frisson parcourut son échine. Un claquement de fouet plus tard, la calèche disparaissait derrière un rideau de neige.

La demeure d'Albert Declerck lui sembla sinistre et austère. Elle n'était venue qu'une fois, en pleine journée, après la demande en mariage d'Albert. Mais au fond, elle ne connaissait rien de cette maison. Rien de son passé, rien de ses habitudes, de ses recoins, de ses secrets.

L'accueil du maître d'hôtel, un dénommé Walter, fut glacial. L'homme semblait irascible. Jane se dit qu'il lui faudrait du temps pour trouver ses marques et s'imposer ici comme maîtresse de maison. Pour l'instant, elle était un peu intimidée et ne parvenait pas encore à se convaincre qu'elle était chez elle.

Albert, lui, semblait gai et décontracté. Sans doute avait-il fait un peu trop honneur aux grands crus qui avaient été servis tout au long du repas de noce. Jane ne lui en voulait pas. Ce genre d'écart de conduite ne devait pas lui arriver souvent. Mais une autre appréhension taraudait secrètement la jeune fille. Elle allait vivre sa nuit de noces. Elle n'avait jamais connu d'homme auparavant. Du moins, pas de façon aussi intime.

Elle n'était pas très instruite de ces choses-là. Tout ce qu'on lui avait appris, c'est qu'une femme doit être soumise au désir de son mari et assumer son devoir conjugal avec dévouement. Elle se faisait une idée assez vague de l'amour physique. Elle savait que les hommes n'étaient plus tout à fait les mêmes dans ces instants-là.

Le moment venu, Albert sembla en effet fort différent de ce qu'elle connaissait de lui. Ce qu'il lui demanda dépassait son entendement. Mais elle surmonta son dégoût et se soumit à tous ses désirs afin de ne pas le décevoir. Soudain, il prit place entre ses jambes et la pénétra puissamment. Jane sentit quelque chose se déchirer en elle. Elle serra ses mâchoires à s'en briser les dents.

Albert sembla alors déchaîné et accentua avec frénésie son mouvement de va-et-vient. Il prononça des mots qu'elle préféra ne pas comprendre. Etait-ce bien cela, l'amour ?

Jane crut qu'il allait lui briser les reins.

Puis il se retira soudain, le visage ruisselant de sueur et le regard fou. Il roula sur le flanc et sombra aussitôt dans un sommeil profond.

Jane pleura en silence. Elle avait froid et son ventre ne cessait de palpiter, comme un animal blessé. Un liquide poisseux séchait entre ses jambes. Un sentiment de honte et de culpabilité l'envahit. Elle se releva en silence et fit une toilette intime. La pièce lui parut immense et glacée. Elle ne parvenait pas à réprimer ses tremblements.

Puis elle reprit place dans le lit, à côté de son mari. Ses ronflements l'empêchèrent de dormir.

Du reste, elle n'aurait pas réussi à trouver le sommeil. Trop de pensées contradictoires bataillaient dans son esprit. Avait-elle fait ce qu'il fallait ? Albert allait-il toujours l'aimer après ce qui venait de se passer ? Les habitudes d'Albert étaient-elles vraiment normales ? À qui pourrait-elle demander conseil ?

Elle entendit une pendule égrener cinq coups, quelque part dans les ténèbres de la grande maison.

Soudain, elle perçut des cognements sourds. Quelqu'un frappait à la porte d'entrée. Qui cela pouvait-il être à une pareille heure ?

Bientôt, des bruits de pas résonnèrent dans le hall d'entrée de la maison et des éclats de voix parvinrent jusqu'à elle. Il lui sembla entendre :

– Il faut les réveiller !

Il s'ensuivit un tumulte incongru dans l'escalier. Puis quelqu'un tambourina à la porte de sa chambre. Elle sauta hors du lit et ouvrit. Elle eut un mouvement de recul. Le maître d'hôtel, Walter, se tenait sur le pas de la porte, encadré par deux policiers.

Jane les interrogea du regard. Un des deux policiers se décoiffa et regarda fixement ses chaussures.

– Mauvaise nouvelle, madame. Vos parents...

Jane tressaillit.

– Que leur est-il arrivé ?

L'homme bredouilla, sans lever les yeux :

– Morts. Tous les deux.

Jane sentit ses jambes se dérober. Elle s'agrippa au chambranle de la porte, incapable de prononcer un mot. Le deuxième policier tenait son chapeau devant lui, dans une attitude de prière. Il poursuivit sur le même ton :

– Un accident de fiacre. La chaussée trop glissante. Pas de visibilité.

Ils parlaient par bribes, comme s'ils étaient pressés d'en finir, et accompagnaient leurs commentaires de gestes évocateurs :

– La roue. Cogné contre le trottoir.

– Le fiacre disloqué.

– La tête.

– Oui. La tête.

– Elle a cogné contre le pavé.

– Le cocher a été seulement assommé.

– S'en est sorti par miracle.

Jane crut devenir folle.

– C'est impossible. Il doit s'agir d'une erreur. Mes parents...

Les deux hommes pétrissaient leurs chapeaux à l'agonie. Seul Walter gardait son calme et paraissait indifférent au drame qui se déroulait sous ses yeux. Un des policiers recula.

– Nous sommes vraiment désolés, madame.

Son collègue l'imita :

– Vraiment désolés. Les corps sont à la morgue de Drury Lane. Vous pourrez les voir dès demain matin.

Puis ils repartirent, à reculons, sans oser affronter son regard.

Jane paniqua soudain. Elle se précipita vers le lit et secoua Albert qui dormait toujours.

– Réveillez-vous ! Mes parents. C'est horrible. On vient de m'annoncer leur mort.

Albert redressa la tête et posa un œil torve sur Jane.

– Je sais.

Puis il laissa retomber sa tête sur l'oreiller. Jane resta pétrifiée d'horreur. Elle le secoua à nouveau, avec plus de vigueur.

– Que dites-vous ? Comment le savez-vous ?

Il fit un effort pour ouvrir les yeux et articula d'une voix pâteuse :

– Ça fait des années que mes parents sont morts. Personne n'y peut plus rien. C'est pour eux que je fais tout ça.

La chambre chavira. Jane s'accrocha au bras de son mari.

– N'entendez-vous pas ce que je dis ? *Mes* parents sont morts !

Albert se redressa d'un bon, tel un diable qui surgit de sa boîte et la dévisagea d'un air ahuri.

– Quoi ?

Une chape noire recouvrit l'esprit de Jane et elle sombra dans le néant.

Quand elle reprit connaissance, il faisait grand jour. Quelqu'un avait dû la porter jusqu'à son lit. La plus grande confusion régnait dans son esprit. Elle se demandait si elle avait fait un cauchemar ou si tout cela était bien arrivé. Elle courut en bas de l'escalier et réalisa qu'elle ne connaissait pas cette grande maison. Il lui fallut plusieurs minutes avant de trouver un domestique qui sembla surpris de la trouver là. Elle lui demanda :

– Savez-vous où est Albert ? Je veux dire, M. Declerck ?
– Il est parti de bonne heure ce matin.
– A-t-il laissé un message à mon intention ?
– Je ne crois pas, madame.
Elle se sentit perdue. Elle insista :
– Sait-on au moins où il est allé ? Quand il va rentrer ?
– Je crois qu'il a dit qu'il rentrerait tard parce qu'il avait beaucoup de formalités à accomplir à cause de l'enterrement.
Jane tressaillit. Le cauchemar la poursuivait.
– Quel enterrement ?
L'homme lâcha comme une évidence :
– Ben, celui de vos parents, sauf vot' respect, madame.
Jane hurla de douleur. Le domestique recula, comme s'il craignait des représailles personnelles.

La jeune femme prit des calmants et finit par se raisonner. Elle voulait comprendre ce qui était arrivé. Elle puisa alors dans ses dernières ressources d'énergie, s'habilla et se rendit à la morgue de Drury Lane.

L'endroit semblait sortir tout droit du plus horrible des cauchemars. Un mélange d'odeurs fades et de produits pharmaceutiques lui souleva le cœur. Elle fit un effort considérable pour conserver sa dignité.

Un employé, cigarette au bec, visage crasseux et mal rasé, la reluqua de la tête aux pieds, comme s'il n'avait pas vu d'être vivant depuis des décennies. Elle lui demanda à voir le corps de ses parents. L'homme, qui ne devait pas être un spécialiste de la psychologie, demanda sans détour :
– Z'êtes sûre que vous voulez mater ces clients-là ? C'est pas joli, joli.
Elle opina du chef. D'un coup de menton, il lui indiqua une direction. Il s'engagea dans une travée qui aurait pu ressembler à un alignement de lits d'hôpitaux, à la différence près qu'aucun « client » ne ressortirait jamais guéri de cet endroit. Il s'arrêta soudain devant un couple de tables. Il souleva le drap blanc et elle découvrit les corps nus de ses parents.

Jane sentit le sang disparaître de son visage. Elle prit une profonde respiration et lutta pour ne pas s'évanouir. L'homme cracha son mégot par terre et commença :

– J'ai oublié de vous dire. Y sont à poil. À cause de la toilette mortuaire.

Il lui adressa un clin d'œil grivois.

– Plutôt bien gaulée la maman pour son âge. Y devait pas s'emmerder le papa.

La gifle partit comme un boulet de canon. L'homme se frotta la joue, stupéfait.

– Ce que j'en disais, moi, c'était histoire de détendre l'atmosphère.

Elle le transperça du regard.

– Laissez-moi.

Il haussa les épaules et s'éloigna en bougonnant.

Jane joignit les mains et pria longuement pour le salut des deux êtres qu'elle adorait le plus au monde. Elle leur jura d'honorer leur mémoire jusqu'à la fin de ses jours. Puis elle se releva, meurtrie jusqu'au fond de l'âme, et surmonta sa pudeur pour inspecter les corps des défunts. Ils étaient couverts de cicatrices et de contusions. Le choc avait dû être effroyable.

Jane regagna sa nouvelle demeure, dans l'espoir de trouver quelque réconfort auprès d'Albert. Mais il n'était pas encore rentré.

Elle l'attendit jusqu'au soir, agitée par des dizaines de pensées contradictoires. Comment une telle chose était-elle possible ? Hier encore... Qu'allait-elle devenir à présent ? Comment pouvait-elle continuer à vivre avec un tel fardeau ? Elle n'était nullement préparée à une telle épreuve. L'aspect pratique la préoccupait aussi. Que devait-on faire dans pareil cas ? Fallait-il prévenir toute la famille ? Qui allait s'occuper des obsèques ? Des formalités ? Des droits de succession ? Et de toutes les complications administratives liées à un décès...

Albert saurait-il l'aider à surmonter cette épreuve? Le souvenir de la nuit passée avec son mari la hantait encore. N'avait-elle pas commis une grosse erreur?

Albert rentra fort tard. Il semblait harassé. Il lui dit :

– Pardonnez-moi, ma chérie, de vous avoir abandonnée un jour aussi terrible que celui-ci. Je voulais vous épargner les tracas liés à la disparition prématurée de vos parents.

Il la prit dans ses bras et l'embrassa avec tendresse, comme avant leur mariage, et ajouta :

– Je me suis occupé de tout. J'ai tenu à honorer l'engagement que j'avais pris envers vos parents. Leur mémoire sera dignement honorée. Rien ne sera laissé au hasard.

Jane se sentit à nouveau protégée. Ses nerfs lâchèrent soudain et elle pleura longtemps contre la poitrine de son mari. Albert la laissa s'épancher et reprit :

– Il faudra être forte, Jane. J'ai connu cette épreuve il y a quelques années, dans d'autres circonstances, il est vrai. Cela m'a renforcé et j'ai appris à devenir un homme. Le temps soigne toutes les plaies. Vous deviendrez une femme forte et audacieuse. Je poursuivrai l'œuvre de votre père. Nous fonderons à notre tour une famille. Et nos enfants seront fiers de nous. La vie se construit sur l'avenir, non sur le passé.

Jane cessa peu à peu de sangloter. Ces sages paroles lui redonnèrent confiance et espoir. Elle n'était plus seule. Elle se blottit contre son mari.

– Serai-je à la hauteur? J'ai tellement peur de vous décevoir.

Elle faisait allusion à leur première nuit. Il dut le comprendre car il poursuivit :

– Moi aussi. Je me suis montré maladroit hier soir, j'étais un peu ivre et...

Elle le coupa :

– Ne parlons plus de cela. Il y a plus important.

Il lui sourit.

– Vous avez raison. Pensons à l'avenir et débarrassons-nous au plus vite de toutes ces tracasseries administratives.

Il ouvrit sa sacoche et en sortit une liasse de papiers.

– Voyez, tout est prêt. Je n'ai guère chômé aujourd'hui. J'ai déjà signé tout ce qui me concerne. Ces documents n'attendent plus que votre paraphe et votre signature en dernière page. Rien ne presse. Prenez le temps de tout lire en détail. Si un point vous semble obscur, nous demanderons aux juristes de l'expliciter. Si une clause vous paraît inacceptable, nous leur demanderons de la reformuler ou de l'éliminer purement et simplement.

Jane se sentit soulagée. Jamais elle n'aurait été capable de gérer cela toute seule. Elle s'assit, prit une plume et parapha les premières pages. Albert l'interrompit presque aussitôt.

– Prenez bien soin de tout lire dans le détail.

Elle leva un regard étonné vers lui :

– Pourquoi ?

– Désolé, c'est un réflexe professionnel. J'engage des sommes non négligeables, en particulier pour les frais d'obsèques. Cet argent est autant le vôtre que le mien.

La plume crissa à nouveau sur le papier.

– Rien ne sera trop beau pour mes parents.

Cette nuit-là, Jane et Albert couchèrent dans la chambre nuptiale. Jane redoutait de revivre la sinistre expérience de la nuit précédente. Mais Albert lui conseilla de prendre un somnifère afin de passer une nuit paisible. Il lui avoua qu'il était lui-même épuisé par sa dure journée de démarches et qu'il souhaitait se reposer. Jane accueillit sa décision avec soulagement. Elle but son somnifère et elle sombra bientôt dans un sommeil profond.

Au cœur de la nuit, elle fit un cauchemar épouvantable. C'était une fête dionysiaque où les hommes comme les femmes donnaient libre cours à leurs instincts les plus refoulés. Des visages monstrueux dansaient autour d'elle dans un ballet infernal. Des créatures immondes, mi-hommes, mi-animaux la violentaient et lui faisaient subir les derniers outrages. Plus loin, des monstres aux faciès infernaux s'acharnaient sur les corps meurtris de ses malheureux parents. Dans cette ronde macabre, comme surgis des flammes de l'enfer, elle distingua le visage rubicond de l'employé de la morgue, puis celui du cocher du fiacre qui avait provoqué la mort de ses parents, puis celui de Walter, le maître d'hôtel d'Albert. À cet instant, un frisson de terreur parcourut son dos. Le cocher et Walter ne faisaient qu'un. Soudain, le visage en sueur d'Albert apparut en gros plan dans son champ de vision. Elle fut saisie d'une peur panique. Elle pouvait presque sentir l'odeur aigre de sa sueur et son souffle rauque sur son visage. Il redevenait animal, comme la nuit précédente. Elle entendait ses halètements sauvages et percevait son va-et-vient précipité. Une lame de douleur lui déchira le ventre.

Elle se réveilla en sursaut. Son front était en sueur et les muscles de son visage tressautaient, comme animés d'une vie propre. Elle se retourna et tâta les draps autour d'elle. Albert n'était plus dans le lit. Son cauchemar la poursuivait au-delà du sommeil. Elle pouvait encore percevoir les râles rauques d'Albert quelque part dans les ténèbres de la grande maison. Elle se boucha les oreilles et tenta de se persuader qu'il ne s'agissait encore une fois que d'un mauvais rêve. Mais quand elle ôta ses mains, les râles revinrent, plus violents, plus réguliers. Terrifiants et obsessionnels.

Jane sortit du lit. Elle posa le pied sur le sol glacé et fut saisie par cette sensation bien réelle. À présent, elle était sûre qu'elle ne rêvait pas. Des râles inquiétants emplissaient toujours la nuit. Son esprit encore embrumé par le somnifère ne parvenait pas à distinguer d'où provenaient ces sons. Elle se concentra et se laissa enfin guider. Il y avait une lourde porte au fond de sa chambre. Jane l'avait déjà remarquée, mais n'avait pas encore eu l'occasion de l'ouvrir. Cette porte devait donner sur un bureau ou une chambre mitoyenne. Jane s'approcha de la porte sur la pointe des pieds. Puis elle y colla son oreille. Le bruit venait bien de là.

Son ventre trépidait d'angoisse. Jane redoutait ce qu'elle allait découvrir. Elle surmonta son angoisse, se pencha en avant et colla son œil à la serrure.

Tout d'abord, elle ne vit rien. Mais un nuage s'écarta et les rayons pâles de la lune vinrent baigner la pièce d'une lueur irréelle. Elle distingua une chambre. Un grand lit en son milieu. Deux formes s'agitaient sur le lit. On eût dit deux animaux diaboliques, s'adonnant à un coït monstrueux. Un homme se releva. Il lui tournait le dos. Soudain, tout à l'excitation de leur accouplement, les deux partenaires changèrent de position. Et là, sous un rayon de lune, Jane reconnut le visage d'Albert.

Elle étouffa un cri et resta ainsi, tétanisée par l'horreur de ce spectacle. Elle aurait voulu fuir et détacher son œil de ce maudit trou de serrure, mais une force incompréhensible la retenait sur place. La lune jouait à cache-cache avec les nuages. Jane ne parvenait pas à voir le visage de la fille. Soudain, l'astre de nuit éclaira la scène. Des seins arrogants et gonflés, pétris par des mains excitées. Un visage contracté sous l'effet des caresses ou de la douleur. Jane tressaillit. Léonide se pâmait sous les assauts obscènes de son frère.

Jane ouvrit la bouche. Elle aurait voulu hurler son dégoût et sa haine, mais une boule énorme s'était formée au fond de sa gorge. Du mercure coulait dans ses veines. Elle resta ainsi, pliée en deux, l'œil collé à la serrure, à subir ce spectacle infâme. Mais, au-delà du dégoût, ce qui la faisait plus souffrir encore était le sentiment de trahison.

L'amour de ces deux-là n'avait rien d'humain. Leurs ébats étaient abjects. Jane sentit son cœur se soulever à plusieurs reprises. Elle aurait voulu sortir de ce cauchemar.

Soudain, Albert se leva du lit et abandonna sa compagne, pantelante et exténuée. Il alluma une bougie et la pièce s'emplie d'une lumière vibrante et indécise, faisant naître sur les murs des ombres gigantesques et effrayantes. D'instinct, Jane écarta son visage de l'huis. Puis elle réalisa qu'elle était dans l'obscurité et que rien ne pouvait trahir sa présence. Elle perçut des bribes de conversation à voix basse. Elle s'approcha de nouveau et tenta de discerner leurs propos. Les paroles devinrent distinctes. Le temps se figea.

Léonide demanda :

– Tu l'as baisée ?

Albert fit un geste d'indifférence.

– Bien obligé. Une nuit de noces. Je ne voulais pas qu'elle me soupçonne.

– Bon coup ?

– Me dis pas que t'es jalouse.

– Pourquoi pas ? Une pute a bien le droit d'avoir des sentiments. Tout ce que j'ai fait, c'est par amour pour toi, tu le sais bien.

– Fallait bien qu'on survive. Si tu crois que ça m'amusait de faire le gigolo.

Les traits de Léonide se contractèrent.

– Cette oie blanche me dégoûte. Elle possède tout ce dont on nous a privés. Ça pète dans la soie, mais ça connaît rien de la vie, du froid, de la famine et des coups. Je suis certaine qu'elle ne serait même pas capable de faire le tapin.

– T'as raison. J'ai essayé par tous les trous. Rien à en tirer. J'ai fini par lui défoncer le cul, histoire de voir sa réaction.

– Alors ?

– Alors rien. Une planche à pain. Aucune émotion. Aucune vibration.

Léonide posa sa main sur le sexe de son frère, dressé comme un phare obscène.

– T'avoueras que je vaux mieux qu'elle.

– Je dis pas le contraire. Tu sais bien que je pourrais me passer de tout sur cette terre, sauf de toi.

– Moi pareil. Alors pourquoi s'embarrasser plus longtemps de cette petite conne ?

– D'accord avec toi. Mais il faut attendre le bon moment et maquiller le meurtre en accident, comme pour ses parents.

Un flot de bile brûlant envahit la gorge de Jane et elle vomit en silence, prostrée derrière sa porte et claquant des dents dans le noir. Elle lutta pour ne pas s'évanouir. À présent, elle voulait tout savoir, tout comprendre.

Léonide continuait à parler, tout en jouant avec le sexe de son frère.

– Elle a signé ?

– Ouais.

– Qu'est-ce que tu as bien pu lui raconter pour qu'elle accepte de signer des trucs pareils ?

– Elle pensait qu'il s'agissait de formalités pour l'enterrement de ses parents. Elle n'a même pas cherché à en savoir plus. J'avais gagné sa confiance, comme j'avais gagné celle de son connard de père. Ces gens-là ont de la merde dans les yeux. Rappelle-toi avec quelle facilité tu as pu aborder Jane et sa mère dans le parc. Pourtant, la ficelle était grosse.

– C'est drôle comme les gens peuvent parfois être si intelligents et si cons à la fois. En tout cas, maintenant, on est riches. On va enfin pouvoir bouffer à notre faim jusqu'à la fin de nos jours.

Albert saisit la nuque de sa sœur et lui plaqua le visage entre ses jambes.

– Tiens. Bouffe ça en attendant. Ça se mange sans fin.

Il émit un râle de plaisir et poursuivit comme dans un monologue :

– Je lui raconterai un bobard quelconque demain, pour annoncer ton retour. En attendant, tu resteras planquée ici. Je viendrai t'ouvrir le moment venu.

Le reste de son propos devint confus. Il était entrecoupé de mots obscènes et de « je t'aime » incongrus.

Jane se recroquevilla, prostrée dans sa petite mort. Quelque chose s'était irrémédiablement brisé dans son âme.

Le lendemain, Albert quitta la maison de bonne heure. Il était un nouvel homme. Il ne lui avait fallu que deux meurtres et quelques signatures pour acquérir une des plus grandes banques de Londres. Lui, l'ancien gigolo qui n'avait pas hésité à prostituer sa propre sœur pour arriver à ses fins, allait enfin goûter à l'ivresse du pouvoir et de l'argent. La City, le centre du monde financier, était à ses pieds. Mais ce n'était pas tant l'argent qui l'intéressait. Londres avait poussé ses parents au suicide. Léonide et lui étaient devenus des parias du jour au lendemain. Il haïssait le monde de la finance et allait s'en servir pour se venger. Les enfants de ses vieux ennemis allaient connaître la peur, la faim, la solitude et la détresse. Ils allaient subir tout ce qu'il avait subi lui-même.

Il s'habilla de noir et prit une mine d'enterrement. Il s'attendait à rencontrer quelques résistances ou oppositions, mais ce ne fut pas le cas. Au royaume de la paperasse et de l'administration, il suffisait d'exhiber les bons documents sous les yeux des bonnes personnes. Les portes s'ouvrirent sur son passage. Les torses se baissèrent. Nul ne vint contester son pouvoir. Sa prestance et son charisme naturels firent le reste. Il passa sa journée à faire l'inventaire de ses nouveaux actifs. Il pensa aussi à Léonide et à leur incroyable revanche sur le destin. Enfants, ils avaient été mis au ban de la société. On leur avait fait payer très cher des fautes qu'ils n'avaient pas commises. Ils avaient toujours partagé la même couche, pour se tenir chaud quand ils mouraient de froid, puis pour se gaver mutuellement d'amour. Aujourd'hui, à eux deux, ils semblaient indestructibles. Leurs forces étaient décuplées. Ils n'avaient plus besoin de personne d'autre. Léonide avait raison. Il fallait trouver au plus vite une solution pour éliminer Jane de leur existence.

Quand il rentra chez lui, Albert se précipita dans la chambre de Léonide. Elle se jeta à son cou.

– Tu as été long.

Elle avait dégrafé sa robe et lui offrait ses deux seins. Il les embrassa avec avidité tout en lui parlant.

– Je n'ai pas croisé Jane en bas. Il suffira de lui dire que tu viens d'arriver de Bruxelles et que je suis allé t'accueillir à la gare.

– On a le temps de... ?

Il posa son index sur les lèvres de sa sœur.

– Non, elle pourrait nous surprendre.

Léonide rajusta ses vêtements à contrecœur et ils descendirent.

La maison semblait vide. Albert appela son domestique, Walter, mais il ne se présenta pas. Albert pensa qu'il était probablement occupé à l'office. Ils s'installèrent dans le salon. Albert entreprit de faire le récit de sa journée à sa sœur. Elle s'était assise près de lui et l'écouta avec ferveur. La nuit tomba peu à peu et les ténèbres envahirent la pièce.

Les mains de Léonide s'égarèrent de nouveau. Elle ne l'écoutait plus. Albert lui-même éprouvait quelques difficultés à maintenir le fil de son récit. Elle dégrafa son corsage et ses seins apparurent, lourds, gonflés, tendus vers ses mains et ses lèvres. Cela ne fit qu'exacerber son désir. Il les suça avec passion et sentit les bouts de seins de Léonide se dresser sous sa langue. La poitrine de Léonide se soulevait de plus en plus vite sous ses caresses. Son propre sexe se dressait maintenant avec urgence. Elle le chevaucha soudain et guida le sexe d'Albert vers un univers de volupté. Quand il la pénétra, elle gémit de plaisir. Il tenta encore de résister à son assaut.

– Si elle entrait...

– Elle en crèverait. Comme ça, on serait débarrassés.

À présent, rien ne pouvait plus arrêter l'ondulation frénétique du corps de Léonide. Il vit ses seins magnifiques s'agiter au rythme de son plaisir, ce qui augmenta encore son désir. Albert se libéra enfin dans une explosion de jouissance qui confina à l'extase. Mais, à l'instant même où il prit son plaisir, il lui sembla entendre quelqu'un qui toussait, quelque part dans l'ombre de la pièce. Léonide dut l'entendre aussi, car elle se dégagea d'un coup de rein et agrafa sa robe en hâte.

Albert lança aux ténèbres :

– Walter ?

Un homme avança vers eux, un plateau posé sur la paume de la main. Albert ne parvenait pas à boutonner sa braguette. Il lança un venimeux :

– Vous n'êtes pas Walter !

– En effet, monsieur. Votre domestique Walter a été emporté d'urgence à l'hôpital pour intoxication.

– Intoxication? Walter? Et vous, que faites-vous ici?

– Votre épouse m'a engagé, ce matin même.

– De quel droit?...

Léonide posa sa main sur celle de son frère.

– Cette tâche incombe à la maîtresse de maison, Albert.

– Tu prends sa défense?

Elle baissa la voix et désigna le nouveau venu du regard :

– J'ai ma petite idée.

Albert planta ses yeux dans ceux du valet.

– Un seul mot de ce que tu as vu et je te fais fouetter et renvoyer. De plus, ta lettre de référence sera tellement mauvaise que tu ne retrouveras plus jamais de travail ailleurs.

L'homme se raidit.

– J'ignore de quoi vous parlez, monsieur. Je puis vous assurer que je n'ai rien vu du tout. Je suis sincèrement désolé si je vous ai importuné. Je ne connais pas encore la maison et je me suis trompé de pièce.

Albert lui sourit, soulagé.

– Voilà qui est raisonnable.

Il le congédia d'un geste de la main. Le domestique recula.

– Pardonnez-moi, monsieur, mais madame m'a demandé de vous faire savoir qu'elle ne dînerait pas ce soir. Elle a pris un somnifère et préfère garder la chambre car elle est fiévreuse.

Il ajouta presque aussitôt, comme pour se justifier :

– À sa demande, j'ai posé sur son front un linge imprégné d'un produit qui devrait faire diminuer sa fièvre rapidement.

Il s'apprêtait à sortir, quand Léonide lança :

– Est-ce qu'elle dort?

– Pas encore, madame. Mais son médicament fera effet d'ici une demi-heure au plus.

Léonide répéta, pensive :

– Une demi-heure. Vous êtes sûr?

– Oui, madame, c'est moi-même qui l'ai dosé.

– Comment vous appelez-vous ?

– James, madame.

– Félicitation, James. Je n'aurais pas fait mieux.

Le domestique s'éclipsa. Léonide se frotta les mains et se tourna vers son frère :

– Ce lascar tombe à pic. Imagine : un domestique nouvellement embauché administre un puissant somnifère à sa maîtresse, il la tue et lui dérobe ses bijoux. Le mari, qui dormait dans la chambre voisine, surprend le domestique au moment de sa fuite, il l'assomme et le livre à la police.

– Il va nier.

– Bien sûr. Mais sa parole ne vaut rien contre la tienne.

– Mais comment ?...

– Tu as entendu, elle a pris un somnifère.

– Si elle se réveille quand même et qu'elle appelle ?

– Elle ne le fera pas si tu agis vite. Un coup de couteau dans le cœur et c'est terminé. Quand elle se réveillera, elle ne saura même pas qu'elle est morte.

Elle rit à gorge déployée de sa bonne plaisanterie. Puis elle décrocha un couteau à l'allure archaïque qui était censé décorer un mur.

– Tiens. Avec ça, tu pourrais égorger un bœuf.

– Tu es la fille la plus diabolique que je connaisse.

– Je suis ta sœur jumelle.

Quand ils sortirent de la pièce, ils tombèrent nez à nez avec le nouveau domestique. Albert fronça les sourcils.

– Qu'est-ce que vous voulez encore ?

– Pardonnez-moi de vous ennuyer encore. On vient d'apporter un mot pour Mme Léonide Declerck. L'homme a insisté pour que je vous le remette sans délai.

Léonide lui arracha le pli des mains.

– Donnez-moi ça !

Elle lut en silence : « Tu es en danger. Retrouve-moi à l'hôpital de Northwick dès que tu auras lu ce message. Supprimez impérativement Jane cette nuit. Arrangez-vous pour maquiller ça en accident. Walter. »

227

James restait figé.

– Le cocher attend une réponse, madame. Que dois-je lui dire ?

– Rien du tout. Je repars avec lui.

Albert la retint par le bras.

– Où vas-tu ?

– À l'hôpital de Northwick. Walter veut me voir d'urgence.

– Northwick ? Qu'est-ce qu'il fiche là-bas ?

Elle marqua un arrêt et désigna du regard le couteau, posé sur la table à côté de son frère. Elle ne répondit pas à sa question, mais ordonna sur un ton qui ne souffrait aucune contradiction :

– On ne change surtout pas notre programme.

Quelques instants plus tard, Léonide s'engouffra dans le fiacre et lança au cocher :

– À l'hôpital de Northwick, le plus vite possible.

Albert lui lança sur le pas de la porte :

– Sois prudente ! Souviens-toi d'un récent accident de fiacre.

Elle répondit par un éclat de rire sonore et l'attelage disparut en soulevant des volutes de brouillard.

– Monsieur désire-t-il dîner maintenant ?

Albert sursauta. Il ne parvenait pas à s'habituer à la présence de ce nouveau domestique, trop obséquieux à son goût. Il le congédia d'un geste de la main.

– Non, James. Après.

L'homme leva les sourcils.

Albert rectifia :

– Je veux dire, plus tard.

Le domestique disparut.

Albert se retrouvait une fois de plus seul face à son destin. Il n'allait pas faiblir, si près du but. Chaque minute lui sembla durer des siècles. Il arpenta le salon, fumant cigarette sur cigarette. Certes, il avait organisé le meurtre de ses beaux-parents. Mais ce n'était pas pareil. Il s'était contenté de donner des ordres. Ses vieux complices de toujours se chargeaient des basses besognes. Mais aujourd'hui, Walter n'était pas là. Que faisait-il à l'hôpital ? Et quelles révélations voulait-il faire à Léonide ? Quoi qu'il en soit, il fallait lui faire confiance et exécuter Jane cette nuit même.

Albert guettait les déplacements de la grande aiguille de l'horloge. Puis il serra le fameux couteau dans son poing. En inspectant l'arme, il aperçut qu'elle portait une curieuse inscription sur le manche. Londinum ? Londino ? En tout cas, quelque chose qui évoquait le nom de Londres. Une fois de plus, Léonide avait eu une bonne intuition. Cette ville, qui avait fait la force de ses adversaires, allait maintenant devenir sa principale arme. Tout un symbole.

Sa pensée se focalisa soudain sur sa sœur. Une soudaine érection lui fit presque mal. Bientôt, tout cela ne serait plus qu'un souvenir. Il pourrait enfin vivre au grand jour avec elle. Les gens les maudiraient probablement. Mais ils les écraseraient comme de vulgaires punaises. Rien ni personne ne pourrait leur ôter l'ultime plaisir de ce bonheur interdit.

La pendule sonna un coup plus fort que les autres. Albert leva les yeux. Une demi-heure pleine venait de s'écouler.

Il glissa le couteau dans sa poche et gravit les marches une à une vers la chambre de Jane.

La maison était plongée dans les ténèbres. Il prit soin de n'allumer aucune lumière et de ne pas faire le moindre bruit.

Il sentit une goutte de sueur couler sur sa tempe. Il pensa encore à Léonide pour se donner du courage. En un éclair, il revit la petite fille qu'il avait défendue tant de fois contre les coups des plus grands. Elle était son unique famille, son complément, son miroir maudit, son âme sœur. Non, il n'était pas un assassin, mais il ferait cela pour venger toutes les douleurs endurées par Léonide depuis sa naissance. Londres avait fait d'eux des monstres. La ville allait maintenant assumer ce qu'elle avait enfanté.

Il parvint devant la porte de la chambre. Il jeta un œil vers l'escalier de service. Nulle ombre, nulle présence dans les ténèbres pour observer son crime. Le silence était presque oppressant. En posant sa main sur le loquet de la porte, il s'aperçut qu'il dégoulinait de sueur. Il tourna la poignée et la porte s'ouvrit sans résistance. Du reste, pourquoi aurait-elle fermé à clé ?

Il avança sur la pointe des pieds. Il distinguait l'odeur significative du parfum de Jane, à laquelle s'ajoutait une odeur piquante et désagréable. Il était à présent tout près du lit. La forme de Jane se dessinait parfaitement sous les couvertures. Elle était allongée sur le dos et semblait déjà presque morte. Un linge lui recouvrait une partie du visage. L'odeur qu'il avait perçue en entrant venait de là. Il s'agissait probablement du linge mouillé dont avait parlé James, et qui était destiné à faire tomber sa fièvre. Cela arrangeait bien Albert ne de pas avoir à regarder son visage au moment où elle passerait de vie à trépas.

Il leva le couteau au-dessus du corps. Sa main ne tremblait plus. Il frappa au niveau du cœur. C'est tout juste si elle tressaillit sous le coup fatal. Il fut surpris de constater la facilité déconcertante avec laquelle la lame s'était enfoncée. Il frappa encore plusieurs fois, décidé à ne lui laisser aucune chance de survie.

Il recula d'un pas et contempla son œuvre. L'étrange couteau restait planté jusqu'à la garde dans le corps sans vie de sa victime. Une lueur vive lui frappa soudain le visage. Il crut d'abord à une hallucination. Des gouttes de sueur piquantes coulaient dans ses yeux et l'aveuglaient. Il lui fallut une bonne seconde pour comprendre que quelqu'un venait d'allumer la lumière. Il fit volte-face et découvrit James, sur le pas de la porte de la chambre, une grosse lampe dans le poing gauche et un gros pistolet dans le droit.

Albert resta pétrifié un instant. Puis il se souvint du plan de sa sœur. Encore une fois, ce fouille-merde arrivait à point nommé. Albert eut un rire sardonique.

– Baissez votre arme mon vieux. Elle ne servirait plus à rien. Je dirai à la police que c'est vous qui avez assassiné Jane.

James braquait toujours son arme vers lui.

– La police ne vous croira jamais, monsieur.

– La parole d'un gentilhomme vaut plus que celle d'un vulgaire larbin.

Une voix s'éleva dans le dos du domestique.

– Sauf si le larbin en question est inspecteur de police.

Jane se matérialisa dans la lumière de la lampe torche. Albert tourna la tête alternativement vers le lit ensanglanté et vers la femme. Il comprit soudain :

– Vous... vous m'avez pris au piège.

– Que dire de vous dans ce cas ?

– Mais alors qui... qui est dans... ?

Il se précipita vers le lit et arracha le tissu qui masquait le visage du cadavre.

Un hurlement jaillit de sa poitrine. Il s'affaissa sur le corps de sa victime, secoué d'horribles sanglots. En d'autres circonstances, le désespoir de cet homme eût tiré des larmes à toute personne qui aurait assisté à la scène. Il se frappait la tête du poing, puis embrassait avec fougue les lèvres de sa sœur, lâchant des bribes de phrases au milieu de ses sanglots de désespoir :

– Léonide ! Pas toi ! Qu'est-ce qu'ils ont fait ? Ça ne finira donc jamais ? Je vais te venger. On va faire l'amour. Une dernière fois. Tu aimes bien ça, hein ? Ça va aller... ça va aller...

Jane sortit, incapable de supporter plus longtemps ce spectacle abominable.

Albert, pris d'une frénésie morbide, s'était déshabillé et commençait à besogner le cadavre de Léonide. James tenta de le maîtriser, mais la force d'Albert était décuplée par la haine et l'hystérie. Le regard perdu, les vêtements déchirés et tachés du sang de sa victime, il n'était plus qu'un animal sauvage blessé et enragé. Le policier parvint enfin à lui administrer une piqûre de calmant pour en venir à bout. Puis il l'amena devant Jane, pour une ultime confrontation. Il l'attacha solidement sur un lourd fauteuil. Albert était à demi conscient. Jane demanda à lui parler en tête à tête. L'inspecteur lui confia cependant un gros pistolet.

– N'hésitez pas à tirer à la moindre tentative d'agression.

Jane l'écarta de la main.

– Inutile, j'ai ce qu'il faut.

L'inspecteur James se retira, laissant le triste couple en face à face.

Albert la vit enfin, à travers ses larmes. Il tenta de lui cracher au visage, mais ne parvint à émettre qu'un filet de bave blanchâtre qui coula sur son menton.

Elle le fixa d'un regard d'acier.

– Tu as voulu me piéger, mais le piège s'est refermé sur toi. Cependant, tu avais raison sur un point : la mort de mes parents m'a ouvert les yeux et m'a aguerrie.

– Comment as-tu su ?...

– Je t'ai surpris la nuit dernière lors de tes monstrueux ébats. J'ai aussi entendu que vous projetiez de me tuer. Puis, tout m'est revenu en mémoire. Des petits détails qui prenaient soudain un sens nouveau. J'ai vu Walter en compagnie de Léonide, un jour en faisant les courses à Londres. J'aurais dû faire le rapprochement. Le cocher qui conduisait le fiacre de mes parents le soir de leur mort, c'était Walter, n'est-ce pas ?

– Oui. C'est mon homme de main...

Albert réalisa soudain :

– D'ailleurs, où est-il maintenant ?

– En prison. Mais rassure-toi, il n'y restera pas longtemps.

– Il n'est donc pas à l'hôpital ?

– Bien sûr que non.

– Mais alors, la lettre reçue par Léonide ?

– C'est moi qui l'ai écrite. Ta harpie de sœur est tombée dans le piège la tête la première. Le fiacre, commandé par un de mes fidèles valets, a fait le tour du bloc de maison. Puis, tandis que tu attendais stupidement dans le salon, nous avons monté Léonide par l'escalier de service et l'avons déposée dans mon lit, avec un tissu imbibé de chloroforme sur le visage.

Albert se souvint de l'odeur particulière qu'il avait sentie en entrant dans la chambre de Jane.

Il s'étrangla :

– Tu... tu es diabolique.

– On apprend vite à ton contact.

Elle marqua une pause et poursuivit son récit :

– Puis, au bout d'une demi-heure, tu es monté et tu l'as poignardée.

Soudain, elle lui mit devant les yeux le couteau à la lame tachée de sang à peine coagulé.

– Avec ça !

Albert laissa retomber son menton sur son torse, comme s'il venait lui-même de recevoir un coup de poignard. De grosses larmes coulaient de ses yeux. En face de lui, Jane savourait sa victoire. Elle ne voulait rien lui épargner. Elle poursuivit son récit :

– J'ai mené mon enquête toute la journée d'hier. Avec l'aide de l'inspecteur James, j'ai presque tout retrouvé. Ta famille n'est pas belge mais bien anglaise. Tu n'as ajouté le k final de ton nom que récemment. Ton père était un pauvre type qui a ruiné toute ta famille en boursicotant à la City. Pour finir, il a tué sa femme et s'est suicidé, en t'abandonnant sur le pavé avec Léonide. Les Declerc sont des monstres.

Albert se redressa. Les tendons de son cou semblaient sur le point de se rompre et de grosses veines bleues saillaient sur son front. Il cracha de nouveau, mais cette fois il atteignit Jane en plein visage.

– Tu ne comprends rien à rien. Les vrais monstres, ce sont les gens comme tes parents. Ils nous ont ruinés et nous ont jetés à la rue. Ils ont poussé mes parents au suicide. Et pendant que tu te vautrais dans le luxe et l'insouciance, Léonide et moi tentions de survivre dans la misère et le dénuement total. On a partagé notre pitance avec les chiens. On a mendié. On s'est fait exploiter, utiliser, humilier et torturer. Léonide s'est prostituée dès l'âge de douze ans. Je n'ai pas fait mieux. On s'en est sortis par notre seule volonté.

– Et le vol.

– Il fallait bien récupérer un peu de ce qu'on nous avait pris. Les riches ne sont pas plus honnêtes que les pauvres. La seule différence, c'est que la loi est toujours de leur côté. Il leur suffit d'y mettre le prix.

Une pensée lui traversa soudain l'esprit.

– À propos de loi, l'inspecteur James était donc ton complice ?

– Bien sûr. Comme tu dis, il suffit d'y mettre le prix.

– Tu ne t'en tireras pas comme ça. Je dirai la vérité au tribunal.

– Mon pauvre Albert, qui accorderait le moindre crédit à la parole d'un criminel face à celles d'un inspecteur de police et d'une honnête fille de banquier ? D'ailleurs, je crains qu'il n'y ait jamais de procès. Tu as appris à te faire justice. Moi aussi.

Jane posa alors le couteau sur la poitrine d'Albert.

– Pour maman.

Elle enfonça lentement la lame, tout en fixant Albert au fond des yeux. Il hurla de douleur et la supplia de le laisser en vie. Elle retira la lame. Puis elle la pointa plus près du cœur et l'enfonça de nouveau.

– Pour papa.

Albert paniqua, il tenta encore de se débattre et d'appeler au secours. Jamais il ne s'était senti aussi seul et désespéré. La douleur était insoutenable. Il crut que sa tête allait exploser. Mais une ultime pensée le traversa : il allait retrouver Léonide pour l'éternité. Il émit un rire sardonique dans un bouillonnement de sang. Un feu de haine embrasa le regard de Jane. Elle leva une dernière fois le couteau.

– Pour moi !

Le lendemain, le lecteur attentif pouvait lire dans la rubrique faits divers des pages intérieures du *Times* :

« Un nouveau drame s'abat sur Jane Declerck, la fille du célèbre banquier Edward Wilkins.

Albert et Jane Declerck avaient accueilli la sœur d'Albert, la douce et innocente Léonide Declerck, pour quelques jours.

Au milieu de la nuit, Albert Declerck fut alerté par un bruit suspect en provenance de la chambre de sa sœur. Il se leva et se précipita chez elle. C'est alors qu'il découvrit le corps sans vie de son infortunée jumelle. Malgré l'obscurité, Albert Declerck perçut une autre présence dans la pièce. Il écarte les rideaux et découvrit un homme qui fondit sur lui, un couteau à la main. Albert Declerck engagea alors une lutte inégale contre l'inconnu.

Quand Jane Declerck arriva à son tour dans la pièce, un chandelier à la main, elle découvrit un spectacle abominable. Son mari, à l'agonie, gisait au milieu de la pièce dans une mare de sang, un couteau planté dans la poitrine. Dans un ultime effort, Albert Declerck parvint à révéler le nom de son agresseur. Il s'agissait de son propre domestique, un certain Walter.

Jane Declerck, encore sous le choc, a déclaré aux journalistes qu'elle perdait coup sur coup son mari et sa meilleure amie.

Elle a tenu à saluer le travail remarquable de la police, et en particulier de celui de l'inspecteur James, qui a réussi à capturer le meurtrier. L'homme, un personnage irascible et sans grande imagination, affirma ne rien comprendre et prétend être victime d'un complot fomenté par Jane Declerck et par la police. Les juges ont demandé une sanction exemplaire à son encontre. Il sera décapité en place publique. Sa tête sera ensuite ébouillantée et plantée au bout d'une pique à l'entrée de la ville.

Jane Declerck surmonte sa douleur avec stoïcisme et précise toutefois que cet horrible événement n'aura aucune répercussion sur le fonctionnement de la banque Wilkins dont elle assure dorénavant elle-même la gestion. Elle entend également reprendre son nom de jeune fille afin de perpétuer la tradition familiale et d'oublier au plus vite cet épisode tragique de son existence. »

Chapitre 10

EDWARD ET EMILY

Une déflagration sourde ébranla les ténèbres.

– Est-ce que ze va mourir ? demanda Emily d'un filet de voix.

– Mais non, voyons, puisque je suis là.

Du haut de ses onze ans, Edward s'efforçait de ne rien laisser paraître de sa peur, mais ses jambes tremblaient sous lui et il faisait un effort considérable pour ne pas pleurer. En tant qu'aîné de la fratrie, il s'interdisait de laisser transparaître ses sentiments. S'il cédait à la panique, ses frères et sœur ne s'en sortiraient jamais. Il serra ses poings jusqu'à en avoir mal aux jointures et prit une profonde inspiration.

– Écoutez, mes amis...

Les jumeaux le regardèrent d'un drôle d'air. Jonathan demanda :

– Pourquoi tu nous appelles tes amis ? On est tes frères et sœur. Tu serais pas en train de devenir adulte des fois ?

La suspicion était terrible. Edward les rassura :

– Je suis toujours un enfant, et je ne suis pas contaminé. C'était juste pour prendre un ton solennel.

– Moi, z'aime pas les sons tolennels. Et en plus, z'ai froid.

Edward serra sa petite sœur contre lui et lui frotta le dos.

– Ça va mieux, maintenant?

– Voui.

Edward adorait Emily et s'inquiétait pour elle. Les jumeaux, eux, étaient costauds. Ils pourraient s'en sortir. Mais Emily toussait de plus en plus et se plaignait de violentes douleurs dans les poumons. Des crises d'asthme, aussi terribles que soudaines, lui bloquaient la respiration jusqu'à l'étouffer. Edward devait trouver de l'aide. Mais comment faire à présent? Tout s'était passé si vite.

Il se constitua une attitude digne et sage, inspirée d'une récente lecture du *Dernier des Mohicans*.

– Nous n'avons pas le choix. Il faut installer notre campement ici pour la nuit.

– Comment tu sais que c'est la nuit? demanda Jeremy en désignant la pénombre qui les entourait.

– Ma montre indique vingt et une heures.

– Mais ça pourrait être neuf heures du matin.

Edward haussa les épaules, impuissant.

– Oui, ça pourrait. Mais on est tous fatigués. Ça fait des heures qu'on marche dans ces tunnels. Et ça fait longtemps qu'on n'a pas dormi. Alors j'en déduis que c'est le soir.

– En plus, z'ai faim, gémit Emily. Mais c'est pas une faim du matin. C'est une faim du soir.

Edward fouilla dans sa poche. Il y trouva un quignon de pain presque rassis.

– C'est tout ce qui me reste.

Comme il avait le sens du sacrifice, il partagea le pain en trois et ajouta sur un ton quelque peu théâtral :

– Vous allez vous le partager. Moi, je peux tenir jusqu'à demain.

Tandis que les jumeaux et la petite grignotaient leur bout de pain comme des souris affamées, l'aîné sortit un mystérieux morceau de papier de sa poche :

– Si mes calculs sont exacts, nous devrions atteindre le point de ravitaillement demain dans la matinée.

Jeremy leva un regard admiratif vers son frère.

– Comment tu le sais ?

– J'ai relevé le plan de mémoire. J'avais pris soin de tout repérer quand on est arrivés sous terre. Je me méfie des adultes. Il suffit qu'un seul d'entre eux soit contaminé et tous les autres le sont.

– Même papa et maman ? demanda Emily.

– Non, bien sûr. Ils sont malins. Ils savent éviter les Martiens.

Il désigna une alcôve.

– On va dormir tous les quatre, bien blottis les uns contre les autres. Comme ça, on se tiendra chaud et on n'aura pas peur.

– Et si les Martiens viendront ? demanda Emily.

– Les Martiens, ça n'existe pas, railla Jeremy. C'est juste une histoire pour jouer.

– C'est du faux alors ? insista la petite, à demi rassurée.

Edward coupa :

– Mais oui. Aucun risque. On est en sécurité ici.

Une déflagration énorme, quelque part au-dessus d'eux, vint contredire son affirmation.

D'un geste réflexe, les quatre enfants se protégèrent la tête de leurs bras. Des morceaux de gravats se détachaient de la voûte et tombaient sur eux. Une épaisse poussière envahit bientôt leur refuge, provoquant pleurs et quintes de toux. Edward sentit des petites mains paniquées s'accrocher à lui comme à une bouée de sauvetage. Jonathan bredouilla en sanglotant :

– Ils nous cherchent. Ils ont mis en route les percemurs pour nous retrouver.

Une nouvelle déflagration ébranla la voûte. Des morceaux plus gros se décrochèrent. Un craquement sinistre déchira les ténèbres, tout près d'eux. Edward se leva d'un bond et saisit la lampe dont la flamme faillit s'éteindre.

– Faut sortir d'ici. La galerie peut s'écrouler d'un instant à l'autre.

Les jumeaux s'agrippaient toujours à ses vêtements. Il prit Emily sous un bras et s'engouffra dans la première galerie qui

239

s'ouvrait devant lui. Ils couraient depuis quelques minutes seulement quand un fracas de fin du monde retentit derrière eux.

À bout de souffle, Edward posa sa petite sœur à terre.

– Tout le monde va bien ?

Les jumeaux séchèrent leurs larmes du revers de leurs mains et tapèrent sur leurs vêtements, soulevant un nuage de poussière crayeuse. Emily faisait entendre en sifflement asthmatique de plus en plus déchirant à chaque inspiration.

Edward tenta de reprendre son attitude de chef.

– Changement de programme. On ne peut pas rester là cette nuit. Le secteur est trop dangereux. Nous allons nous diriger vers la réserve de nourriture et...

Il mit sa main devant sa bouche, comme s'il venait de dire une grosse bêtise.

– Quoi ? demanda Jonathan, qui lisait l'inquiétude dans le regard de son grand frère.

– Ben... Je ne suis pas sûr d'avoir pris le bon tunnel.

Un silence opaque accueillit ses paroles.

Edward fit un effort de concentration. Puis il parla, comme s'il réfléchissait à voix haute :

– De toute façon, on ne peut pas revenir sur nos pas. La salle est ensevelie sous les décombres. On n'a pas le choix. Il faut avancer dans ce tunnel. Ça débouchera bien quelque part.

– Et si ça débouche pas ? demanda Jonathan d'une voix tremblante.

– Ou sur un repaire de Martiens ? insista son jumeau.

Edward utilisa sa méthode habituelle pour éviter les questions embarrassantes, il changea de conversation et annonça, sûr de lui :

– Voilà ce que nous allons faire : on va marcher environ un quart d'heure, pour s'éloigner au maximum de toute cette poussière et pour trouver un endroit sûr.

Puis, joignant le geste à la parole, il mit la petite sur son dos.

– Accroche-toi à mon cou, Emily. En route, petite troupe !

Les jumeaux grognèrent. Edward sentit souffler le vent de la contestation et devança leur protestation :

– Un petit quart d'heure, montre en main. Après, on se repose.

Edward balayait l'obscurité de sa lampe, à la recherche d'un recoin où ils auraient pu se reposer et se cacher, mais les murs de la galerie n'offraient pas la moindre anfractuosité. La flamme vacillait de façon inquiétante et son adorable fardeau lui pesait un peu plus à chaque pas.

Ils marchaient depuis près d'une demi-heure déjà quand Jeremy tendit soudain le doigt vers une sorte d'alcôve, taillée dans la paroi de la galerie. L'endroit semblait avoir été fabriqué sur mesure pour accueillir le petit groupe. Edward lâcha un soupir de soulagement.

– C'est parfait, on va dormir là.

Les murs étaient moites et une affreuse odeur de moisi et de salpêtre empestait l'atmosphère. Ils prirent cependant place dans la niche et se blottirent tous contre Edward. Emily serra très fort son Teddy dans ses bras. Quand ils furent bien installés, Edward décréta :

– Il faut éteindre la lampe, sinon on n'aura plus de lumière demain.

– On va être dans la nuit, réalisa Jonathan d'une voix serrée.

– Pas le choix, trancha son aîné. Il faut que la lampe tienne jusqu'à la réserve. Ensuite, on en trouvera une autre là-bas.

Edward éteignit la lampe. Le silence s'installa aussitôt. Il y avait quelque chose de fourbe et de malsain dans ce faux silence, habité d'une multitude de bruissements qui prenaient soudain une dimension inquiétante. Et toujours, le terrible sifflement de la respiration d'Emily.

Soudain, un choc sourd et lointain, comme une taupe géante qui cherchait à de frayer un chemin dans la terre, fit tressaillir Edward. Il tendit l'oreille, mais ne parvint pas à en localiser la source. Puis le silence revint, une fois de plus, accentué par le froid et l'obscurité. Le bruit se produisit de nouveau. Edward espérait que les autres se seraient endormis, mais une petite voix, tout contre lui, murmura dans un souffle :

– Z'ai froid. Et aussi, Teddy, il a très peur parce qu'il entend les percemurs.

Edward prit son ton rassurant de grand frère :

– Mais non, il n'a pas peur. Regarde, il dort.

Emily connaissait bien Teddy.

– Non, il fait semblant. Ze sens son petit cœur qui bat à toute vitesse dans mes veines. Il voudrait qu'on lui raconte une histoire pour l'endormir, parce qu'il a peur dans le noir.

Edward, lui, connaissait bien sa petite sœur.

– Bon, d'accord. Une petite alors. *Boucle d'Or et les trois ours* ?

– Oh non, il veut savoir comment c'est arrivé.

Edward prit une grosse voix :

– Non, il est trop petit pour entendre des choses pareilles.

Les jumeaux, qui ne dormaient pas non plus, insistèrent à l'unisson :

– S'il te plaît, Edward, raconte-nous encore.

– Oui, on a tout oublié.

Edward se résigna.

– Bon d'accord. Mais vite fait.

– Est-ce que z'étais née ? demanda Emily dans un sifflement.

– Non, répondit Edward, tu étais encore dans le ventre de maman.

– Et Teddy, il était né ?

– Non plus. Il était dans le ventre d'une maman ours en peluche.

– Raconte comment ça a commencé, s'impatienta Jeremy.

Edward se racla la gorge, comme font les grands quand ils ont quelque chose d'important à dire.

– Alors voilà, une nuit, à l'insu du plein gré général, les Martiens ont attaqué Londres à grands coups d'éclairs qui faisaient plein de traces dans le ciel.

– On les avait pas vu arriver ?

– Ben non, puisqu'il faisait nuit. Et ils ont détruit des maisons et des immeubles.

– Ils avaient des fulgurateurs, précisa Jonathan.

– Et des percemurs, compléta son jumeau.

Edward poursuivit :

– Puis ils sont repartis comme ils étaient venus. Au petit matin, il n'y avait plus que des ruines et des gens qui pleuraient un peu partout. On a cru que c'était fini, mais ils sont revenus. Avec des tas d'armes inconnues et contre lesquelles on ne peut rien faire.

– Des estourbisseurs, des tremblementeurs et aussi des fissurateurs, commenta Jonathan, qui avait étudié la question.

– Bref, ils sont revenus plein de nuits. Alors, les gens se sont réfugiés sous la terre. Ils ont creusé plein de galeries, ils ont installé des abris et des réserves de nourritures. Et ils sont devenus troglodytes, comme les hommes des cavernes. Mais les Martiens ont compris, parce qu'ils sont très malins. Alors ils ont pourchassé les humains sous la terre.

Jonathan l'interrompit à nouveau.

– Avec de longues tentacules visqueuses et ventouseuses. Et contamineuses, aussi. Même que dès qu'une tentacule touche un humain adulte, il devient aussi méchant que les Martiens.

– Et il lui pousse des tentacules ? s'inquiéta Emily.

– Ben non, justement. C'est ça le problème.

– Alors comment on sait qu'un humain est contaminé ?

– À son comportement.

– Moi, z'aime pas les comportements, décréta Emily, qui comprenait ce qu'elle pouvait.

Elle réfléchit un instant et ajouta :

– Et les enfants, ils sont pas contaminés ?

– Nooooon, ils sont trop petits.

– Et comme ils ne peuvent pas les contaminer, précisa Jeremy, ils sont pourchassés et exterminés. C'est pour ça qu'il faut se cacher et se protéger.

Cette dernière remarque fut suivie d'un long silence, que seule la respiration sifflante d'Emily venait encore troubler.

Puis le sifflement devint plus régulier et moins douloureux. Edward pensa que les petits s'étaient enfin endormis, mais la voix de la fillette perça de nouveau les ténèbres :

– Mais moi, zeu veux sortir d'ici. Z'ai froid. C'est tout z'humide et ça sent même pas bon.

Edward lui caressa la joue avec tendresse.

– Pour l'instant, on ne peut pas. On est plus en sécurité ici qu'à l'extérieur.

– D'ailleurs, il y a des tas de gens qui vivent sous terre depuis toujours et qui vont très bien, ajouta Jonathan, plus pour se rassurer lui-même que par conviction.

– Qui ça ? demanda Emily.

– Ben, des gens comme les fourmis, les vers de terre et toutes sortes de petites bestioles qui vivent dans les terriers.

– Mais c'est des zens tout petits, ça. Et puis, ils sont habitués. Mon Teddy, il a besoin de lumière et de plein d'air, et de tous les trucs qui font de la bonne odeur dans le nez, sinon, il a du mal à respirer et ça me fait du sourcil.

– Du souci, rectifia Edward.

– Ah, toi aussi ?

Edward embrassa sa petite sœur sur le front. Elle était brûlante de fièvre. Il lui dit d'une voix rassurante :

– Teddy fait dodo maintenant. Il faut faire comme lui, sinon tu seras très fatiguée demain pour marcher. D'accord ?

– Voui.

Edward se redressa d'un bond. Une vibration inquiétante se propagea dans les parois et un souffle malsain passa sur son visage. Mais contrairement à la première fois, il n'y eut ni poussière, ni gravats. Il en déduisit que le choc venait de loin. À côté de lui, il sentit les tremblements de peur de ses frères et de sa petite sœur. Il se demanda s'il n'avait pas fait un cauchemar. Une nouvelle secousse, plus proche et plus forte que la précédente, lui apporta la réponse. Il tâtonna dans le noir et sa main se referma sur la torche qu'il avait déposée tout près de lui. Il craqua une allumette. Ses mains tremblaient. Il découvrit les trois petits visages blêmes de sommeil et effarés qui l'interrogeaient en silence. Emily ruisselait de sueur, le regard brillant. Il s'interdit une nouvelle fois de céder à la panique. Mais combien de temps parviendrait-il encore à tenir son rôle ?

Il se leva. Ses jambes étaient ankylosées par le froid. Son estomac émit un gargouillement incongru. Emily demanda d'une voix tremblante :

– Qu'est-ce qui... ?

– Les Martiens recommencent. Il faut aller plus loin.

Ils se relevèrent et marchèrent dans la pénombre. Edward n'eut pas la force de porter sa petite sœur. Le froid était plus mordant et la faim tiraillait son estomac. Il se dit qu'il aurait dû croquer lui aussi dans le quignon de pain. Quand il estima qu'ils étaient en sécurité, Edward fit arrêter le petit groupe. Il tendit l'oreille. Le silence était terrifiant, mais au moins le danger semblait écarté. Ils s'assirent sur le sol poisseux et retrouvèrent d'instinct les positions qu'ils avaient dans leur niche.

Une nouvelle vibration se propagea un court instant, accompagnée d'un souffle fétide et tiède.

Les petits s'agglutinèrent sur leur aîné. Edward s'efforçait de réfléchir, mais la faim l'empêchait de se concentrer. Il regarda autour de lui. La galerie lui sembla soudain étroite et oppressante comme un tombeau. Il n'y avait pas d'échappatoire. Il pensa soudain qu'ils allaient mourir tous les quatre dans cet endroit affreux s'il ne faisait rien.

Un déclic se produisit soudain dans son esprit : ce souffle tiède qu'il avait ressenti par deux fois venait bien de quelque part. Il fit fonctionner sa mémoire olfactive. Il avait perçu des relents de nourriture, peut-être une soupe en train de cuire, ou bien une émanation de réserves alimentaires. S'il parvenait à remonter cette piste, ils seraient peut-être sauvés. De plus, l'odeur venait de devant. En la suivant, ils s'éloigneraient donc de leurs poursuivants.

Il se releva trop vite. Le vertige s'empara de lui, l'obligeant à ciller des yeux pour garder une vision nette. Il prit une profonde inspiration.

– Je crois que j'ai retrouvé la piste de la réserve. Nous sommes dans le bon tunnel.

Un nouveau relent de nourriture accrut son optimisme.

– Ça ne doit pas être très loin, droit devant.

Edward prit la main de sa petite sœur qui avançait avec la plus grande difficulté. Il aurait voulu la porter sur son dos, mais il était trop faible. De nouvelles vagues de vertiges et de nausées déferlèrent sur lui. Il parvint à les dominer en aspirant de grandes bolées d'air froid. Clignant des yeux, il distingua enfin une faible lueur, provenant d'une galerie qui débouchait sur la droite. Il lâcha la main d'Emily, courut vers ce lieu plein de promesses et lança sans se retourner :

– Attendez-moi ici, je vais voir s'il y a un danger.

Emily chercha le contact de Teddy pour se rassurer. Mais son ourson avait disparu. Elle pensa : « Le pauvre, je l'ai oublié à l'endroit où nous avons dormi. Il doit être terrorifié de peur. Il faut que zeu va le chercher. »

Elle s'aventura dans le noir. Curieusement, elle n'avait pas peur. Une seule pensée la guidait : retrouver Teddy. Une sorte de torpeur agréable gagnait ses bras et ses jambes, et il lui semblait s'enfoncer dans de l'ouate chaude et douce. À présent, elle n'avait plus froid. Un voile étrange s'attardait devant ses yeux.

– C'est ça que tu cherches, jeune fille ?

Elle prit son Teddy dans ses bras et le couvrit de bisous. Puis elle réalisa qu'il y avait de la lumière autour d'elle. La blancheur d'un visage se détacha soudain de l'ombre, à quelques centimètres d'elle. Elle essaya d'en distinguer les traits, mais n'y parvint pas. C'était comme dans ces rêves un peu inquiétants où l'on ne voit pas les visages des gens qui vous parlent. Elle voulut reculer, mais ses pieds ne bougèrent pas. Elle s'entendit prononcer :

– Est-ce que tu es z'un Martien ?

– Mais non, quelle drôle d'idée !

Emily se souvint de ce qu'Edward avait dit : « On reconnaît un homme contaminé à son comportement. » Elle trouvait que ce drôle de type avait un comportement, même si elle ne savait pas vraiment ce que cela signifiait. Un autre détail l'inquiétait.

— Alors pourquoi tu as des tentacules qui dépassent de ton manteau?

— C'est pas des tentacules, c'est des tuyaux. Je répare les conduites. Tu es perdue?

Elle se méfiait :

— Heu. Non. Zeu suis trouvée.

— Tu as faim?

— Moi ça va, mais Teddy meurt de faim.

— Et tu es toute seule?

— Oui, z'ai laissé les zumeaux pour venir chercher Teddy. Et Edward était parti dans la réserve pour chercher à manger.

Une main de fer se resserra sur son petit bras.

— La réserve? Je connais un chemin très rapide pour y aller. Monte sur mon dos.

Elle sentit le danger. Une vague de terreur la submergea. Elle parvint à se dégager et courut droit devant elle.

Le sang cognait contre ses tempes. Sa tête lui faisait mal. Elle serra son Teddy contre elle et se réfugia derrière une porte. Puis tout se brouilla. Le danger se dressa de nouveau devant elle. Teddy lui donna le courage de se battre. Elle saisit un couteau et frappa, mais elle sentit ses forces l'abandonner. Ses jambes se dérobèrent sous elle et son esprit sombra dans le néant.

Edward marcha plus longtemps que prévu. La faim se réveilla, intolérable, tyrannique. Il ne sentait en lui que son estomac, tordu, tenaillé comme par un fer rouge. Il appuya sur son ventre de toutes ses forces, comme pour boucher un trou par lequel il sentait tout son être s'en aller.

Un éblouissement l'aveugla, il s'adossa contre le mur de la galerie, les yeux fermés, les oreilles bourdonnantes. Il reprit appui sur le mur derrière lui, mais sa main rencontra une paroi rêche qui ne ressemblait pas à de la pierre. Il se retourna et constata qu'il était devant une porte en bois. L'espoir revint soudain. Ce devait être le fameux magasin de vivres. Il s'arc-bouta sur la porte, prêt à engager le peu de force qui lui restait dans la bataille. Mais la porte s'ouvrit sans la moindre résistance. Il ne comprit pas immédiatement le spectacle qui s'offrait à lui.

C'était une pièce plutôt grande mais très encombrée. On aurait dit un magasin de brocanteur. Sous la lueur pâle de sa torche, le moindre objet prenait un aspect menaçant. Des meubles séculaires étaient entassés sans logique. Il distingua une collection de masques africains à l'aspect terrifiant, des ustensiles de cuisine en cuivre et en étain, un poste de radio à lampe, quelques jouets cassés, un pot de peinture éventé, un grand miroir au cadre mangé par les termites, des vases ébréchés, des empilements de sacs qui devaient contenir du linge ou des vêtements, une grande pendule inerte sur son socle. Mais pas la moindre trace de nourriture.

Il fit un pas et buta sur quelque chose. On aurait dit une poupée de chiffon. Il se pencha sur la forme sombre allongée sur le sol. Il resta cloué sur place, la torche à bout de bras. Emily gisait à ses pieds. Il tendit la main et toucha son visage. Il était froid. Il palpa son cou et retira sa main, terrifié. Ses doigts étaient humides et poisseux.

Les jambes flageolantes, il se releva et resta ainsi, le souffle court, les membres tremblants. Soudain, il aperçut un objet brillant à côté du corps. C'était un couteau, dont la lame était à demi ensanglantée.

Un bruissement imperceptible le fit sursauter, juste à sa gauche.

Edward se releva et tomba nez à nez avec les jumeaux. Il sursauta, surpris par cette présence inattendue. Il lut trop tard la panique dans le regard de ses frères. Une main s'abattit sur son épaule. Il se figea, pétrifié de terreur.

Ils marchèrent encore un bon quart d'heure et débouchèrent dans une grande cave. Des dizaines de corps étaient allongés à même le sol, prostrés dans un sommeil qui ressemblait à l'agonie.

Une femme se leva et courut à leur rencontre en agitant ses bras en tous sens. Un homme se précipita à sa suite. C'était un mélange d'angoisse et de bonheur :

– Mon Dieu ! Vous les avez retrouvés. Merci. Merci.

Elle était en pleurs. Ses nerfs lâchaient et elle ne parvenait plus à se maîtriser.

– Mes petits ! Mes amours ! J'ai eu tellement peur. J'ai cru... Maudite guerre !

Elle les couvrait de baisers et de larmes.

Edward l'embrassa sur la joue et dit :

– Tout va bien, maman. Tout va bien. C'est fini.

Son père, à ses côtés, tentait de conserver sa dignité, mais son regard était mouillé. Il serra ses enfants dans ses bras. La femme dévisagea la fillette et poussa un cri de terreur :

– Emily est en sang !

La petite reprit ses esprits.

– Zeu me suis battu contre le Martien, mais zeu l'ai tué avec un couteau très pointu.

Sa mère éclata en sanglots, passa ses mains sur le visage de son enfant, mais ses larmes étaient entrecoupées de rires nerveux et incontrôlables.

– C'est... c'est de la peinture !

La femme se tourna vers l'ouvrier du gaz.

– Où les avez-vous trouvés ?

– À deux pas d'ici, m'dame. Dans une cave de l'immeuble.

– Et cette peinture ?

– La petite a percé un sceau de peinture.

Edward intervint :

– Elle a de la fièvre. Elle a cru qu'on était attaqués par les Martiens. J'ai essayé de vous retrouver quand il y a eu l'alerte, mais on s'est perdus dans la cohue. Alors j'ai essayé de transformer ça en jeu pour qu'ils n'aient pas peur. Mais j'ai eu tort.

Sa mère l'embrassa encore.

– Non, Edward, ce n'est pas de ta faute.

La femme ne cessait pas de pleurer. Elle lâcha soudain dans un cri de révolte :

– Ces pauvres gamins n'auront rien connu d'autre que la guerre et les bombardements. C'est injuste et absurde !

Le père explosa à son tour :

– Tu as raison. Maudite guerre, maudits Allemands. Trois ans déjà... Je ne supporterai pas plus longtemps de rester dans ces caves. C'est leur enfance qu'on leur vole. Demain, on quitte Londres, les enfants. Je vous emmène chez mon frère en Écosse. On sera à l'étroit pendant quelque temps, mais ça ne sera pas pire qu'ici. Là-bas, il n'y a pas de Martiens, mais il y a des châteaux hantés et des fantômes en pagaille.

Des cris de joie accueillirent la nouvelle.

Emily posa un regard émerveillé sur son père.

– Daddy, tu es mon papa préféré. On va bien s'amuser. On dira que zeu sera zune princesse terrorifiée par les fantômes.

Les jumeaux s'empressèrent d'ajouter :

– Même qu'on sera des chevaliers.

– Mais pas de Martiens.

Edward conclut :

– Et à la fin, je délivrerai tout le monde. Parce que je suis toujours le héros.

– Et en plus, z'ai faim.

Chapitre 11

NELSON

Nelson but le fond de la dernière bouteille et la balança dans un coin. Il était ivre. Juste ce qu'il fallait pour vaincre le froid qui était devenu cruel. De temps en temps, il allumait le réchaud à gaz et passait ses mains sur la flamme pour les réchauffer. Mais pas question d'allumer un feu, c'était trop dangereux. Il ne voulait pas se faire repérer par les démons de la ville qui le traquaient sans répit.

Il neigeait depuis le matin. Nelson serait bien ressorti pour acheter un peu de gnôle, mais il n'avait pas le courage. Il faisait vraiment trop froid. Il ne tenait pas non plus à tomber sur la bande de morts-vivants aux crêtes multicolores que les Forces du Mal avaient lancés à sa poursuite depuis peu. La dernière fois, ils l'avaient suivi jusqu'aux abords de sa tanière. Mais il leur avait jeté un sort et était parvenu à les éloigner *in extremis*. Ces vautours n'attendaient qu'un moment pour lui piquer le peu qui lui restait : un réchaud à gaz, une vieille poussette remplie de fripes et l'argent de sa pension, planqué dans ses chaussures qu'il n'enlevait jamais par sécurité.

Il enfonça son bonnet jusqu'aux oreilles, rentra la tête dans les épaules et souffla sur le bout de ses doigts endoloris. Puis il s'accroupit dans un coin et regarda danser les flocons de neige à travers un carreau ébréché. Il faisait tellement froid que son haleine se matérialisait en une épaisse vapeur autour de sa bouche.

Puis il laissa son esprit vagabonder sur les chemins chauds et lumineux du passé. Il rêva de sa vie d'avant. Avant que la ville ne le persécute et ne lui prenne ce qu'il avait de plus cher. Les circonstances même de leur disparition étaient devenues confuses dans son esprit. Les dates, les noms et les lieux se brouillaient dans son esprit, de telle sorte qu'il s'était reconstitué un passé à travers les quelques photos qui lui restaient.

La plupart des gens le fuyaient. Sans doute craignaient-il ses pouvoirs extraordinaires. Il combattait sans fin un univers de gargouilles, des monstres et des créatures diaboliques. Il savait qu'un jour il en sortirait victorieux. Viendrait alors l'instant magique où il retrouverait ses deux amours pour l'éternité. Telle était sa quête.

Il regarda tomber la neige, perdu dans ses chimères. Il crut soudain apercevoir une buée bleutée. Il se frotta les yeux dans ses poings. La buée bleutée ressemblait à un ange fragile. Ou plutôt une petite fée transie, luttant contre le vent et la neige. Non, il ne rêvait pas. Elle venait vers lui. Elle colla sa petite bouille au carreau. Un éclair de lumière le transperça du front au coccyx. Il ferma un instant les yeux, tétanisé de douleur et de bonheur. Quand il les rouvrit, le petit visage avait disparu, mais l'empreinte d'une main restait dessinée sur le givre du carreau. Avait-il rêvé ?

Il voulait en avoir le cœur net. Il leva sa lourde carcasse et tituba jusqu'à la porte délabrée de sa planque. Une rafale de vent glacé lui gifla le visage. Il écarta le rideau de neige d'un geste dérisoire de la main et fouilla les ténèbres de ses yeux fatigués.

Il parvint au carreau et la vit. Elle était accroupie dans la neige, grelottant de tous ses membres, le visage enfoui dans les genoux. Elle n'était pas assez vêtue pour affronter un tel froid. Il posa sa main sur son épaule :

– Que fais-tu là, petite ?

Elle releva la tête. Ses yeux brûlants plongèrent dans les siens, comme s'ils appelaient au secours. Il hésita un instant, puis il la reconnut. Ses jambes défaillirent et il tomba à genoux, devant la petite :

– Ma chérie. Tu es revenue. Je le savais !

Les lèvres de la fillette tremblaient de façon irrépressible. Ses yeux, entourés de cernes rouges, s'enfonçaient dans leurs orbites. Son visage bleuté, d'une couleur irréelle, presque translucide, trahissait le dernier stade de l'épuisement. Nelson tenta de lutter contre les vapeurs d'alcool qui embrumaient son esprit et parvint à rassembler quelques morceaux de lucidité. Il retira son vieux manteau et le mit sur les épaules de la fillette. Puis il parvint à se relever, la prit dans ses bras et l'amena dans sa tanière. Il faisait froid dans ce trou à rats, mais au moins ils étaient à l'abri du vent et de la neige.

Il alluma le réchaud à gaz et passa les mains de la fillette au-dessus de la flamme. Ensuite, il la frictionna comme il put. Il sentait les os de son corps famélique à travers ses mains calleuses.

Il l'entoura de couvertures et la blottit contre lui.

Il lui caressa les cheveux. Après tout ce temps, il ne savait plus quoi dire, bousculé par le bonheur trop violent de ces retrouvailles soudaines. Il finit par balbutier :

– Tu n'as pas beaucoup changé. Tu es comme sur les photos.

Elle tremblait toujours. Il voulut la rassurer et lui changer les idées.

– Tu veux voir les photos d'avant ? Je les ai toujours, tu sais.

Sa main tâtonna dans l'ombre et finit par trouver son sac. Il en retira un vieil album aux photos jaunies par le temps. Il le connaissait par cœur, tant il s'était raconté les histoires liées à chaque cliché. Il l'ouvrit à la première page et pointa son gros doigt sur une photo.

– Regarde, c'est quand tu avais trois ans. C'était le jour de Pâques.

Comme la fillette ne réagissait pas, il se frappa le front du plat de la main :

– Que je suis bête. Il fait nuit ici, tu n'y vois rien du tout.

Il approcha le réchaud à gaz qui leur procura un peu de lumière et de chaleur. Il poursuivit :

– J'avais envoûté les poules et les lapins la veille au soir, pour qu'ils pondent des œufs en chocolat. Ça avait tellement bien marché que, le jour de Pâques, des centaines d'œufs en chocolat recouvraient tout le jardin. Il y en avait même sur le toit.

La petite tremblait toujours. Nelson crut qu'elle était agitée par un rire muet. Il poursuivit :

– Tu te souviens. On avait invité tous les enfants du quartier. Quelle fête c'était. Je crois qu'on ne s'est jamais autant amusés. Et toi, tu étais heureuse. Tellement heureuse.

Il lui caressa les cheveux.

– On va recommencer comme avant. Je vais te raconter des histoires. On sera heureux. Tu n'auras plus jamais faim, ni froid. Il fera chaud. En hiver, on mangera des marrons qu'on fera cuire dans la cheminée.

Comme elle ne réagissait pas, il insista :

– Tu veux ?

Elle fit un geste imperceptible de la tête, qu'il interpréta comme un acquiescement.

Il posa sa main rugueuse sur le front de la fillette.

– Tu es brûlante de fièvre. Attends, j'ai un truc contre les maux de tête. J'en prends souvent. Ça doit bien marcher contre la fièvre.

Il versa un peu d'eau dans un verre opaque de crasse, puis fit fondre un cachet en le remuant avec son doigt.

– Avale ça, Amy. Fais-moi confiance. Je suis toujours magicien.

Il porta le verre aux lèvres de la fillette. Ses petites dents claquaient si fort qu'elle en renversa la plus grande partie.

– Tu dois te demander ce que je fais ici ? Eh bien, vois-tu, j'ai décidé de vivre en ermite, loin des hommes et de leur cruauté. Grâce à mes pouvoirs magiques, je combats les forces obscures de Londres. Je jette des sorts aux méchants et je fais des vœux pour les gentils. Je suis devenu le génie de Londres.

Il sourit dans sa barbe grise et ajouta sur un ton entendu :
– C'est grâce à mes pouvoirs que tu es revenue.

Eric Smith n'était pas entré dans la fonction publique pour tirer au flanc et attendre patiemment la retraite. Il avait demandé son affectation au bureau d'aide sociale par conviction personnelle.

Et ce 31 décembre 1989, il savourait sa première victoire. Il venait enfin d'obtenir un crédit exceptionnel pour mener à bien son projet.

Cela faisait des mois qu'il se battait pour décrocher cette subvention. Il avait potassé son dossier dans le moindre détail. Il en connaissait par cœur toutes les données, tous les chiffres. Il s'était bien gardé de porter des jugements politiques, mais le fond du problème, il le connaissait bien : il s'appelait Mme Thatcher. Le pourcentage de pauvres, du moins ceux qui étaient officiellement considérés comme tels, était passé de 9 % de la population en 1979 à 22 % 1989, soit exactement dix ans après l'entrée en fonction de Mme Thatcher. Durant cette décennie, le dixième le plus mal loti avait vu son revenu réel diminuer de 6 %, alors que, pris dans leur ensemble, les Britanniques ont vu le leur augmenter de 30 %. Jamais l'inégalité sociale n'avait été aussi grande en Angleterre, et particulièrement à Londres. Mais le plus révoltant, c'était le discours officiel. Peter Lilley, l'actuel ministre conservateur de la Sécurité sociale, avait commandé un audit et affirmait dans le journal du jour : « Le message du rapport est globalement positif. »

Eric Smith, lui, avait constaté la triste réalité sur le terrain. Des dizaines de familles de nécessiteux survivaient tant bien que mal en plein cœur de Londres. Du point de vue officiel, ces gens n'étaient pas au chômage. En fait, ils percevaient une rémunération minable en compensation de quelques heures de travail par jour. Le reste du temps, ils fouillaient les poubelles et les décharges municipales dans des conditions d'insalubrité effroyables. Ou pire encore, ils mendiaient, dernier stade de l'humiliation.

Eric Smith était horrifié que de telles situations existent encore au XXᵉ siècle, dans sa propre ville. Certains jours, il avait tellement honte d'être londonien qu'il n'osait même plus croiser son regard dans un miroir. Comment cette ville, qui générait et brassait tant de richesses, pouvait laisser des malheureux mourir de faim? Où était la dignité humaine dans tout cela? Au poste qu'il occupait, Eric Smith ne serait probablement jamais riche, mais au moins, il aurait le sentiment d'avoir joué son rôle. Il croyait aussi au devenir de Londres. Il voulait que sa ville redevienne un modèle, un exemple. Il rêvait qu'un jour, dans le futur, Londres serait une terre d'accueil universelle, un lieu privilégié d'égalité entre les hommes de toutes les ethnies et de toutes les conditions sociales, une vitrine pour l'humanité. Mais il restait encore beaucoup de travail avant d'y parvenir.

Pour Eric Smith, les choses n'avaient pas été simples. En théorie, tout était prévu pour venir en aide aux nécessiteux. Le gouvernement de Mme Thatcher avait voté des subventions à grand renfort de publicité. Mais dans la pratique, le dispositif d'aide restait opaque et quasi confidentiel. Il fallait remplir des tonnes de paperasses. Envoyer des justificatifs à plusieurs administrations autistes qui étaient censées recouper leurs données et travailler en synergie. Le processus multipliait les interlocuteurs et, partant, les répétitions, les cafouillages, les pertes de documents, les erreurs, les incompréhensions, les inerties et les inepties. D'ailleurs comment faire remplir des papiers et des pages de documents à de pauvres bougres qui savent à peine écrire leur nom?

En ce 31 décembre, toute la ville s'apprêtait à fêter la nouvelle année. Mais les plus pauvres devraient se contenter d'une boîte de conserve, avalée sans faim, la rage au ventre et le cœur serré, dans leur caravane délabrée, leur squat ou leur taudis aux murs de tôle ondulée. Sans parler des enfants qui n'avaient jamais connu d'autre aire de jeu que les terrains vagues, les usines désaffectées et le bitume de la rue.

C'était contre tout cela que Eric Smith se révoltait. Il se sentait parfois seul face à l'indifférence teintée de cynisme de ses concitoyens.

Eric Smith se trouvait actuellement dans le local de repos, près de la machine à café, et s'octroyait une pause bien méritée. Autour de lui, la plupart des conversations tournaient autour du repas de réveillon. C'était à qui s'en mettrait le plus dans la lampe. Il y avait quelque chose d'indécent dans cet inventaire de nourriture et de boissons. Eric Smith se versait un café quand il surprit des bribes de conversation dans la file derrière lui.

— S'ils en sont là, c'est parce qu'ils le veulent bien.

— Des feignants et des profiteurs.

— Ça pense qu'à boire et à s'empiffrer aux frais de la princesse.

Il se retourna et ne put s'empêcher d'intervenir :

— Et les enfants ?

Un gros bonhomme aux yeux porcins le regarda avec étonnement. Puis il leva les épaules et montra les paumes des mains dans une attitude fataliste.

— Ils n'ont pas eu de chance.

Puis il se reprit aussitôt :

— Mais dans quelques années, ils seront comme leurs aînés, sinon pire.

Eric Smith s'énerva :

— Pas si on les aide. Il faut s'attaquer aux causes, non aux effets. Savez-vous que le taux de pauvreté infantile est passé de dix pour cent en 1979 à vingt-cinq pour cent aujourd'hui, en 1989 ? Durant ces dix ans, le nombre des Britanniques vivant en dessous du seuil de pauvreté, fixé à la moitié du revenu moyen, a grimpé de cinq millions à douze millions. C'est dans un rapport qui émane des services de Paul Lilley, notre ministre de tutelle. Noir sur blanc, dans le journal de ce matin.

L'autre prit un air condescendant.

– Vous parlez comme un livre, jeune homme. Ça ne doit pas faire longtemps que vous travaillez ici. Quand vous aurez vu tout ce que j'ai vu, vous changerez d'avis.

– Arrêtez, j'ai l'impression d'entendre mon arrière-grand-mère.

– Merci, c'est gentil.

Le bonhomme lui mit un journal sous le nez.

– Figurez-vous que je lis aussi le journal. Puisque vous aimez les statistiques, vous devriez lire l'article de M. Lilley en entier, cela vous permettrait de relativiser. On y apprend que dans le dixième de la population situé au bas de l'échelle des revenus, la moitié des gens possèdent des lecteurs de vidéos, quarante-cinq pour cent une voiture et soixante-dix pour cent le téléphone. Comment feraient-ils pour se payer tout ça s'ils étaient aussi pauvres qu'on le dit ?

Eric Smith sentit qu'il allait devenir grossier. Il avala son café et sortit, préférant en rester là.

Au milieu de la nuit, la fillette se réveilla en sursaut.

– Il faut que j'y retourne. Je me suis sauvée.

Le vieil homme sursauta à son tour.

– Dieu soit loué, tu parles. Ça va mieux ?

– Je dois aider Doddy.

Nelson fronça les sourcils, dans un effort de concentration.

– Aider qui ?

– Ma petite sœur. Elle n'a que quatre ans. Je ne peux pas l'abandonner.

La fillette voulut se relever, mais elle retomba sur le sol, comme un petit tas de vêtements froissés. Elle tenait sa maigre poitrine dans ses mains et respirait avec difficulté. Nelson la redressa. C'est seulement à ce moment qu'il réalisa qu'elle était blessée. Son cou portait d'horribles traces d'hématomes. Nelson écarta ses vêtements et vit l'horreur de ce petit corps meurtri, lacéré et couvert de cicatrices purulentes. Sa conscience embrumée lui envoya un message d'alerte. Il prit la fillette dans ses bras.

– Je vais te soigner. Mais il faut me dire ce qui t'est arrivé. Qui t'a fait ça ?

– Je ne peux pas. Ils vont la tuer.

Le vieux clochard serra les poings.

– Il faudra d'abord qu'ils affrontent mes pouvoirs.

Il posa son regard doux sur la fillette et répéta :

– Raconte-moi tout.

– Tu me promets que tu l'aideras ?

– Je te le promets.

Elle hésita encore, comme si le poids de ce qu'elle avait à révéler était trop lourd. Puis elle commença à parler, d'une voix lente et faible :

– Maman est très malade.

– Elle est donc toujours vivante ?

– Un peu.

– Quoi ?

– Elle n'a plus la force de faire ses piqûres. Il faut que je lui fasse tous les jours, sinon elle devient folle de douleur. Mais les piqûres coûtent très cher.

– Quelles piqûres ?

La fillette poursuivait son monologue, le regard fiévreux :

– Alors j'ai accepté. Pour payer les piqûres de maman.

Le vieillard faisait des efforts énormes pour saisir la situation. Cela n'entrait pas dans son schéma, ni dans la mythologie qu'il avait mis tant de temps à construire autour de ses quelques photos jaunies. Sa femme était jeune et belle. Elle n'était pas malade et avait horreur des piqûres.

La fillette continua :

– J'ai accepté parce que maman ne pouvait plus payer ses piqûres. Et tous les messieurs qui venaient la voir sont venus me voir. C'est papa qui m'a montré la première fois.

– Papa ?

– Il m'a dit de venir sur ses genoux. J'étais petite. Je ne comprenais pas. Il m'a embrassée, mais j'avais peur. Ce n'était pas comme d'habitude. Après, j'ai eu très mal. J'ai pleuré.

Le vieillard se raidit.

— Mais je ne t'ai jamais rien fait de mal, moi !

Elle le regarda.

— Non, toi, tu es gentil.

Puis son regard lui échappa de nouveau. Elle parlait comme dans un rêve éveillé :

— Alors je suis allée voir maman, mais elle avait une crise. Elle m'a demandé d'y retourner. Il y avait plein de messieurs qui attendaient. Ils étaient très en colère parce que c'était trop long. Quelques-uns sont partis en criant. La plupart sont restés. Ils ont donné des sous. Et c'est comme ça que j'ai pu soigner maman. Elle m'a montré comment on fait. Si je n'y retourne pas, elle va mourir, et ils vont faire du mal à Doddy.

— Qui va faire du mal à Doddy ?

— Il faut l'aider. Sinon, ils vont la frapper ou la brûler avec des cigarettes, comme ils font avec moi.

De grosses larmes coulaient sur les joues de la fillette.

— Je ne veux pas qu'ils fassent de mal à Doddy. Pas elle. Elle ne comprendrait pas.

Nelson tentait encore de raccrocher cette histoire à son univers.

— Est-ce qu'ils ont des crêtes multicolores sur la tête, ceux qui t'ont fait ça ?

— Pas tous.

Il tendit l'index vers le haut, saisi par une évidence.

— J'ai compris. C'est les Forces des Ténèbres qui continuent de nous harceler. Elles s'attaquent à toi parce qu'elles n'osent pas s'en prendre directement à moi. Mais elles vont voir de quel bois je me chauffe. Nous allons les vaincre grâce à mes pouvoirs. L'heure de l'affrontement a sonné, Amy.

— Je m'appelle pas Amy, monsieur. Moi, c'est Samantha.

Il posa sa main sur le petit front.

— Ma pauvre chérie. Qu'est-ce qu'ils t'ont fait ? Tu es brûlante de fièvre. Faut que tu dormes. Demain, on ira là-bas et je les exterminerai comme des vermines.

Mais la fillette ne l'écoutait plus. À bout de forces, ses paupières se fermèrent, et elle s'enfonça dans un crépuscule sans fin.

Il ne fallut que quelques secondes au vieillard pour replonger à son tour dans un sommeil profond.

Des gouttes de sueur perlaient sur le front de Patricia. Elle redoutait ce moment depuis sa dernière injection. Elle savait que la douleur allait revenir, toujours plus violente, implacable. Un jour sans drogue était une vie en enfer. Déjà son ventre se nouait et la sueur devenait glacée. Elle grelottait.

Elle tâta le lit à côté d'elle et s'aperçut qu'il était froid et vide. Elle se leva d'un bond et constata que le manteau et les chaussures de la gamine avaient disparu. Un frisson d'angoisse lui parcourut le corps. Où pouvait-elle être à cette heure-ci ? Elle tira le rideau qui séparait sa paillasse de la pièce enfumée des joueurs de poker. Elle scruta l'unique pièce de la caravane et constata que la fillette n'y était pas. Johnny avait posé son couteau à côté de lui. Tous savaient qu'il n'hésiterait pas à en faire usage à la moindre irrégularité. Les quatre hommes s'observaient en silence. La partie avait commencé à la tombée du jour. Doddy était accroupie dans un angle de la pièce et secouait sa tête à gauche et à droite dans un continuel mouvement de balancier. Nul n'aurait pu dire si elle dormait où si elle était éveillée.

Aux petits tas qui s'amoncelaient devant les joueurs, Patricia comprit que Johnny était en train de perdre. À cette heure-ci, il devait être complètement saoul. L'alcool le rendait encore plus violent qu'à l'accoutumée. Patricia s'était résignée depuis longtemps à essuyer sa mauvaise humeur. Mais les coups ne lui faisaient pas peur. Ce qui l'effrayait le plus, c'était de devoir attendre sa dose. Il fallait retrouver la gamine au plus vite. Elle enfila un vieux manteau et glissa ses pieds dans ses savates. Elle traversa la pièce en essayant de ne pas éveiller l'attention des joueurs.

Mais, comme elle avait presque atteint la porte, une main se referma sur son bras criblé de cicatrices d'aiguilles.

– Où tu vas ?

Elle étouffa un cri de douleur, tant cette poigne lui faisait mal.

– Je... je sors prendre l'air.

Il lui tordit le poignet, ce qui l'obligea à se baisser, et éructa de son haleine puant l'alcool :

– Tu restes là.

Il abaissa son jeu. Pas brillant.

– La partie est finie.

Les trois joueurs se hâtèrent de ramasser leur gain, sans perdre de vue le couteau qui pouvait entrer en action à tout instant. Mais Johnny se montra bon joueur. Il se dit qu'il aurait d'autres occasions de se refaire. Il repoussa Patricia d'un coup de poing dans les reins :

– Puisque t'es debout, tu vas servir à boire à nos invités. Faut qu'y prennent des forces avant de passer à l'acte.

Un rire forcé sortit de sa gorge. Les trois autres ne bronchaient pas, trop conscients que le moindre geste équivoque pourrait dégénérer en tuerie.

Patricia redoutait le moment où Johnny s'apercevrait que la gamine avait disparu.

Un des hommes se leva, posa un billet sur la table et commença à dégrafer sa ceinture.

– J'y vais en premier.

Il tira le rideau.

– Où elle est ?

Puis il se retourna vers Johnny. Le ton monta d'un cran :

– C'est quoi cette embrouille ?

Johnny gifla Patricia d'un revers de main.

– T'as entendu ? Le monsieur te pose une question.

Elle essuya le sang qui coulait de sa lèvre éclatée :

– Je... Je te jure que j'en sais rien. Je dormais. Elle a dû se tirer par le vasistas de derrière. Vous y êtes allés un peu fort hier. Elle est malade et...

– De quoi je me mêle ? Nos clients, c'est pas des tapettes. Et puis, elle était d'accord.

L'homme reprit l'argent qu'il avait posé sur la table, enfila son manteau et recula vers la porte sans jamais présenter son dos.

– Je me casse. Tu me préviendras quand y aura du neuf.

Les autres joueurs l'imitèrent aussitôt.

Johnny les laissa partir, se disant qu'il n'est jamais bon pour un commerce de contrarier un bon client. Puis, dès qu'ils furent sortis, il empoigna Patricia par le col.

– T'étais tellement camée que tu l'as laissée filer sans rien voir, hein ?

Il la frappa avec tant de violence qu'elle pivota sur elle-même et que sa tête percuta le mur, à quelques centimètres de Doddy. Le choc l'assomma. La fillette cessa de balancer sa tête un court instant, posa un regard vide sur sa mère, et reprit aussitôt son balancement régulier.

Johnny bourra encore de coups de pieds le corps inerte de Patricia et l'insulta jusqu'à ce qu'il soit à peu près soulagé. Puis il glissa son couteau dans la poche de son manteau, prit une lampe torche et sortit.

– La petite garce va comprendre sa douleur. Ça va être autre chose qu'hier soir.

Johnny promena le faisceau de la lampe sur le sol enneigé et constata que de nombreuses empreintes de pas étaient encore visibles. Les plus grosses, laissées par les chaussures de ses visiteurs, partaient toutes dans un sens. Une petite trace, presque recouverte par la neige, donc plus ancienne, partait dans une autre direction. Il la suivit et grommela entre ses dents :

– Vu son état, elle a pas dû aller loin.

La piste le conduisit aux abords de l'usine désaffectée où rôdait une faune de clodos, de dealers et de punks. S'ils voulaient la gamine, ils devraient payer comme tout le monde.

Johnny rôda autour du bâtiment. La nuit était noire comme de l'encre. Une petite tache de lumière, s'échappant d'une cave, trahissait une présence humaine. Il éteignit sa lampe et se laissa guider par ce halo jaunâtre.

Il s'approcha d'un carreau ébréché et regarda à l'intérieur en prenant bien soin de ne pas se montrer. Ce qu'il vit l'étonna. La gamine était blottie dans les bras d'un clodo. Il grinça de colère contenue :

– La petite salope se fait troncher en douce. Ça lui va bien de jouer les saintes nitouches avec mes copains. En plus, je suis sûr qu'elle garde le pognon pour elle.

Johnny fit le tour du bâtiment et pénétra dans la cave en explosant la porte vermoulue d'un violent coup de talon. Il braqua le faisceau de sa lampe sur les deux visages endormis.

– C'est quoi, ce bordel ?

Le hurlement fit sursauter Nelson. Mais la fillette ne réagit pas, trop enfoncée dans les ténèbres du coma. Nelson porta sa main devant ses yeux, pour éviter cette lumière qui l'aveuglait, et réussit à se relever.

– Les Forces du Mal ! Je savais que vous viendriez, mais je suis prêt à vous affronter. Apprête-toi à souffrir car je suis le génie de...

Johnny poussa le vieillard, comme on écarte un rideau.

– Dégage, pépé !

Le vieux Nelson tomba sur le dos. Une douleur irradia ses reins. Il hurla de douleur. Puis il agita ses membres dans le vide, comme une tortue à l'envers, qui ne parviendrait pas à se retourner.

Johnny releva la fillette par les cheveux.

– Alors, tu me fais des infidélités ?

Comme elle ne répondait pas, il lui mit la lame de son couteau sur la gorge.

– Tu vas me dire où tu caches ton pognon, petite salope !

Soudain, les cheveux échappèrent à Johnny et le cou de la fillette glissa sur la lame du couteau. Johnny lâcha le tout.

– Merde. Tu l'as fait exprès !

La petite émit un dernier râle, dans un gargouillis de sang et de bave.

Johnny paniqua un court instant, non pas à cause de ce spectacle, mais de l'idée qu'il pourrait être pris. Aussitôt, un plan germa dans son esprit. Il assomma le vieux Nelson en lui cognant la tête contre le sol. Il plaça le couteau dans la main droite du vieillard et sortit en courant. Il y avait une cabine téléphonique à l'entrée de la décharge. Il y parvint, hors d'haleine. Il fouilla dans sa poche et y trouva une pièce. Il composa le numéro de la police. Une voix endormie lui répondit :

– Commissariat de Kennington, qu'y a-t-il pour votre service ?

Il prit une profonde respiration pour ralentir son rythme cardiaque et débita d'une traite :

– J'habite à Saint-Agnes. J'ai entendu un cri d'enfant qui venait de l'entrepôt désaffecté. Je crois qu'il y a du grabuge là-bas. Faut envoyer une patrouille.

– Quel est votre nom, monsieur ?

Il raccrocha. Il avait vu dans un film que la police pouvait détecter l'origine d'un appel, même s'il provenait d'une cabine téléphonique. Il ne voulait pas prendre le moindre risque.

La neige s'était remise à tomber, plus dense et plus abondante. C'était une bonne chose. Ses empreintes allaient bientôt être recouvertes. Il reprit un autre chemin pour regagner la caravane, ce qui rallongeait un peu, mais permettrait de brouiller les pistes en cas de recherche.

La quantité d'alcool qu'il avait absorbée l'immunisait contre le froid. Dans la roulotte, la situation n'avait guère évolué. Doddy balançait la tête à droite et à gauche. Et Patricia, à côté d'elle, claquait des dents comme un orchestre de castagnettes. Johnny prit un verre pour se servir un whisky. C'est seulement à ce moment-là qu'il s'aperçut que ses mains étaient couvertes de sang.

Patricia rampa jusqu'à ses pieds.

– Ma dose, je t'en supplie. Ma dose. Je ferai tout ce que tu veux.

– Fallait pas laisser partir la petite.

– Je peux encore la remplacer.

Il l'écarta d'un coup de pied et haussa les épaules.

– Tu t'es regardée ? Qui c'est qui voudrait encore foutre sa bite dans un tas d'os en décomposition. Tu ferais fuir un...

Trois coups, frappés à la porte, les firent sursauter. La lumière, à l'intérieur de la caravane, trahissait leur présence. Johnny jeta son verre au milieu de la vaisselle qui pourrissait dans l'évier, paniqué. Il se racla la gorge :

– Qui c'est ?

Une voix jeune répondit derrière la porte :

– Eric Smith, bureau d'aide sociale.

Johnny se mordit la lèvre inférieure et fit signe à Patricia de disparaître derrière le rideau. Comme elle ne bougeait pas, il cria vers la porte :

– Un instant, j'arrive !

Il prit Patricia sous les bras, la porta jusqu'à sa paillasse et tira le rideau. Il eut encore la présence d'esprit de plonger ses mains dans le seau de charbon et ouvrit la porte. Un jeune homme, genre flic en civil, se tenait sur le pas de la porte et lui tendait la main. Johnny s'écarta, affable :

– Entrez, je vous en prie. Excusez-moi si je vous serre pas la main, j'étais en train de remettre du charbon dans le poêle.

Eric Smith entra. Johnny désigna une chaise, au milieu du fourbis.

– Asseyez-vous. Faites comme chez vous.

Il essayait de se montrer bonhomme.

– Je suis à vous tout de suite, le temps de me nettoyer les mains.

Il se frotta longuement, tournant le dos à son visiteur. Le sang partit en même temps que le charbon. Le jeune homme semblait détendu et dit :

– Prenez votre temps, il n'y a rien qui presse.

Johnny s'essuya les mains et s'assit en face d'Eric Smith.

– Faites pas attention au désordre. J'ai pas eu le temps de ranger. Avec ma femme qui est malade et ma fille qui a encore fait une fugue, je sais plus où donner de la tête.

Eric Smith ouvrit sa sacoche et en sortit un papier. Johnny l'observait sans broncher. Eric Smith posa le papier devant lui.

– Vous êtes bien Johnny Richards, n'est-ce pas ?

– Oui.

– Vous avez deux enfants, dont une fillette handicapée mentale, c'est bien ça ?

Johnny désigna Doddy du regard.

– M'en parlez pas, c'est bien des soucis.

Cela ressemblait à un interrogatoire de police en règle. Les flics avaient-ils déjà tout découvert ?

Eric Smith poursuivit :

– Vous vivez bien en concubinage avec Mlle Patricia Barber ?

– Oui.

– Puis-je la voir ?

Johnny fronça les sourcils. Les choses commençaient à tourner au vinaigre.

– Elle est malade.

– Qu'est-ce qu'elle a ?

– De la fièvre.

Il réalisa que son explication était un peu courte et adopta le registre larmoyant :

– On n'a pas assez d'argent pour chauffer tous les jours. Et pour ce qui est des médicaments, malheureusement...

Johnny écarta le rideau et découvrit Patricia, claquant des dents dans son gourbi.

– Vous voyez. Ça va pas fort.

Puis il relâcha aussitôt le rideau, de peur que Patricia ne réclame sa dose au visiteur.

Eric Smith présenta la paume de sa main.

– Je comprends parfaitement votre situation. Il n'est pas dans mon intention de faire intrusion dans votre vie privée. J'ajoute sur votre formulaire une demande d'aide financière pour les médicaments.

– Quoi ?

– Voilà, vous n'avez plus qu'à signer là et la subvention vous est acquise.

Johnny n'en croyait pas ses oreilles ; il lui fit répéter :

— Quelle subvention ? J'ai pas fait de demande. Faudra rembourser ?

Eric Smith lui sourit.

— Rassurez-vous, il n'y aura rien à débourser. C'est moi qui ai fait la demande pour vous. Compte tenu de votre situation, j'ai réussi à obtenir le maximum.

Il sortit une enveloppe de sa sacoche.

— Monsieur Johnny Richards, j'ai l'honneur de vous remettre ce chèque de deux mille livres de la part du bureau d'aide sociale de la ville de Londres.

Johnny regarda le chèque, incrédule, puis fut bientôt gagné par un rire spasmodique.

— S'cusez-moi, c'est nerveux. C'est la première fois que ça m'arrive.

À voir le sourire imbécile et compatissant de son visiteur, il fut bientôt gagné par un fou rire irrépressible. Et comme la chose est contagieuse, le jeune Eric Smith se mit lui aussi à rire de bon cœur. Quand ils furent calmés, Eric Smith conclut :

— Votre bonheur est ma plus grande victoire.

Puis il retrouva quelque dignité et se leva.

— Bon, je vous laisse. Je présume que vous avez beaucoup à faire. Ce n'est pas un soir comme les autres.

Johnny se demanda ce qu'il voulait dire. Eric Smith lui serra la main avec chaleur et sortit.

Une fois seul, il se servit un grand verre de whisky qu'il avala d'un trait pour se remettre les idées en place.

Patricia gémissait et se tordait de douleur sur sa paillasse. Il tira le rideau.

— T'as entendu ? Ces connards de l'aide sociale qui me filent du fric. On aura tout vu !

Patricia tendit une main suppliante vers lui.

— Ma dose, je t'en supplie, je vais crever.

Il fouilla dans la poche de sa veste et jeta deux paquets sur le lit.

— Tiens, avec ça tu m'emmerderas pas pendant deux jours.

Il détourna le regard et lui jeta :

– Au fait, Samantha ne viendra plus.

Un horrible doute la saisit.

– P... pourquoi ? ...

– Elle est morte.

– Tu... tu l'as tuée ?

Il écarta la remarque d'un geste de la main.

– J'ai pas fait exprès. De toute façon, elle était au bout du rouleau, elle aurait crevé d'une manière ou d'une autre. T'inquiète pas, je sais déjà qui va la remplacer.

Patricia fut secouée d'un éclair de lucidité.

– Pas Doddy !

– Si. Je suis certain qu'y en plein que ça excitera.

Johnny ouvrit sa braguette et prit Doddy sur ses genoux.

– Arrête de gesticuler, je vais te montrer ton nouveau job. Tu vas adorer.

Les hurlements de la gamine vrillaient les tympans de Patricia. Mais une seule chose torturait son corps et son âme pour l'instant. Elle roula la manche de sa chemise au-dessus du coude et se lia le biceps à l'aide d'une sangle qu'elle serra avec ses dents. Puis, après avoir plié le bras pour faire saillir une veine, elle chercha de la pointe de la seringue un endroit où piquer, au milieu des croûtes brunâtres et purulentes. Elle ne pouvait plus attendre. Elle enfonça l'aiguille dans l'avant-bras et pressa lentement le piston. Son corps frémit et s'abandonna au délice morbide de la drogue. Mais l'extase fut de courte durée, car Patricia s'était injectée les deux doses que lui avait données Johnny. Les hurlements de Doddy lui parvinrent comme dans un rêve un peu flou. Elle se vit un court instant voler au-dessus de son cadavre, puis elle sombra dans les ténèbres éternels.

Le psychiatre était encore barbouillé par son repas de réveillon trop arrosé. Il aurait bien prolongé le plaisir avec ses amis, mais le boulot l'avait rattrapé. Un patient avait été amené en pleine nuit. La police voulait connaître au plus vite un avis psychiatrique. Il feuilleta le dossier, mais sa vue se brouilla. Il le referma et se tourna vers l'infirmier de service :

– Qui est notre nouveau pensionnaire ?

– Un clochard qui végétait dans un squat de Kennington. Un nommé Nelson Grimond.

– Qu'est-ce qu'il a fait ?

– Égorgé une fillette. Quand on l'a retrouvé, il avait encore le couteau ensanglanté dans la main. Il était allongé sur le sol, à demi inconscient. La gamine avait dû se débattre.

– Agression sexuelle ?

– On ne sait pas encore. Les analyses sont en cours.

– Il a reconnu les faits ?

– Non.

– Antécédents ?

– Oui. Il a perdu sa femme et sa fille dans un accident de voiture il y a une vingtaine d'années. Il ne s'en est jamais remis. Plusieurs séjours en HP.

– Où est-il ?

– Suivez-moi.

Quelques minutes plus tard, les deux hommes parvinrent devant la cellule de Nelson. L'infirmier dit au psychiatre :

– Il est sous sédatifs. Pour l'instant, il semble calme, mais on ne sait jamais. Méfiez-vous de l'eau qui dort.

Le psychiatre lui sourit.

– Je connais mon métier.

Il entra dans la cellule et découvrit un pauvre bougre, le regard perdu dans le néant. Il n'avait pas l'intention de s'éterniser.

– Bonjour, Nelson. Je suis médecin. Je vais vous poser quelques questions. Avez-vous tué la petite Samantha Richards ?

– Non. Elle s'appelle Amy. C'est ma fille. Ils lui ont fait subir un lavage de cerveau et l'ont torturée jusqu'à ce qu'elle oublie son nom.

– Qui « ils » ?

– Les Forces du Mal, bien sûr.

– Bien sûr. Vous avez quel âge, Nelson ?

– Heu...

– Je vais vous le dire : vous avez soixante-sept ans. Ça signifie que votre fille aurait aujourd'hui quarante-sept ans.

– Non, pas elle. Elle était comme sur la photo. Je l'ai reconnue.

– Est-ce que vous vous souvenez avoir fait du mal à Samantha Richards ?

– À qui ?

– Pourquoi teniez-vous un couteau quand la police vous a trouvé ?

– Ça doit être les Forces du Mal qui me l'ont mis dans la main.

Le psychiatre se leva.

– Bon, je crois que cette entrevue est concluante.

– Docteur ?

– Oui ?

– Vous leur direz que c'est un coup des Forces du Mal ? Moi, ils ne veulent pas me croire.

– Bien sûr. Bien sûr.

– Docteur ?

– Quoi ?

– Est-ce qu'Amy va mieux ?

– Amy ? Oh, oui. Beaucoup mieux. Beaucoup mieux.

– Docteur ?

– Bon, il faut vous reposer maintenant, Nelson. Je dois vous laisser. J'ai d'autres mala... pensionnaires à voir.

Le psychiatre sortit. Tandis que la porte se refermait, Nelson monologuait encore :

– J'ai oublié de vous dire quelque chose d'important. Le démon, celui qui a tout organisé, il est facile à reconnaître. Il a une crête de coq multicolore sur la tête. Et il lui manque des dents. Quand il rit, ça fait peur. J'ai été obligé d'utiliser tous mes pouvoirs magiques pour le faire fuir.

L'infirmier de service raccompagna le psychiatre.

– Verdict, docteur ?

– Irresponsable.
– Au fait, docteur, meilleurs vœux !
– Hein ?
– Je dis : bonne année !
– Bien sûr, bien sûr.

Le 2 janvier 1990, en arrivant au bureau, Eric Smith découvrit un fait divers en pages intérieures du *Times Magazine* : « Une famille frappée par le malheur le soir du réveillon. Une fillette de douze ans, Samantha Richards, a été assassinée par un clochard à quelques pas de chez elle, dans un squat de Kennington. Le soir même, la mère de la fillette, Patricia Barber, décède d'une overdose. Johnny Richards, le père, au chômage depuis de nombreuses années, découvre avec horreur que sa compagne se droguait. L'homme, effondré, a déclaré : " Heureusement qu'il me reste ma petite fille Doddy et quelques amis fidèles. " Il a aussi remercié les services sociaux pour leur soutien matériel, en se demandant toutefois comment il allait faire face aux frais d'enterrement. Le meurtrier de la fillette, un clochard du nom de Nelson Grimond au passé chargé, a été jugé irresponsable de ses actes. Il a été transféré dans un hôpital psychiatrique où il risque de finir ses jours. »

Eric Smith était effondré. Désormais, sa lutte contre la pauvreté portait un nom : Johnny Richards. Un martyr. Un symbole. Et il ferait tout pour redonner sa dignité à cet homme frappé par le destin. Ce n'était pas parce qu'il était punk et édenté qu'il fallait le mettre au ban de la société et le traiter comme un malfrat.

Chapitre 12

JACK

Tous les candidats étaient prêts à payer le prix fort pour connaître enfin le grand mystère. Mais le taux d'échec était colossal et le nombre d'élus infime.

Alan avait réussi avec brio tous les tests d'aptitude physique. Il avait fait preuve d'une endurance peu commune et s'était particulièrement illustré dans les disciplines de combat.

Il dut également subir les tests d'émotivité et de résistance à la frustration. Il assista à des spectacles peu ragoûtants tels que des combats de coqs ou de chiens. Il pratiqua lui-même des vivisections et des dissections. Il ne tomba pas dans le piège de la sensiblerie.

Il fut soumis à des brimades physiques et verbales qu'il n'aurait jamais cru possible de surmonter. Beaucoup avaient craqué à ce stade, mais il resta stoïque et fut étonné de pouvoir repousser aussi loin les limites de son endurance. Il ne nourrit aucun sentiment de vengeance et ne perdit jamais de vue que tout cela ne visait qu'à forger son caractère et à le préparer à affronter les pires situations.

Mais il lui restait encore à surmonter l'épreuve la plus redoutée : le Grand Oral.

Alan s'était préparé à cette confrontation avec la même rigueur que pour toutes les autres épreuves physiques. Il y avait consacré tout son temps et toute son énergie.

Le grand jour était enfin arrivé.

Il se tenait debout, le regard droit, les mains le long du corps, dans un maintien irréprochable. Le jury le bombardait de questions depuis près de douze heures. Les sujets ne semblaient avoir aucun lien les uns avec les autres. On l'interrogeait sur Dieu et les religions, puis sans transition apparente, on lui demandait de résoudre mentalement une multiplication des plus complexes. Suivaient des questions sur l'anatomie humaine et sur la vie quotidienne des Londoniens. Mais sur ces deux derniers points, il ne craignait personne, tant il maîtrisait son sujet.

Alan n'avait eu droit qu'à une courte pause pour boire et se restaurer. Les jurés, eux, se relayaient toutes les heures. Ce qui fait que leur esprit était toujours aiguisé. Si la plupart des épreuves étaient calibrées et connues, le jury gardait toutefois une marge de manœuvre et d'improvisation. Certains tentèrent de le déstabiliser et de l'amener à se contredire. Ils recherchaient la faille. Mais Alan restait sur ses gardes. En une fraction de seconde, il détectait le piège derrière chaque question et répondait en conséquence. Certaines questions, en revanche, trahissaient les lacunes des jurés. À plusieurs reprises, Alan fut tenté de les reprendre et de les corriger, mais il s'abstint de le faire afin de ne pas les vexer. Il répondit à toutes les questions et bien au-delà. Il lut souvent l'étonnement dans le regard de ses juges. Son érudition était confondante.

On l'interrogea aussi, très longuement, sur l'objet de sa mission. Il se contenta de répéter ce qui figurait déjà dans son dossier. Mais, bien sûr, il ne dit mot de ses véritables motivations.

L'épreuve touchait à sa fin. Il était épuisé, mais se gardait de le montrer. La moindre défaillance pouvait lui être fatale.

Le jury se retira enfin pour délibérer. Alan attendait, seul dans la pièce. Au fond de lui, le résultat ne faisait aucun doute, mais tant d'autres avant lui avaient cru jusqu'au bout en leur bonne étoile et s'étaient vu refuser l'accès suprême pour une erreur minime. Un candidat avait été recalé pour avoir bâillé dans la toute dernière minute de l'épreuve orale.

Le jury reprit sa place et donna son verdict : Alan était admis à l'unanimité des voix. Il venait enfin d'entrer dans le cercle très fermé des élus, mais ne trahit pas son émotion. Il remercia le jury de quelques mots sobres. Puis il sortit, sans perdre sa dignité. Une fois dehors, une rafale d'air glacé lui gifla le visage et le ramena à la réalité. Il laissa exploser sa joie, au grand étonnement des passants qui s'écartaient avec méfiance de son chemin. Il allait enfin pouvoir mener à bien l'œuvre de sa vie. Il fonça chez lui et annonça la grande nouvelle à la seule personne susceptible de l'écouter, puisque, pour l'heure, il n'y en avait pas d'autre :

– Maman, je suis admis !

La mère prit les joues de son fils dans ses mains, partagée entre le bonheur et la crainte.

– Je suis contente pour toi, mon petit. Mais tout ça me fait tellement peur. De mon temps...

– Je sais, maman.

– Combien de temps seras-tu absent ?

Alan fit un signe évasif.

– Autant qu'il le faudra pour réaliser ma mission.

Elle le serra dans ses bras et commença sur un ton larmoyant :

– As-tu bien réfléchi ? Tu peux encore...

Chaque minute était trop précieuse. Alan coupa :

– Ne t'en fais pas, maman. Il n'arrivera rien. Je suis en parfaite sécurité. Tu sais très bien que je peux revenir à tout instant.

– Et si tu es découvert ?

Pour toute réponse, il éclata de rire et sortit en se tenant les côtes. La vieille femme se signa et lança dans son dos :

– Que Dieu te protège, mon petit.

Mary-Ann se leva. Elle vacilla un instant, le regard noyé d'alcool, et se retint au bord de la table pour ne pas tomber. Puis elle lança aux autres filles d'une voix pâteuse :

– Je va me faire garnir la tirelire.

Une petite boulotte lui répondit par un rot sonore. Elle s'essuya les lèvres d'un revers de manche sale et commenta :

– Y serait bien temps d'y penser. Moi, j'ai déjà fait le plein et je vais me louer un lit pour la nuit.

Mary-Ann se défendit :

– Moi aussi, j'avais fait le plein. Mais j'ai tout bu. Faut que j'y retourne. Je va bien trouver un miché...

L'autre exhiba un clavier de dents gâtées.

– C'est ça, va te faire raboter. Pendant ce temps-là, je vais m'envoyer une grande lampée de gin à ta santé.

Mary-Ann haussa les épaules et sortit en titubant. Si elle avait été plus prévoyante, elle n'aurait pas été obligée d'y retourner. Mais elle se dit qu'avec un peu de chance, elle finirait bien par trouver un ivrogne aussi saoul qu'elle.

En pleine lumière, elle n'avait aucune chance. Le brouillard était si dense qu'elle ne savait plus très bien où elle se trouvait. Elle avait bien ses habitudes dans une petite allée pas loin de la Taverne du Rat mort, mais elle ne parvenait pas à en retrouver le chemin. Malgré l'heure avancée, il faisait encore chaud. L'air était moite et chargé de vapeurs d'alcools et de remugles plus douteux. Elle suait à grosses gouttes et sa respiration était difficile. Elle tourna au coin d'une rue et s'arrêta. Il lui semblait avoir entendu un bruit de pas derrière elle. Elle mit sa main en visière et fouilla les ténèbres en vain. Elle beugla vers le brouillard :

– Hé ? Y a quelqu'un qu'à envie de s'en payer une bonne tranche ? C'est moi qui régale !

Le son de sa voix était amorti, comme si elle parlait à travers un édredon en coton. Elle poursuivit sa route et s'arrêta de nouveau. À présent, elle était certaine que quelqu'un la suivait. Elle perçut des bruits de talons et de canne qui résonnaient sur le pavé. Les bruits de pas s'arrêtaient dès qu'elle marquait une pause et reprenaient en même temps qu'elle. Soudain, quelque chose surgit sur sa gauche, au ras du sol. L'animal la fixa un court instant de ses minuscules yeux rouges et fila dans le brouillard. Mary-Ann pouffa :

– C'est toi qui fais tout ce raffut ? Va-t'en, vilain gros rat !

Du fond de son éthylisme, elle ne se demanda pas comment un rat, fût-il de grosse taille, pouvait faire résonner ses bottes et sa canne sur le pavé. Le sol bascula soudain sous ses pieds. Elle s'agrippa à un réverbère et lui confia :

– Je crois bien que je vais dégobiller.

Ce qu'elle fit dans la seconde qui suivit. Une flaque nauséabonde ornait à présent le pavé. Elle secoua le bas de sa robe qui n'avait pas été épargné. Elle fut soudain prise d'une envie pressante. Elle s'accroupit et releva sa robe pour se soulager sur le pavé. Ce faisant, elle découvrit ses fesses blanches, car elle ne portait pas de culotte afin de gagner du temps et de ne pas dissuader le client pressé. Un jet fumant gicla sous elle.

– C'est la pleine lune ?

Elle laissa retomber le pan de sa robe et tourna la tête. Un homme se tenait juste derrière elle. Elle l'évalua en quelques secondes. Il semblait plutôt bien mis de sa personne. Il portait des bottes de cuir neuves et tenait une canne à la main. Ce devait être un bourgeois en goguette. De ceux qui se délectent du spectacle de la misère.

– C'est pas seulement la pleine lune, bredouilla-t-elle en remontant sa robe bien au-dessus du genou.

Une lueur étrange passa dans le regard de l'homme. Elle se dit qu'elle venait de ferrer un gros poisson. Elle s'efforça d'articuler :

– Tu peux m'enfourner jusqu'à la garde, devant comme derrière. Tu vas aimer ça, mon cochon.

– Je n'en doute pas.

Il la releva sans ménagement et l'entraîna.

– Je connais un coin calme tout près d'ici.

En marchant, il tournait la tête pour tenter d'échapper à son haleine fétide.

Mary-Ann perdit l'équilibre et s'accrocha au bras de l'homme pour ne pas s'étaler dans la boue gluante. Elle reconnut Buck's Row. Elle aurait aimé en finir au plus vite et aller se coucher.

– C'est encore loin ?

– On est arrivés.

Il la poussa dans une cour d'immeuble. Elle s'adossa contre un mur et releva encore sa robe, attendant qu'il la besogne. Il faisait tellement nuit qu'elle ne distinguait même plus le visage de son partenaire. Elle ne vit pas non plus qu'il brandissait un couteau dans sa main droite.

L'homme resta un court instant, l'arme au poing. Il sentit une présence quelque part tout près, trahie par une odeur anormale. Il recula de deux pas.

Mary-Ann commençait à s'impatienter :

– Alors, t'y viens ou non ?

L'homme était maintenant certain qu'il y avait quelqu'un d'autre, tapi dans l'ombre. Quelqu'un qui l'observait et qui le dénoncerait. Il lâcha le couteau qui fit un bruit mat en tombant dans une flaque de boue. Il se retourna et vit distinctement un homme, tout habillé de noir, dont seul le regard brillait dans la nuit comme celui d'une chouette. Cette vision le terrorisa. Son souffle devint court et il bredouilla :

– J'ai rien fait.

Il porta ses mains à sa gorge, émit un râle des plus inquiétants et s'écroula sur le pavé de la cour. L'homme en noir se précipita vers lui et lui tâta le cou.

– Crise cardiaque. Non, c'est impossible.

Puis il lui appuya avec force sur le cœur et tenta de le ranimer.

– Réveille-toi, bon Dieu ! Réveille-toi !

Mary-Ann s'approcha, tenant toujours ses jupons dans ses bras :

– Qu'est-ce qui se passe là-bas ? T'as changé d'avis ou quoi ?

Elle considéra le spectacle incongru de cet homme en noir qui donnait des coups de poings sur la poitrine de son partenaire. Elle se méprit sur ses intentions :

– D'où qui sort, çui-là ? Y serait pas en train de trousser mon copain ?

L'homme en noir se retourna et la fixa sans un mot. Ce regard la glaça. Elle voulut s'enfuir, mais il la rattrapa par le bras.

– Il est mort, ton copain. Je vais être obligé de finir son travail.

Ce type était encore plus bizarre que le premier, mais après tout, s'il avait de l'argent... Elle changea d'attitude.

– Fallait le dire tout de suite, mon mignon.

L'homme en noir poussa Mary-Ann au fond de la venelle. Il se baissa un instant pour ramasser un objet qui traînait dans la boue. Elle n'y prêta pas attention. Elle reprit place contre son mur et releva une nouvelle fois sa robe :

– Vas-y, bien profond !

Une douleur foudroyante monta soudain de son sexe et irradia son corps. Elle n'eut pas le temps de comprendre ce qui lui arrivait. Des bulles de salive et de sang jaillirent de sa gorge et de son cou. La dernière vision qui parvint à son cerveau fut celle d'un regard qui plongeait dans le sien. Un regard plein de compassion, presque douloureux. Avec un détail curieux : les yeux brillaient d'une lueur rouge dans les ténèbres.

L'homme en noir acheva sa sinistre besogne. Il plongea le couteau dans le ventre de la fille, en retira une guirlande de boyaux qu'il enroula autour du cou de sa victime. Puis il essuya le couteau dans les jupes de la fille et se releva en réprimant un haut-le-cœur.

Il fouilla dans le sac de la fille et disposa quelques objets autour du corps sans vie. Puis il marmonna entre ses dents :

– Il faut que je m'occupe de l'autre, maintenant. Sale histoire.

Il se pencha sur le corps inanimé de l'homme et le fouilla avec des gestes rapides et précis. Il tâta aussi les doublures des vêtements. L'homme n'avait aucun papier d'identité.

L'homme en noir se releva, dépité. Plus rien n'avait de sens à présent. Il était pris à son propre piège. Il chargea le cadavre sur son dos et décida de l'emmener jusqu'à la morgue de Whitechapel. Quelqu'un finirait peut-être par l'identifier.

Il fut accueilli par un lascar à demi ensommeillé et de fort mauvaise humeur :

– C'est pourquoi ?

L'homme en noir déposa son fardeau sur une table crasseuse.

– Un macchabée. Trouvé dans la rue.

– De quoi qu'il est mort ?

– Arrêt du cœur.

– C'est normal quand on est mort, non ?

L'homme en noir ne répondit pas, tant la remarque lui parut stupide. L'autre le regarda de travers.

– Vous le connaissiez ?

– Non.

Il faillit ajouter « malheureusement », mais se retint. Au lieu de cela, il glissa quelques couronnes dans la main du bougre.

– Débrouillez-vous comme vous voulez, mais je veux connaître l'identité de ce type.

L'autre n'avait jamais tenu autant d'argent dans la paume de sa main. Ses yeux allaient des pièces au regard de l'homme en noir. Il fut tenté de l'interroger, mais au-dessus d'un certain prix, on ne pose plus de question. Il empocha le magot.

– Je vais exposer le corps pendant six jours. C'est le délai maximum. Après, ça pue trop. Avec un peu de chance, quelqu'un finira bien par l'identifier.

– Et si personne ne vient le réclamer ?

– Possible qu'il ait pas de famille. Mais il doit bien avoir des amis. Je vais aussi passer une annonce nécrologique.

Il observa le corps et ajouta :

– Je vous promets rien. Ce type n'est pas d'ici.

– Comment le savez-vous ?

Il désigna ses bottes du menton.

– Il porte des bottes Berluiggi, c'est marqué dessus.

L'homme en noir se pencha, perplexe.

– Il a très bien pu les acheter à Londres.

– Possible. En tout cas, ça vaut une petite fortune. Ce type-là doit avoir de l'argent à plus savoir quoi en faire.

L'homme en noir était exténué. Les choses ne s'étaient pas passées comme il l'avait prévu. Quand il regagna son meublé, il était déjà 5 heures du matin. L'endroit était glauque et infâme, mais il avait l'avantage de se trouver au cœur même du théâtre. Il s'était enregistré sous le nom banal et passe-partout de John Smith. Ses faux papiers attestaient de cette identité. Comme il avait payé rubis sur l'ongle, la propriétaire du taudis ne demanda pas plus d'explication.

Il examina le couteau, espérant y trouver quelque indice. Mais il ne distingua qu'une vague inscription, Londinos ou Londinon. À l'évidence, le terme indiquait que le couteau avait été acheté à Londres, mais ne donnait aucune indication sur son actuel propriétaire.

Cette nuit-là, l'homme en noir eut un sommeil difficile, entrecoupé de visions cauchemardesques.

Il se leva de très bonne heure, s'habilla et descendit dans la rue. En dépit de l'heure matinale, la rue était déjà encombrée d'une faune pressée et nerveuse. L'homme en noir identifia quelques personnes à leur tenue vestimentaire. Les caissiers des banques privées à leur couvre-chef blanc et à leur gilet chamois. Les entreposeurs à leurs guêtres et à leur allure hautaine. Il y avait aussi toutes sortes d'attelages. Des courtiers filaient en cabriolet dos à dos. Des raffineurs de sucre et les savonniers possédaient des équipages confortables à deux corps. À force de gesticulations et de vociférations, il parvint à stopper un fiacre et se fit conduire dans la City. Sur place, il demanda au cocher de ralentir afin qu'il ait le temps de lire les devantures des boutiques. Au premier bottier, il ordonna au cocher de s'arrêter et de l'attendre. Il fit irruption dans la boutique, oubliant quelque peu les convenances. Il se précipita vers le patron de la boutique, qui fit un pas de recul devant l'énergumène.

– Que puis-je pour vous, monsieur ?

– Vendez-vous des bottes fabriquées par Berluiggi ?

L'homme se raidit et ajusta son binocle.

– Pas du tout, monsieur. Notre maison est sérieuse.

– Alors savez-vous où je puis m'en procurer ? C'est urgent. Je voudrais en offrir une paire à ma femme.

L'autre le regarda d'un air soupçonneux et quelque peu ironique.

– Votre femme ?

– Oui.

– Je vois. Dans ce cas, bon débarras. Vous trouverez ce Berluiggi sur le Strand, au numéro 76.

L'homme en noir reprit place dans le fiacre et donna la nouvelle adresse au cocher.

Une demi-heure plus tard, il poussait la porte du bottier Berluiggi, bottier pour hommes.

Un gros monsieur très maniéré courut à sa rencontre. Il portait une fine moustache à l'italienne et s'épongeait le front toutes les deux secondes avec un mouchoir brodé. Dans un coin, deux messieurs essayaient des bottines avec force gesticulations. Il lui sembla que l'un d'eux portait du fard sur les yeux. Le gros monsieur lorgna sur ses chaussures et joignit la paume de ses mains, comme s'il s'apprêtait à prier.

– Mon Dieu, mon Dieu ! Comment pouvez-vous porter des horreurs pareilles ? Ce n'est plus du tout à la mode. Je vais vous trouver un petit modèle qui va mettre en valeur votre cheville.

L'homme en noir coupa :

– Je ne suis pas venu acheter des chaussures.

– Ah ?

– Non. Je veux retrouver un monsieur qui a acheté les siennes ici.

– Comment s'appelle-t-il ?

L'homme en noir baissa la voix.

– Justement, je ne sais pas.

Le gros bottier étouffa un rire coquin.

– Et vous voudriez retrouver ce monsieur, c'est bien ça ?

– C'est ça.

– Jeunesse intrépide. Comme je vous comprends ! J'étais comme vous à votre âge.

L'homme en noir ne démentit pas. Il fit une description aussi détaillée que possible de l'inconnu.

Le bottier prit son menton dans sa main et plongea dans un abîme de perplexité.

– Ça ne me dit rien du tout. Je ne vois vraiment pas comment je pourrais vous aider. Vous n'avez pas d'autre information le concernant ?

– Je vous ai tout dit. À part peut-être qu'il ne semble pas aimer les filles et encore moins les malheureuses.

Le bottier étouffa un rire nerveux dans son mouchoir de dentelle.

– Aucun de mes clients ne les aime.

Il se rapprocha de l'homme en noir. Une odeur aigre de sueur et de crasse perçait sous les senteurs de parfum à la violette.

– Mais je peux vous organiser des rencontres, si vous recherchez des contacts chaleureux et amicaux.

L'homme en noir s'écarta.

– Je veux juste retrouver le nom de ce monsieur.

L'autre répéta :

– Impétueuse jeunesse. Je sens d'ici les battement de votre sang qui cogne dans toutes les parties de votre corps.

L'homme en noir n'était pas disposé à jouer la comédie plus longtemps. Il se leva et se dirigea vers la porte. Il entendit dans son dos :

– À moins que...

Il se retourna.

– Oui ?

– À moins que vous ne connaissiez le numéro des bottes. C'est inscrit sur une petite languette de cuir, à l'intérieur.

Mais j'imagine que vous étiez trop occupé pour penser à noter ce genre de détail.

– Avec ça, vous pourriez retrouver son nom ?

– Ainsi que son adresse. Et peut-être aussi la liste de quelques-uns de ses bons amis, les endroits qu'il fréquente, enfin tout ce qui constitue une vie de garçon...

L'homme en noir se précipita dans la rue et héla le premier fiacre.

– À la morgue de Whitechapel ! Le plus vite possible.

L'autre le regarda d'un air goguenard.

– Si vous avez rendez-vous avec un macchabée, y a plus rien qui presse.

L'homme en noir sentit la faim qui commençait à le tenailler. Il remit son petit déjeuner à plus tard. Une tâche plus importante l'attendait. À la morgue, il retrouva le bougre qui l'avait accueilli la nuit précédente.

– Quelqu'un est-il venu réclamer son corps ?

– Non, m'sieur.

– Le corps a-t-il été identifié ?

– Toujours pas.

– Je voudrais le revoir.

L'homme se souvint des pièces d'or.

– Suivez-moi.

Il longea un mur crasseux le long duquel des corps étaient alignés sur des tables. Certains étaient recouverts d'un drap jaunâtre et poisseux. D'autres étaient nus. L'employé de la morgue s'arrêta devant une table et tira un drap.

– C'est celui-là.

L'homme en noir sursauta.

– Il est nu !

– Ben, c'est normal. Sinon, on peut pas faire la toilette mortuaire.

– Qu'avez-vous fait de ses effets ?

Il désigna un casier de bois mural. Chaque case portait un numéro.

– C'est la numéro 10. Les habits sont gardés pendant six jours, comme le mort. Passé ce délai, si personne n'est venu les réclamer, ils sont revendus. Ça couvre une partie des frais.

L'homme en noir ne l'écoutait pas. Il fouillait avec frénésie dans le tas d'habits et en exhuma une paire de chaussures éventrées et trouées. Il se retourna et braqua un index menaçant vers l'employé.

– Où sont les bottes ?

L'homme bégaya :

– Je... je ne sais pas.

L'homme en noir se souvint de la réflexion de l'employé : « Ça vaut une petite fortune. »

Il était évident que le lascar les avait fourguées et remplacées par de vulgaires godillots.

L'homme en noir fixa l'employé. Une lueur rouge passa dans son regard.

– À qui les as-tu vendues ?

– Je vous jure que je ne connais pas son nom.

– Je t'en offre le double.

– Ce n'est plus une question d'argent, monsieur. Je vous dis la vérité. C'était la première fois que je le voyais, et probablement la dernière.

L'homme en noir s'approcha du visage de l'employé.

– Il me faut le nom de cet homme. Ou à défaut, ses bottes. Sinon, je ne donne pas cher de ton existence.

Il ne pouvait pas mettre sa menace à exécution, mais il comptait sur la peur pour motiver le lascar. Et, comme la carotte va de pair avec le bâton, il ajouta :

– Mais si tu apportes la réponse à ma question, tu seras riche.

L'autre déglutit.

– Je ferai tout mon possible, monsieur. Du moins jusqu'au 6 septembre. Après, je ne peux plus rien faire.

– Qu'adviendra-t-il du corps si personne ne le réclame avant cette date ?

– Il sera vendu à une école de médecine, ou jeté à la fosse commune.

L'homme en noir était abattu. Ce 1er septembre 1888 lui apparut comme le jour le plus décevant de sa vie. Allait-il échouer si près du but ? Sa tête était aussi vide que son estomac. Quand il sortit de la morgue, un éclair de lumière passa devant ses yeux, suivi aussitôt d'un vertige. Il sentit le sol trembler sous ses pieds et évita de justesse un fiacre qui l'éclaboussa. Le cocher lui lança une invective :

– Réveille-toi, bonhomme, ou tu vas finir sous les sabots d'un bourrin !

Londres ressemblait à une serre où se mêlaient des émanations de pieds crasseux, de latrines et d'haleines chargées d'alcool. La foule était tellement dense qu'il devait jouer des coudes pour se frayer un chemin. Le contact rapproché de tous ces corps moites l'insupportait. Il fallait aussi enjamber les crachats, le vomi, les reliefs de repas, les déjections de chiens et d'autres animaux qui recouvraient la chaussée et les trottoirs. Bien souvent, d'ailleurs, la distinction entre trottoir et chaussée était inexistante. Des charrettes de victuailles et de carcasses d'animaux stationnaient contre les maisons. Des étals improvisés occupaient la moindre parcelle de terrain. Il étouffait. Tout commença à tourner autour de lui en une ronde folle. Il comprit l'urgence de s'asseoir et de manger.

Il repéra une taverne qui lui sembla un peu moins sordide que la moyenne. Il poussa la porte. Une odeur de tabac et de graillon tiède lui sauta au visage. Le parquet était couvert de sable et il y avait des crachoirs un peu partout. Les tables et les chaises étaient maculées de taches et de crasse. Quelques carreaux minuscules et encrassés ne filtraient qu'une lumière glauque. Bien que l'on fût en pleine journée, il faisait presque nuit. Les lampes fumaient et les bougies crachotaient. Des couples louches s'agglutinaient dans des alcôves sombres.

Il s'assit à une table, à l'écart de la cohue. Un serveur mal rasé vint à lui en traînant les pieds. Il proposa le menu, sans grande conviction. L'homme en noir commanda des œufs, du bacon, du pain et une pinte de bière. Il trouva ce repas acceptable, bien que la propreté des couverts fût des plus suspecte. Une fois sustenté, ses pensées commencèrent à se réorganiser.

Il avait un plan de travail très chargé. De plus, il avait emporté des notes et des dossiers comprenant des lacunes qu'il lui tardait de combler. On lui demanderait forcément des comptes à son retour. Mais la pensée de ce presque tueur, mort d'une stupide crise cardiaque juste avant de commettre son méfait, l'obsédait. Il décida de poursuivre sa mission tout en continuant son enquête sur l'identité du mort.

Au moment de payer son repas, il s'aperçut qu'il n'avait plus de monnaie. Il glissa une demi-couronne dans la main du serveur, qui le regarda d'un drôle d'air. Le brouhaha cessa soudain autour de lui, pour céder la place à des chuchotements étouffés. Il lui sembla que plusieurs regards convergeaient vers lui. Ce n'était pas très bon. Il ne devait surtout pas se faire remarquer.

Il sortit et acheta une dizaine de quotidiens à des petits crieurs de journaux. Le meurtre de Mary-Ann Nichols était largement commenté dans la presse. Son corps avait été retrouvé à 3 heures du matin dans Buck's Row, là où il l'avait laissé. Pas un mot, en revanche, sur la disparition du mystérieux personnage qui l'accompagnait. L'homme en noir constata avec satisfaction que sa présence n'avait pas été remarquée non plus.

Mary-Ann Nichols fut incinérée dans le cimetière de Lford le 6 septembre 1888. L'homme en noir s'y présenta et annonça qu'il était « John Smith, journaliste indépendant ». Il n'apprit rien de plus sur la défunte ou sur ses éventuels amants d'un soir.

Le même jour, le cadavre de l'inconnu était vendu à une école de médecine pour être utilisé dans un cours d'anatomie. John Smith obtint une dérogation pour assister à ces cours. Il tenta jusqu'au dernier moment de percer le mystère de l'individu. Mais il n'apprit rien de plus. Il acquit vite la conviction que l'inconnu avait jeté son dévolu par hasard sur Mary-Ann Nichols.

John Smith passa la journée du 7 septembre 1888 à faire les cent pas dans sa misérable chambre. À chaque heure qui passait, la tension augmentait. Une horrible tâche l'attendait. Il sortit à la nuit tombante et dîna dans une taverne sordide des environs. Malgré la fumée et le manque de lumière de l'endroit, il n'eut aucun mal à identifier Annie Chapman, qui buvait une bière en compagnie d'un homme, deux tables plus loin, dans l'axe de son champ de vision. Il eut tout le loisir de l'étudier. Un mètre cinquante-cinq, cheveux bruns bouclés et yeux bleus, plutôt corpulente. Son visage était marqué de symptômes caractéristiques de la syphilis. Quand elle souriait, on voyait que deux dents manquaient sur sa mâchoire inférieure. Elle portait une chemise et un long manteau noirs. Un foulard à bords rouges était noué à son cou. Il ne donnait pas cher de l'un comme de l'autre. L'homme assis en face d'elle devait être Frederick Stevens.

Elle flirta avec lui jusqu'à 1 heure du matin, mais ils ne parvinrent probablement pas à se mettre d'accord sur le prix de leur sordide transaction, car elle se leva et sorti sans même lui adresser un dernier regard.

John Smith redevint l'homme en noir. Il se fondit dans la nuit et le brouillard et la suivit à distance respectable. Puis il se cacha dans la cour arrière du 29, Hanbury Street et attendit. Il se rendit compte qu'il somnolait car il fut réveillé en sursaut par des bruits de pas. Un homme entra dans la cour et s'assit sur les marches d'une maison. John Smith regarda sa montre. Il était 4 h 45. L'homme devait donc être John Richardson. Il lui faudrait attendre encore. L'attente lui parut interminable. Il espéra jusqu'à la dernière minute qu'un autre viendrait la trucider pour qu'il n'ait pas à le faire. Mais rien de tel ne se produisit.

Une pensée l'affola soudain, s'imposant à lui comme une évidence : Annie Chapman ne viendrait pas, car elle n'avait aucune raison de le faire. Il s'en voulut. Pourquoi n'avait-il pas pensé plus tôt à cela ? Il était 5 h 29. Tout était encore possible.

Il jaillit de sa cachette et sortit en courant de la cour. Il tomba nez à nez avec Annie Chapman et tenta de retrouver son calme.

– Bonjour, beauté.

– Salut.

Elle lui parut beaucoup plus vieille que dans la taverne. Son haleine empestait le rhum. Elle s'efforça de lui sourire et découvrit ses deux dents manquantes.

– On t'a déjà dit que t'étais mignon ?

John Smith perçut une autre présence un peu plus loin. Ce devait être Elizabeth Stride. Son heure viendrait aussi. L'horloge de la brasserie le Black Eagle sur Brick Lane sonna la demie. Il ne pouvait plus attendre. Il se pencha sur sa proie.

– Tu veux ?

– Toujours partante.

Il lui prit le bras et l'entraîna dans la cour de l'immeuble. Elle aperçut trop tard le couteau et lâcha un : « Noooon ! » désespéré. Ce fut son dernier mot. La messe fut dite en quelques minutes. Il lui trancha la gorge avec une telle force que la tête se sépara presque du corps. Puis il la coinça entre une porte et une palissade, lui ouvrit le ventre et déposa ses intestins sur l'épaule droite de la malheureuse. Il préleva aussi le vagin, l'utérus et les deux tiers de la vessie, qu'il plaça dans un sac prévu à cet effet. Malgré la pénombre, cette opération ne lui posa pas de réelle difficulté. Enfin, il fouilla dans les poches de la morte et y trouva quelques pièces de monnaie et une enveloppe en papier portant la date du 20 août. Il déposa le tout aux pieds d'Annie Chapman. Cela ressemblait à un rituel. Un horrible rituel qui le mortifiait.

Malgré tout, il se dit qu'il avait fait ce qu'il fallait. Il jeta son paquet sanguinolent dans une fosse à ordures. Puis il regagna son infâme chambre. Une grande lassitude s'empara de lui. Il fut tenté d'abréger sa mission, mais il savait que c'était impossible. Désormais, il devait aller jusqu'au bout.

Quelques jours plus tard, John Smith lut dans les journaux que les policiers avaient arrêté un boucher juif du quartier, John Pizer, en se basant sur le fait qu'un morceau de tablier de cuir aurait été retrouvé sur les lieux du crime. Il fut toutefois établi, peu de temps après, que ce morceau de cuir appartenait à un locataire de l'immeuble, qui l'avait lavé et mis à sécher, et n'avait donc aucun rapport avec le crime. Pizer fut cependant incarcéré pendant deux jours, afin de permettre à la police de le disculper aux yeux de la foule qui voulait le lyncher.

John Smith en profita pour analyser le comportement des Londoniens. Cette étude le passionna. Mais il abandonna tout espoir de retrouver l'identité du mystérieux mort. Les jours lui paraissaient de plus en plus courts. Certains matins, le soleil semblait tout simplement oublier de se lever tant l'air était chargé de suie et de déjection des industries locales. En revanche, les nuits lui parurent interminables. Il avait de plus en plus de mal à trouver le sommeil. Il en profita pour étudier la faune londonienne nocturne.

Le 30 septembre au soir, il était nerveux et tendu. Il sortit malgré un temps gris et pluvieux. Il remonta le col de son manteau car un vent glacé s'était levé depuis quelque temps. Il arpenta les rues de Whitechapel pour tenter de retrouver son calme et le courage d'accomplir sa mission. Quelques bruits suspects l'alertèrent, dans son dos. Il eut vite la certitude d'être suivi. Il s'arrêta un instant sous un réverbère, afin de faire mine de relacer sa chaussure. Un groupe de quatre énergumènes émergea soudain du brouillard à quelques pas de lui. Ces lascars n'étaient probablement pas là dans le but de faire une bonne action. Un homme au visage balafré l'interpella :

– Alors, étranger, on visite le quartier ?

L'homme en noir se dit que cette rencontre imprévue lui permettrait de tuer le temps en attendant de tuer autre chose. Il se releva et fixa le malfrat dans les yeux.

– Pourquoi, vous êtes guide ?

Un couteau se matérialisa dans la main du balafré.

– Je vais te faire passer l'envie de te payer ma tête.

Les trois autres s'approchaient dangereusement. L'homme en noir ne bougea pas d'un centimètre.

– Que me voulez-vous ?

– Tes couronnes.

– Comment savez-vous ?...

C'est alors qu'il reconnut l'un des trois. C'était le serveur mal rasé qui l'avait servi un soir. L'homme devait le suivre depuis des jours, attendant son heure avec ses comparses. L'homme en noir tendit le menton vers le serveur.

– Je vous reconnais. Il me suffirait de vous dénoncer à votre patron pour que vous passiez un mauvais quart d'heure et que vous perdiez votre emploi.

L'homme s'esclaffa.

– Y a pas de danger !

– Et pourquoi donc, je vous prie ?

Le balafré se frappa le torse du plat de la main.

– Parce que son patron, c'est moi !

Une seule chose préoccupait l'homme en noir.

– Que savez-vous de moi ?

– Que t'as des couronnes en pagaille et que ça serait dommage de pas en faire profiter des pauvres gens comme nous qui avons tellement de frais.

John Smith haussa le ton :

– Que savez-vous d'autre sur mon compte ?

– Rien et on s'en fout. Donne-nous ton argent et tu auras la vie sauve.

– Me suivez-vous ainsi toutes les nuits ?

Le serveur mal rasé répondit :

– Si tu crois qu'on n'a que ça à foutre. On attendait juste le bon moment pour te choper.

Il eut la certitude que ces malfrats n'en voulaient qu'à son argent et ignoraient tout de ses deux meurtres. Il leur sourit.

– Foutez le camp avant que je me fâche. Vous n'avez aucune chance contre moi.

De gros rires secouèrent les panses des lascars. Le balafré se jeta sur lui.

– C'est ce qu'on va voir.

Il fut stoppé dans son élan par une poigne de fer et se tordit de douleur sur le pavé humide avant même de comprendre ce qui venait de lui arriver. Les trois le rejoignirent dans la même seconde, paralysés de peur et de courbatures. Les coups avaient été effroyables de précision et d'efficacité. L'homme en noir leur jeta une poignée de couronnes qui rebondirent autour d'eux sur le sol.

– Voici pour vos frais. Je ne veux plus revoir vos sales trognes. Si vous vous avisez de me suivre encore, je vous exterminerai comme des vermines. C'est le premier et le dernier avertissement. Compris ?

– Hon, hon.

L'homme en noir regarda sa montre. Ce petit intermède lui avait fait perdre un temps précieux. Par chance, il était tout près du Club Berner. Il guetta l'arrivée de sa victime.

À 0 h 40, une belle femme aux yeux gris clair et aux cheveux sombres s'approcha de lui en ondulant de la croupe. Elle devait mesurer dans les un mètre soixante-cinq et portait avec dignité ses quarante-cinq ans. Il reconnut aussitôt Elisabeth Stride.

Elle l'aborda :

– Alors beau brun, tu cherches l'amour ?

– Ce n'est pas le terme exact.

– Faut pas être timide.

– Ça non plus.

Elle s'accrocha à son bras et l'entraîna d'elle-même au fond de la cour du Club Berner.

– Viens avec moi. Tu vas connaître l'extase.

Profitant de la pénombre de l'endroit, il passa derrière la fille et glissa sa main autour de son cou pour écarter le foulard crasseux. Elle s'abandonna un court instant à ce geste qu'elle prit pour une caresse. Un instant seulement, car l'instant d'après, la lame aiguisée du couteau lui tranchait la gorge. Elle mourut sans même s'en rendre compte.

L'homme en noir essuya son couteau dans les vêtements de la fille et sortit de la cour. Un peu plus loin, il perçut les bruits d'une dispute. Cette diversion tombait à pic. Personne ne le vit passer.

Un autre rendez-vous l'attendait, bien plus éprouvant que le premier. Il jeta un œil à sa montre. Il n'avait aucune raison de se presser. Il s'efforça de contrôler son rythme cardiaque en marchant d'un pas régulier. Il arriva à Mitre Square à 1 heure du matin. L'endroit était plongé dans les ténèbres profondes. La température avait encore chuté. Il sauta d'un pied sur l'autre et battit des mains pour se réchauffer. Il tâta sa poche droite et sentit la présence rassurante du couteau. Il attendit une demi-heure sans voir âme qui vive.

Puis il perçut enfin un bruit au bout de l'allée. Une petite bonne femme d'environ un mètre cinquante émergea du brouillard en titubant. Elle était visiblement sous l'emprise de l'alcool. Elle invectivait la nuit et imitait la cloche d'une voiture de pompier. L'homme en noir ne pouvait faire erreur sur la personne. Il s'agissait bien de Catherine Eddowes.

Elle l'aperçut et vint à sa rencontre.

– Tu payes un coup, bite molle ?

Il la fixa. Elle se figea, dégrisée par ce regard de feu.

– Hé ? Qu'est-ce que t'as aux yeux ?

Elle ne connut jamais la réponse. L'homme en noir agit avec vitesse et méthode. Il lui entailla profondément le cou, ainsi que le nez et l'oreille gauche. Puis il traça un large V sur son visage de la pointe du couteau. Le pire restait à venir. Il prit une profonde respiration et s'attela à son horrible travail. Il lui ouvrit le ventre et en extirpa les intestins, qu'il posa sur l'épaule droite de la malheureuse. Enfin il préleva le foie, les reins et les organes génitaux qu'il plaça dans un nouveau sac prévu à cet effet. La procédure était désormais bien rôdée. Tout cela ne lui prit que quelques minutes. Il essuya le couteau dans les vêtements de Catherine Eddowes, puis il se releva et inscrivit à la craie blanche sur un mur : « Les juifs ne seront pas blâmés pour rien. »

Enfin, il sortit, serrant son infâme paquet sous son bras. Il s'en débarrassa encore en le jetant dans une fosse à déchets. Au moins, il était certain que personne ne viendrait fouiller ces ordures. En regagnant sa chambre, l'homme en noir tremblait, mais ce n'était plus de froid. Son regard se brouilla plusieurs fois et il trébucha sur des obstacles invisibles.

Il se coucha tout habillé et dormit d'un sommeil proche de la mort.

Le lendemain matin, il fut réveillé par les cris aigus d'un gamin sous ses fenêtres :

– Demandez le *Times* ! Deux meurtres horribles la nuit dernière ! Demandez le *Times* !

Derrière ses rideaux raides de crasse, l'homme en noir observa un instant la foule avide qui s'agglutinait autour du petit crieur de journaux. Les Londoniens étaient partagés entre la terreur et la fascination. Peu de temps avant, un journaliste opportuniste avait donné au tueur le nom adéquat de Jack l'Éventreur. Le monstre portait ainsi la signature de ses crimes dans son patronyme. Dès lors, il cristalliserait les peurs, les haines et les pulsions sanguinaires de toute une ville.

John Smith posa son front sur le carreau crasseux. Sa tête lui parut soudain lourde. Une lumière intense l'aveugla et il fut déséquilibré, comme si la houle roulait sous ses pieds. Le temps lui était désormais compté. Il se précipita sur ses accessoires et se fit une injection dans la veine du bras droit.

Son corps retrouva aussitôt sa stabilité et son esprit sa lucidité.

Il décida d'affronter la foule grouillante de la rue et d'avaler un solide petit déjeuner. Il prenait chaque repas dans un endroit différent, afin de ne plus être repéré. Sa mésaventure avec le serveur mal rasé et son balafré de patron lui avait servi de leçon.

Il s'apprêtait à entrer dans un restaurant au nom prometteur de « Gosier gavé » quand une voix l'interpella, juste derrière lui :

– Hé, Jack, t'as besoin de moi ?

Son cœur fit un bon dans sa poitrine. Il fit volte-face et découvrit un gamin au visage noir de suie. Le pauvre gosse était en haillons et devait être estropié car il s'appuyait sur une béquille. Son visage n'avait plus rien d'enfantin. L'homme en noir demanda :

– Pourquoi m'as-tu appelé Jack ? Mon nom est Smith.

– C'est façon de parler, m'sieur Smith.

L'homme en noir se souvint que le surnom de « Jack » s'utilisait régulièrement pour s'adresser à un inconnu de façon amicale. Il s'efforça de donner le change au gamin :

– En quoi pourrais-tu m'être utile ?

Le gosse désigna sa béquille.

– Je suis pas rapide, mais je suis débrouillard, m'sieur Smith. Je ferai ce que vous voudrez contre une petite pièce ou un repas.

John Smith se dit que cela pouvait être un bon moyen de tuer le temps et d'augmenter ses connaissances.

– Tu me raconterais ta vie ?

Le gamin fronça les sourcils.

– Faut pas se moquer, m'sieur.

– Je ne plaisante pas. Comment t'appelles-tu ?

– La Guigne.

– Tu n'as pas de nom de famille ?

– Ben non.

Il poussa la porte du restaurant.

– Viens avec moi, la Guigne, tu vas tout me raconter.

Le gamin le regarda avec étonnement.

– Vous êtes une sorte de journaliste, m'sieur ?

– Historien.

Ce jour-là, John Smith en apprit plus sur la vie des petits ramoneurs que dans toutes les chroniques ou les romans qui traitaient de ce sujet.

Le gamin vida son sac avec autant d'enthousiasme qu'il se remplit la panse. On aurait dit qu'il n'avait pas mangé depuis des années. Et qu'il n'avait eu personne à qui se confier pendant la même durée. La Guigne avait été vendu par ses parents à l'âge de cinq ans à un ramoneur qui le faisait monter dans les conduits de cheminées en raison de sa petite taille. Il grimpait la peur au ventre, la respiration coupée, les yeux brûlants. Quand il rechignait ou qu'il était trop lent, son maître lui enfonçait une longue pique dans les fesses ou allumait le feu sous lui pour l'obliger à progresser. Nombre de ses collègues étaient morts étouffés ou brûlés vifs. Des enfants restaient parfois coincés et on attendait tout simplement que leur cadavre pourrisse et tombe dans l'âtre. Quand le corps ne tombait pas de lui-même, on envoyait un autre gamin le décrocher. Les maîtres s'en prenaient alors aux familles qui leur avaient vendu le gamin. Soit ils en réclamaient le remboursement, soit il demandaient un autre gosse en remplacement du premier. Ils profitaient de ce genre d'occasions pour réduire les rations de nourritures des petits ramoneurs, arguant du fait qu'ils leur évitaient ainsi d'être coincés dans les conduits à leur tour. Aujourd'hui, la Guigne était trop grand pour faire ce travail. Il se retrouvait donc au chômage et attendait la mort avec résignation.

L'homme en noir nota tout, désireux de restituer la réalité historique. Un détail l'intriguait :

– Comment montes-tu dans les cheminées ?

– La plupart du temps, il y a une sorte d'échelle taillée dans la pierre, à l'intérieur des conduits. Le plus dur, c'est d'atteindre la première marche, après c'est facile. À part la suie, bien sûr. Sinon, on grimpe à une corde, lancée du haut de la cheminée.

L'homme en noir se dit que l'on se souviendrait longtemps des meurtres de Jack l'Eventreur, mais qui se soucierait du destin de centaines de petits la Guigne ? Le gamin conclut :

– Alors maintenant, je me loue pour de petits services. Je suis plus libre qu'avant, et plus heureux aussi.

Il ajouta en baissant la voix :

– À part que je vais pas tarder à crever.

Le repas terminé, la Guigne se leva brusquement :

– Je dois vous quitter, m'sieur.

– Attends, rien ne presse.

Une lueur étrange passa dans le regard du gosse.

– Désolé. J'ai un boulot urgent qui m'attend.

La Guigne sortit du restaurant en claudiquant et se noya aussitôt dans la foule de ce début d'après-midi.

John Smith porta d'instinct sa main à sa poche droite et réalisa que le petit ramoneur venait de lui dérober son couteau et sa bourse. Le premier avait probablement servi à détacher la deuxième. Il lui restait quelques pièces qu'il jeta sur la table et il sortit en courant.

Jamais il n'aurait pensé qu'il pouvait se faire piéger de la sorte. La rue grouillait de monde et palpitait d'agitation. Un nouvel éclair l'aveugla pendant une fraction de seconde. Une nouvelle sensation d'étouffement lui serra la gorge. Il aperçut le gamin qui fuyait en s'appuyant sur sa béquille. John Smith essaya de le rattraper, mais il butait contre les gens et progressait à la manière d'un ivrogne. Il s'agrippa à une mégère qui le repoussa sans ménagement.

– Va cuver plus loin, sac à gnôle !

Elle le gifla. Cela lui remit les idées en place. Il bondit dans la foule et fondit en quelques enjambées sur le gamin terrorisé. Mais il sentait un nouveau malaise arriver. Il n'était plus maître du jeu. Il fallait faire vite. Il saisit le gosse au col :

– Rends-moi le couteau et je te laisse le reste.

Le gamin ne se fit pas prier. L'homme en noir enfouit le précieux instrument dans sa poche et prit une profonde respiration. Il venait de passer à côté du désastre.

Il parvint à se traîner jusqu'à son repaire et se fit une nouvelle injection. Il s'allongea sur son lit, épuisé.

Les jours qui suivirent semblèrent durer une éternité. Il lui fallait tenir le coup, mais il sentait ses forces le quitter. Pourtant, il ne pouvait abandonner maintenant. Dès lors, il évita toute rencontre et relut ses notes jusqu'à les apprendre par cœur. Il analysa les photographies dans le détail et s'en imprégna dans les moindres détails. Il reproduisit la scène en rêve – ou plutôt en cauchemar – chaque nuit. Il se conditionna et se prépara à son ultime mission. La plus éprouvante de toutes.

Le vendredi 9 novembre , John Smith regarda une dernière fois la photographie de Mary Jane Kelly, surnommée Ginger par ses amis. Elle n'avait que vingt-cinq ans. C'était une belle fille blonde d'un mètre soixante-quinze. Elle portait une redingote et un châle couvrait ses épaules.

Il mit son couteau dans sa poche et sortit. Un brouillard jaune et âcre entravait sa respiration. Il ne pouvait même pas voir ses pieds quand il marchait. À cela venait s'ajouter une pluie poisseuse qui tombait comme une boue liquide. Il marcha moins d'un quart d'heure, répétant encore dans sa mémoire le moindre de ses gestes. Il dut s'arrêter plusieurs fois, pris de vertiges et de brusques aveuglements. Il s'engagea enfin dans une rue sombre et étroite comme un canyon. En temps normal, il n'était pas homme à avoir peur du noir, mais la mission qui l'attendait n'avait rien de normal, et il en tremblait à l'avance.

Il s'engagea dans Miller's Court. La ruelle suintait le crime, la misère et l'horreur. L'air était empoisonné par des miasmes nauséeux d'humidité. Sur presque toutes les fenêtres, chiffons et papiers kraft remplaçaient les vitres et celles qui restaient étaient opaques de crasse.

Il s'arrêta devant le numéro 13. Il grimpa des escaliers pourris qui menaçaient de céder sous chaque pas. Il passa la main par le carreau ébréché et tourna la poignée de l'intérieur. Il n'eut aucune difficulté à ouvrir la porte à demi délabrée et rongée par la vermine. La pièce était petite et glacée. Il y avait bien une cheminée, mais le feu était éteint. Les murs étaient sales et dépouillés. Pas la moindre décoration. Pas la moindre photographie. Un lit coincé dans un angle et une petite table de chevet constituaient l'unique mobilier. Un nouvel étourdissement le frappa et l'anéantit. Il s'assit sur le lit, posa ses coudes sur ses genoux et mit son visage dans ses mains. Il attendit ainsi, incapable de faire le moindre geste. Il s'était injecté sa dernière dose le matin même. Il ne pourrait tenir bien longtemps.

La porte s'ouvrit. Mary Jane Kelly poussa un cri de surprise en l'apercevant dans la pénombre :

– Qui êtes-vous ? On n'a pas rendez-vous !

Il détourna la tête pour qu'elle ne voie pas ses yeux briller dans la nuit. Il lui fallait trouver une idée au plus vite. Un détail lui revint en mémoire : elle avait un retard dans le règlement de ses loyers. Il marmonna :

– Ça fait des heures que je vous attends. Le propriétaire m'envoie pour les loyers.

Elle s'approcha et le considéra avec suspicion :

– Vous êtes huissier ?

– Tout juste, ma belle.

Elle dégrafa son corsage et vint s'asseoir à côté de lui.

– Y a pas moyen de trouver un arrangement ?

– Faut voir.

Il mit le maximum de conviction dans sa voix :

– Allonge-toi, Mary. Je vais effacer ta dette.

– Vrai, vous feriez ça ?

– Oui. Mais ce n'est pas de gaieté de cœur.

Elle s'allongea, à demi nue. Il se pencha sur elle. La malheureuse étouffa un cri d'épouvante en apercevant son regard incandescent. Il rassembla ses dernières forces et lui trancha la gorge profondément, d'une oreille à l'autre. Il alluma un feu dans la cheminée où il fit brûler quelques effets de la fille, puis, commença son horrible rituel. Il coupa les oreilles et le nez, ainsi que les seins. Il ouvrit l'estomac et l'abdomen. Ensuite il retira les viscères et disposa le tout selon son plan : l'utérus, les reins et un sein sous la tête de la fille ; l'autre sein près du pied droit; le foie entre les pieds; les intestins à la droite du corps; la rate à la gauche du corps; des lambeaux de chair de l'abdomen et des cuisses empilés sur la table de nuit. Ensuite, il mutila les bras de nombreux coups de couteau irréguliers et rendit le visage totalement méconnaissable. Il retira le cœur et le jeta dans le feu.

De grosses gouttes perlaient sur ses tempes. Il sentait ses forces lui échapper. Pourtant, il lui fallait finir coûte que coûte avant de partir. Il lui restait à parfaire la disposition du corps. Il tourna la tête sur la joue gauche, plaça le bras gauche le long du corps, avec l'avant-bras replié à angle droit et reposant en travers de l'abdomen. Il écarta enfin les jambes, découvrant ainsi le pubis ensanglanté. Il lui restait encore à faire disparaître l'arme du crime. Son regard se porta d'instinct sur la seule cachette possible de la pièce : la cheminée. Au prix d'un effort démesuré, il plongea le bras dans la hotte. Sa main tâtonna un instant le conduit et identifia la marche dont lui avait parlé le petit ramoneur. Il y déposa le couteau et retira son bras en vitesse, car quelques braises brûlaient encore dans l'âtre. Ce dernier travail effectué, il voulut regagner la porte et s'enfuir. Mais ses forces l'abandonnèrent définitivement et il s'effondra derrière la porte, épuisé et inconscient.

L'homme en noir était assis au restaurant. En face de lui, la Guigne faisait une moue de dégoût.

— Tu sais pourquoi je t'ai appelé Jack, l'autre jour?

— Parce que tu voulais te montrer amical.

— Non. Parce que je sais qui tu es et ce que tu as fait à ces pauvres filles. Surtout à ma copine Ginger.

John Smith prit un air étonné. Le gamin insista :

— Mary Jane Kelly, si tu préfères. Maintenant, tu vas bouffer ton crime jusqu'à la lie, sale étranger.

L'homme en noir comprit qu'il était perdu. Il voulut s'enfuir, mais il s'aperçut que ses chevilles étaient attachées aux pieds de la table. De même, ses mains étaient retenues par de solides bracelets métalliques et des chaînes. Le patron du bouge apparut. Il portait une horrible balafre sur qui courait de l'œil droit à la base du cou.

– Alors étranger, de retour ?

L'homme en noir paniqua.

– Laissez-moi partir, c'est une horrible méprise.

Le balafré s'écarta pour laisser la place à un serveur mal rasé à la mine goguenarde. Il posa un plat sur la table.

– Fais-nous au moins l'honneur de manger ce repas. C'est le foie de Ginger. Juste à point.

La Guigne trempa son doigt dans le plat et le suça avec délectation.

– Sauce spéciale, composée de déjections féminines et de sang tiède juste coagulé.

L'homme en noir sentit un haut-le-cœur monter dans sa poitrine.

– C'est monstrueux. Je ne mangerai pas.

Le balafré frappa du poing sur la table.

– C'est ce qu'on va voir !

Les coups redoublèrent d'intensité.

– Je voudrais vous voir !

L'homme en noir se réveilla en sursaut. Quelqu'un martelait la porte et réclamait Mary Kelly. Il jeta un œil à sa montre : 10 h 45 du matin. Ce devait être John Bowyer qui venait réclamer son loyer. La porte céda au moment même au John Smith enclencha le processus de retour.

L'alerte résonna dans l'appartement :

– Votre fils Alan vient de rentrer, madame.

Elle poussa un cri et appuya sur l'interphone :

– Il va bien ?

– Il est un peu fatigué, mais il pourra rentrer chez vous après décontamination et contrôle de routine. C'est l'affaire de quelques minutes.

– J'arrive !

Elle courut vers l'ascenseur et fut propulsée en quelques secondes au 59e niveau.

Alan venait d'enfiler sa combinaison.

Sa mère le prit dans ses bras.

– Mon petit. Mon chéri. Ça m'a semblé si long. Tu dois avoir tant de choses à me raconter. Allons vite à la maison.

Les médecins et les ingénieurs les observaient, sourire bienveillant sur les lèvres. Il sentit son front s'empourprer et écarta doucement sa mère :

– Je voudrais marcher un peu avant de rentrer, si ça ne t'ennuie pas.

Il jeta un œil à sa montre spatio-temporelle : Londres, 26 mai 3076, 8 :30 pm. Qu'il était bon de rentrer chez soi. Ils montèrent jusqu'à la terrasse du 98e niveau. Les pulvérisateurs diffusaient des senteurs enivrantes. Il prit une profonde respiration et s'étira comme un chat heureux. Une lumière bleu-nuit, piquée de milliers d'étoiles comme autant de diamants sur leur écrin de velours, couvrait tout le dôme de verre de la ville. Les haut-parleurs diffusaient des extraits de la suite de ballet de Gayaneh. Jamais sa bonne ville de Londres ne lui était apparue aussi belle et reposante qu'en cette douce soirée printanière. Ils marchèrent en silence.

Puis ils prirent l'ascenseur direct pour le 43e niveau. Alan retrouva la quiétude de son appartement. Un sentiment de bien-être l'emplit aussitôt. Il s'écroula dans un fauteuil auto-relaxant et ferma les yeux, goûtant le bonheur de l'instant. Sa mère brûlait de questions. Elle lui demanda seulement :

– Alors ?

Il lui devait bien quelques explications. Elle l'avait tant soutenu et encouragé durant ses études.

– Comme tu le sais, j'ai réussi mes examens et suis sorti major. Ça m'a donné droit à un séjour à l'époque de mon choix et...

– Mais pourquoi as-tu dépassé le délai de dix jours ?

Il mentit :

– J'avais encore beaucoup à faire.

Elle prit un ton sentencieux :

– Tu as pris un énorme risque. En théorie, tes injections ne permettaient pas de dépasser ce délai.

– Ne t'inquiète pas, maman, il y a toujours une marge de sécurité.

– J'espère que le jeu en valait la chandelle.

– Oui. J'ai appris des tas de choses. Les gens n'hésitaient pas à vendre leurs propres enfants pour une bouchée de pain. Il y avait aussi une grande communauté d'homosexuels qui se reconnaissait aux bottes qu'ils portaient. Ça grouillait de monde à toute heure du jour et de la nuit, et... heu... les Londoniens de l'époque ne devaient pas se laver très souvent.

Elle n'était pas dupe. Elle le fixa au fond des yeux.

– Tu n'es pas seulement allé là-bas pour étudier les mœurs de nos chers ancêtres, n'est-ce pas ?

Il toussa dans son poing.

– En fait, je voulais aussi connaître l'identité de Jack l'Éventreur.

– Je m'en doutais un peu. As-tu la réponse ?

Il lui était difficile de lui avouer que Jack l'Éventreur était mort de peur sous ses yeux, avant même de commettre son premier meurtre. Tout cela à cause de ce stupide système infrarouge qu'on lui avait implanté dans la rétine. Il mentit encore :

– Non, malheureusement. Il m'a échappé à chaque fois. J'ai attendu le dernier moment pour le coincer, mais je suis arrivé trop tard et il a filé. Tout était tellement sombre...

Elle prit un air étonné :

– Tu n'as pas utilisé ton système infrarouge ?

– Si, bien sûr, mais le brouillard...

Elle fut prise d'un doute.

– Tu n'as rien fait qui puisse changer le cours de l'histoire, au moins ? Tu connais les conséquences.

Il songea à nouveau au décès inopiné de Jack l'Éventreur et tenta de rassurer sa mère.

– Ne t'inquiète pas. Ma présence passera totalement inaperçue. J'ai tout fait pour.

Il ne connaissait que trop les conséquences d'une interaction avec le passé. Il serait condamné à vivre jusqu'à la fin de ses jours avec cette erreur, sans être véritablement capable d'en mesurer la portée dans le présent. Si Jack l'Éventreur avait eu des enfants, cela signifiait que des générations entières avaient disparu, ainsi que tout ce qu'avaient accompli les personnes en question. Il fut parcouru d'un long frisson à cette pensée.

Sa mère le dévisagea.

– Je trouve que tu as une petite mine. Tu n'aurais pas attrapé un virus quelconque là-bas ?

– Un quoi ?

Elle s'entêtait à utiliser des termes d'un autre temps. Elle lui avait donné le goût de l'histoire, il ne pouvait pas le lui reprocher. Elle précisa :

– Une maladie, si tu préfères.

– Mais, maman, tu sais bien que j'ai reçu le vaccin universel à ma naissance.

– Ah oui. De mon temps...

– Je sais, maman.

Une sonnerie retentit dans l'espace de sustentation. Elle sursauta.

– Je t'ai préparé un petit plat à l'ancienne pour éviter que la transition ne soit trop brusque. Tu vas m'en dire des nouvelles. J'ai trouvé ça au Grand BX78, au 78ᵉ niveau.

Elle posa le plat sur la table.

– Tu vas te régaler. À moins que tu ne préfères ta pilule ?

– Qu'est-ce que c'est ?

Elle tira sur la languette de matérialisation et souleva le couvercle avec un sourire d'une tendresse toute maternelle :

– Du foie, avec une sauce au...

Une vague de nausée monta en lui.

– Je crois que je préfère la pilule.

Chapitre 13

ALISSON

– Où est-ce que je l'ai mis ?

Cela faisait bien dix minutes que Kevin fouillait dans sa musette avec fébrilité. Ron l'observait d'un œil intrigué. Il avala une bouchée de son sandwich, s'essuya la bouche d'un revers de manche et demanda :

– Qu'est-ce que tu cherches ?

– Mon couteau.

– Laisse tomber, on n'a qu'une heure pour bouffer. Tu le chercheras une autre fois.

Ron lui tendit son propre couteau.

– Tiens, je te prête le mien.

Kevin s'entêta :

– Nan. Un couteau, c'est sacré.

– Je le connais, ton couteau. Il a vraiment rien de sacré.

Kevin ignora la remarque et retourna le contenu de son sac sur le sol.

– J'en aurai le cœur net.

Il remua un instant les objets éparpillés devant lui.

– J'y crois pas ! Je l'ai paumé.

Ron ne comprenait pas que l'on puisse accorder autant d'importance à un objet aussi insipide.

– T'en retrouvera un autre. Y a pas de quoi en faire un fromage.

Il lut la contrariété sur le visage de son camarade et ajouta :

– À propos de fromage, t'en veux ? T'as toujours rien mangé. Tu ne vas tout de même pas retourner bosser le ventre vide.

Kevin engloutit le morceau de fromage que lui proposait son collègue et prit soudain un air grave.

– C'était le couteau de Jack l'Éventreur.

Ron avala de travers. Il toussa plusieurs fois et demanda :

– Tu te fous de moi ?

– Pas du tout. C'est un cadeau de mon grand-père. C'est parce qu'il était maçon, comme moi.

Ron fronça les sourcils.

– Je vois pas le rapport.

– Laisse-moi t'expliquer. Le père de mon grand-père était également maçon. C'est une tradition familiale. Presque une vocation, si tu vois ce que je veux dire.

Ron opina faiblement du chef. L'explication n'était guère convaincante. Son silence invita Kevin à entrer dans le détail :

– Figure-toi que mon arrière-grand-père a participé aux travaux de rénovation du 13, Miller's Court en 1889.

Ron se demandait où il voulait en venir. Il s'abstint de tout commentaire et l'écouta en épluchant son œuf dur. Kevin commençait à s'animer.

– Tu as entendu parler de cet endroit, bien sûr ?

– Ben...

– C'est là qu'habitait la dernière victime de Jack l'Éventreur, une certaine Mary Jane Kelly. Mon arrière-grand-père était chargé de démolir la cheminée de la pièce qu'elle occupait.

Ron tendit son œuf à Kévin, qui le refusa, trop absorbé par son récit.

– Figure-toi qu'autrefois, les ramoneurs grimpaient dans les cheminées à l'aide de marches pratiquées dans les conduits.

Ron reprit son œuf et en croqua la moitié. Kevin poursuivit :

— Tu ne devineras jamais ce qu'il y avait sur la première marche du conduit.

— Heu houcheau ?

— Non, le couteau !

— Hé chqueu chai dit.

— Les enquêteurs n'ont jamais retrouvé l'arme utilisée par Jack l'Éventreur. Et pour cause. Le lascar l'avait cachée à cet endroit avant de se sauver. Mais il y a encore plus fort. Je connais aussi la véritable identité de l'Éventreur.

Ron écarquilla les yeux et fit des efforts louables pour ne pas s'étouffer à nouveau. Kevin ménagea le suspense quelques secondes et lâcha :

— C'était un Grec. Anobli par la reine, en plus.

Ron finit par déglutir.

— Tu connais son nom ?

— Bien sûr. Il s'appelait lord Inos.

— Ça alors ! Comment tu le sais ?

— C'était écrit en toutes lettres sur le manche.

Ron n'en revenait pas. Il s'était pris au jeu.

— Alors, vous avez retrouvé la trace de ce lord Machin ?

Kevin haussa les épaules, en signe d'impuissance.

— Non, malheureusement. Tout laisse penser que le bon-homme était déjà connu de la police et que son nom a été effacé de tous les registres possibles et imaginables.

— Qu'est-ce qui te fait penser ça ?

— Simple déduction. On a voulu éviter le scandale. C'est classique. Suffit d'effacer les indices, et hop !

— Dis-donc, Sherlock Holmes, t'as pensé à faire expertiser le couteau au moins ? Maintenant, les flics, avec les moyens modernes...

Kevin vissa son index sur sa tempe.

— Ça va pas la tête ! Surtout pas les flics. Pour qu'ils nous le confisquent... Ce couteau, c'est un peu notre secret de famille.

— C'était, rectifia Ron.

– Bah, on l'a déjà perdu une fois. On l'a retrouvé par hasard chez un brocanteur. Il finira bien par refaire surface un jour ou l'autre.

Ron revint à la réalité.

– Nous aussi, on ferait bien de refaire surface, sinon le chef de chantier va nous sucrer notre prime.

Il désigna du menton les reliefs du repas.

– T'as presque rien mangé.

– Pas faim. Je mangerai mieux ce soir.

Ron tenta encore de trouver une solution.

– Tu l'aurais pas perdu au deuxième sous-sol, par hasard ?

Kevin fit un geste d'indifférence.

– Possible. Mais comment veux-tu que je le retrouve dans ce dédale de galeries ?

– Bon sang ne saurait mentir !

Alisson sourit en rougissant à ce compliment.

Le vieux monsieur qui se tenait assis derrière le bureau lui rendit son sourire et poursuivit :

– Vos parents étaient également d'une curiosité insatiable. Et ils travaillaient comme dix. Ils passaient leurs week-ends et leurs congés dans ce musée. Et quand je parvenais à les mettre dehors pour qu'ils prennent un peu de vacances, ils en profitaient pour participer à des fouilles archéologiques. Ça aurait dû vous dégoûter à vie, n'est-ce pas ?

Les yeux d'Alisson pétillaient de malice.

– Au contraire, monsieur, ils m'ont transmis leur passion. J'ai passé toute mon enfance dans ce musée. C'était mon terrain de jeu favori et je le considère comme ma deuxième maison. En travaillant ici, je réalise mon rêve de gamine. J'en découvre tous les jours. J'ai l'impression d'être Ali Baba dans la caverne aux trésors.

Le visage du vieux monsieur se ferma soudain et il prit un ton sentencieux :

– La curiosité est nécessaire à notre métier, mademoiselle,

mais la première vertu d'un archéologue est la patience. Saurez-vous concilier ces deux exigences ?

Alisson comprit qu'il la testait. Elle mit toute la conviction qu'elle put dans sa voix :

— J'ai appris cela aussi de mes parents. Je saurai me montrer digne d'eux.

Le vieux monsieur la détailla un instant du regard. Puis il lui sourit à nouveau et baissa les yeux sur le papier qui était devant lui :

— Connaissant votre sérieux et votre capacité de travail, j'ai décidé de vous confier votre première mission d'importance. Comme vous le savez, nous avons enfin obtenu le budget nécessaire pour entreprendre les travaux de rénovation. Il était temps. Il aura fallu attendre jusqu'en 2007 pour connaître enfin de contenu de certaines caves. La plupart menaçaient de s'écrouler. Nous avons paré au plus pressé et avons commencé à les consolider. J'ai peur que certaines reliques aient été abîmées par le temps, ou par les travaux.

Alisson fit une grimace douloureuse, comme si elle venait de croquer dans un citron. Le vieil homme poursuivit :

— Rassurez-vous, il n'est jamais trop tard pour agir. C'est même le moment idéal pour faire un inventaire complet de ces caves. Certaines d'entre elles n'ont pas été visitées depuis la construction du musée. On ignore tout simplement ce qu'elles contiennent.

Alisson joignit les paumes de ses mains, comme une gamine impatiente.

— Quand puis-je commencer, patron ?

— Dès demain, si vous le souhaitez. Les maçons ont terminé d'étayer le deuxième sous-sol, mais l'électricité ne sera branchée que demain matin. Je vous donne carte blanche.

Si la convenance ne l'interdisait pas, elle lui aurait sauté au cou pour le remercier. Elle se contenta d'un « Merci, patron » plus protocolaire et sortit du bureau avec la retenue d'un pétard de 14 juillet.

En vérité, Alisson n'avait pas l'intention d'attendre le lendemain. Elle voulait se rendre compte par elle-même, au plus vite, de l'état des caves du deuxième sous-sol. Elle s'engouffra dans l'escalier qui menait au premier sous-sol. Deux maçons se retournèrent sur son passage, surpris de voir une aussi ravissante créature dans un endroit si peu engageant. Elle saisit quelques bribes de leur conversation :

– Dis-donc, Kevin, tu vois ce que je vois ?

– Qu'est-ce que tu crois, Ron, y a pas que des vieilles barbes dans les musées.

– Elle risque pas de se perdre, en bas ? Hé, mademoiselle !

– Tu veux lui servir de guide ? Tu serais même pas foutu de retrouver ton chemin.

Alisson entendit leurs rires dans son dos et les oublia aussitôt en débouchant au deuxième sous-sol. L'endroit sentait un peu le renfermé, mais il paraissait plus sain qu'elle ne l'avait imaginé. Elle s'engagea dans une galerie et réalisa soudain qu'elle avait oublié de prendre une lampe. La sagesse aurait voulu qu'elle fasse demi-tour, mais la curiosité l'emporta. Elle fouilla dans sa poche et y trouva une petite boîte d'allumettes. Elle en craqua une et découvrit qu'elle se trouvait à présent dans une salle voûtée où convergeaient plusieurs galeries. Elle aurait été incapable de dire de quelle galerie elle venait.

Elle s'engagea au hasard dans une des artères. Elle craqua encore plusieurs allumettes, mais ne parvint pas à s'orienter.

Elle se souvint des préceptes de son patron. Elle se sentit honteuse à l'idée de devoir appeler du secours et de perdre toute crédibilité du fait de son emballement infantile.

Elle venait de craquer sa dernière allumette et se dirigeait désormais en longeant les murs, dans l'espoir de trouver un escalier qui la ramènerait à la surface.

Au lieu de cela, elle marcha sur un objet dur et faillit perdre l'équilibre. Une fois encore, la curiosité l'emporta sur la peur. Elle ramassa l'objet, l'examina un court instant et, intriguée, le glissa dans sa poche.

Elle tendit l'oreille. Il lui sembla entendre les échos lointains de quelques voix, au-dessus d'elle. Elle leva les yeux et perçut un halo lumineux diffus. Ce devait être un conduit d'aération datant de l'époque de la construction de l'édifice. Elle connaissait pourtant les plans du musée par cœur et n'y avait jamais rien vu de semblable. Peu à peu, elle s'accoutuma à la pénombre et crut discerner une déclivité qui pouvait ressembler à des marches. Elle se dirigea vers l'endroit, mais buta sur un amas de caisses et d'objets empilés.

Soudain, un faisceau de lumière crue la frappa en plein visage. Elle se figea, muette de stupeur.

– Alisson ?

Elle reconnut la voix de son supérieur.

– Patron ?

Ils se tenaient nez à nez, aussi étonnés l'un que l'autre de leur présence incongrue dans ce lieu.

Le vieil homme s'éclaircit la gorge et se tordit les mains, comme un petit garçon pris en flagrant délit de vol de bonbons.

– Vous devez avoir une bien piètre opinion de moi, mon petit. Je prône les vertus de la patience, et je n'ai pas pu résister à l'envie d'aller voir ce qui se trouvait là dessous.

Il se reprit aussitôt :

– Mais au fait, qu'est-ce que vous fabriquez ici, toute seule dans le noir ?

– La même chose que vous, patron.

Tous deux partirent d'un éclat de rire sonore. Un rat affolé par tant d'agitation se dressa sur ses pattes arrière et s'enfuit vers une retraite moins bruyante.

Le vieil homme retrouva peu à peu ses esprits.

– Nous sommes vraiment indécrottables ! Avez-vous au moins trouvé un trésor ?

Alisson sortit l'objet de sa poche et le présenta dans le faisceau de la lampe :

– Je ne sais pas encore.

Le vieil homme se pencha sur l'objet.

– Curieux couteau. Regardez cette inscription.

Alisson tenta de déchiffrer.

– Loroinos... Lord inos ?

Elle rectifia aussitôt :

– Londinos !

L'archéologue fit une moue dubitative.

– En tout cas, il doit être là depuis des lustres. Le plus sage est de le faire analyser. Il contient peut-être quelque secret oublié.

On aurait dit deux gamins, excités par la découverte d'un nouveau jouet.

Quelques minutes plus tard, un conclave d'experts, réuni dans le bureau du patron, examinait le fameux couteau et réveillait de vieilles querelles.

– Ce couteau semble de facture très ancienne. Il date probablement d'une époque antérieure à l'arrivée des Romains. Ce qui pourrait signifier que la ville portait déjà le nom de Londinos avant l'invasion romaine.

– Impossible, cher ami. Tout le monde sait que ce sont les Romains qui ont créé Londres. Les peuplades rencontrées par les Romains étaient réputées féroces. Or, comme vous le savez certainement, l'adjectif féroce s'écrit *londos* en latin. Les Romains ont donc créé le nom Londinium pour désigner la cité. Ce couteau a bien été fabriqué par les Romains.

– Vous êtes complètement à côté de la plaque, cher collègue. Les Romains se sont contentés de latiniser le nom de ville celte qu'ils ont trouvée.

– Ah oui ? Et quel était ce nom d'après vous ?

– Llyn-don. *Don* signifie « ville » ou « fort », et *llyn* « lac » ou « cours d'eau ». Londres est bien une ville située près d'un cours d'eau.

– Cette explication est très poétique, mais totalement anachronique. Ce sens-là doit plus au gallois médiéval qu'au celte ancien.

– Il pourrait plutôt dériver de *laindon*, qui signifie à peu près « longue colline ».

– En tout cas, il s'agit à l'évidence d'une arme. Voyez la pointe acérée.

– Plutôt d'un outil de façonnage du bois ; regardez l'usure irrégulière des deux faces.

– La même usure peut être obtenue avec un couteau de cuisine. Je pencherai plutôt pour un usage ménager. Quant à l'inscription du manche, elle dérive à l'évidence du gaélique *luund*, qui veut dire « marécage ».

Alisson intervint timidement :

– Et si le nom de Londres venait tout simplement du patronyme de son créateur, un certain Londinos ? Tout comme le nom de Rome vient de Romulus.

Ses collègues s'esclaffèrent à l'unisson.

– Chère Alisson, vous arriverez toujours à glisser un bon mot, même dans les conversations les plus sérieuses.

– Mais je *suis* sérieuse.

– Allons, allons. Vous savez bien que cette histoire de Londinos est une légende sans fondement destinée aux touristes et aux lecteurs du Reader's Digest.

– Alors, ma découverte n'a pas de valeur ?

– Il est trop tôt pour le dire. Attendons la datation au carbone 14.

Une semaine plus tard, la datation rendit son implacable verdict : le couteau datait de 50 avant Jésus-Christ à 1200 après, ce qui, à défaut d'être précis, donnait raison à tout le monde.

Dans les mois qui suivirent, Alisson mena à bien sa mission. Elle exhuma des trésors insoupçonnés. Mais elle garda une attention particulière pour ce fameux couteau qui n'était pourtant pas très beau mais résumait à lui seul des siècles d'histoire londonienne.

Elle obtint de son patron que ce couteau soit installé dans une petite vitrine, dans la salle consacrée aux origines de

Londres. Honneur suprême, Alisson rédigea même la légende explicative, autant destinée à calmer les susceptibilités de ses éminents collègues qu'à informer le public : « Couteau utilisé tant comme arme que comme outil. L'inscription et la datation au carbone 14 confirment que ce couteau est probablement contemporain de la naissance de Londres. »

TABLE DES MATIÈRES

Cet ouvrage a été composé et imprimé par la
SOCIÉTÉ NOUVELLE FIRMIN-DIDOT
Mesnil-sur-l'Estrée
pour le compte des Éditions du Rocher
en avril 2007

Éditions du Rocher
28, rue Comte-Félix-Gastaldi
Monaco

Imprimé en France
Dépôt légal : mai 2007
N° d'impression : 84306